村のエトランジェ

onuma tan

小沼丹

講談社文芸文庫

目次

村のエトランジェ

紅い花

僕等は驚いた。女独りで山小屋に住みたいと云うのである。黒い服の胸に、オスカア・ワイルドのように真紅のダリヤを一輪飾った女が立去ってから、僕等は大いに臆測を恣にした。しかし、無論彼女がやって来る迄は何一つ判らなかった。

その頃——と云うのは戦争の始る三年ほど前であるが、私鉄T線のM駅附近にはまだ田園らしい風物が残っていた、例えば、なだらかな傾斜を持つ麦畑とか、灌木の茂みに隠された細い流とか、春先になると赤い木瓜《ぼけ》の花に点綴される雑木林への小径とか……。少し歩くと、高い欅の立並ぶ街道があり、農夫の生活を一瞥するにもこと欠かなかった。

その頃、M駅にやっと改札口が出来たが、それ迄は客は改札口無しのプラットフォオムで乗降した。定期の客は、プラットフォオムで振ってみせる。すると電車の後部から半身出した車掌はちょいと点頭《うなず》いてぴりぴりと呼子を鳴らした。切符の客は、どこで渡していいか判らず、うろうろするのが多い。すると走り出した電車から、車掌は大声にこう云った。

——破いて棄てて下さい。

逆に胡散臭いと睨んだときは、客に走り寄って、

——切符を頂きます。

と云えば良かった。降りる客は多くて五、六人程度だったから、神経質になるほどのことも無かったろう。

——兎だって沢山いたんだがね。兎ばかりじゃねえ、狸だっていたんだ。

と僕に話して呉れた一人の農夫があったが、生憎僕は狸は愚か、兎にも一度もお眼に掛る機会を持たなかった。つまり、兎なぞもう見掛けることは無いが、まだ田園らしい風趣は杖引く人の眼を充分愉しませるに足ると云う頃——その頃、僕は大学予科生で駅から徒歩で十分ばかりの所にある、従兄のHの家に寄寓していた。

H家は全くの一軒家であった。前は松林で右手は畑、左手は田圃でその先にT線の土堤があり、背後は雑木林、と云った案配である。尤も畑の先の雑木林の外れに一軒、青瓦の文化住宅があったが、これはざっと五百米も離れていて、お義理にもお隣と呼ぶ訳には行

かなかった。

　またH家からM駅へ出る裏手の雑木林の径を辿って行くと、百米ほどの所に一軒、山小屋風の建物があった。或る人物が、手軽に都塵を去って週末を愉しむために建てた簡単な別荘であった。しかし、その人物が都合で地方へ引込んだため、Hが管理を頼まれていた。別に貸家と書いて貼ってある訳でも無いが、電車のなかから眼に附いたとか、散歩に来て眼に留ったとか称して、借りたいと云って来る者も何人かあった。事実、借りた人間も、二、三には止らなかった。しかし、何れも一ケ月とは続かず退散した。電燈は無いし、井戸も無い。住むには不便に違いなかった。

　借りた連中は、小説を書くとか、受験勉強をするとか、神経衰弱を治したいとか、理由こそ異れ何れも男であった。H家は一軒家であるが、山小屋もまた一軒家である。駅迄行く途中家は一軒も無い。とても女独りで住めたものではない。それに、住もうなんて女はいる筈が無い、と僕等は思っていた。

　だから或る日、一人の洋装の女性が現れて借りたいと申出たとき、僕等は啞然としない訳には行かなかった。

　――あんな淋しい所に、お独りで大丈夫ですかしら？

　Hの細君が気にすると、相手は至極落着き払ってこう云った。

　――だから、却っていいんですの。

彼女は烟草を吹かしながら、靴の先で軽く拍子を取っていた。そのため、Hの細君は極めて簡単に、彼女をダンサアだろうと極め込んだりした。背は普通であったが痩せているのですらりと高く見え、眼の縁には淡い隈が出来ていた。

僕等はその夜、ダンサアだとか、お妾だとか、不良マダムだとか推測した。

——美人だったかい？

とHが訊いたとき、細君は答えた。

——そうね、みっともなくはないけれど、あたしはあんな女嫌いね。おまけに胸に赤いダリヤなんか挿して……。

——赤いダリヤ？　そりゃいいね。

もう半年ほど開かれなかったので、山小屋の南京錠は赤く錆び附いていた。窓から覗くと、十五畳ばかりの広さを持つ、板張りの部屋が一つあるばかりである。

色褪せたラッグの敷物が二、三枚、籐椅子が二脚に卓子が一つ、それに鉄のベッドが一台ある。壁際に煖炉があって、この煖炉の煉瓦の煙突が山小屋の外見を何やら人眼を惹くものにしているらしかった。マントルピイスの上の青い花瓶には、誰が入れたのか花が挿してあったが、色も形も判らぬほど枯れていた。天井から古ぼけたランプがぶら下り、壁にはモロオの絵の複製が一枚、額に入って架っていた。それともう一つ、片隅に梯子が立掛けてあったが、これは屋根裏に上るためのものであった。尤も、僕は屋根裏を見たことは無かったが、建てた人物は、そこを物置替りに使用したものらしい。

これが、胸に紅い花を飾った女性が借りる迄の山小屋の状態であった。しかし、間も無く窓にはカアテンが取附けられ、内部を覗く訳には行かなくなった。例の女性が山小屋に住むようになったから。それは、四月も中旬の頃だったろう。

僕等の驚きはやがて好奇心に変った。山小屋には井戸が無いから、眼を醒した彼女はH家に洗面にやって来る。片手に手桶を提げて来て、帰りに水を満して行く。それは朝八時頃のこともあれば、正午近いこともある。ときには終日在宅することもあるらしかったが、多くは盛装してどこかへ出掛けて行った。そして僕等は、程無く好奇心の一端を満足させることが出来た。彼女がさる大会社の重役の二号であったこと、並びにどうやら夫人に頭の上らぬらしい重役の弱味に附込み、多額の手切金を頂戴に及んで山小屋に住み着いたこと、なぞを知るに至ったから。

彼女が来てから五日目ぐらいに、僕は山小屋の前で彼女と立話している一人のゴルフ服を着た肥った中老の紳士を見掛けた。二人共莫迦に愛想の好い微笑を浮べていた。通り過ぎるとき、僕は紳士がこう云うのを耳にした。

――兎も角、清遊にはもってこいだね。

——随分高くつく清遊になるんじゃないのかしら。

彼女は惚けた声でそう応じていた。或はそれが、手を切った筈の重役だったかもしれない。

朝、山小屋の前を通ると、ビイルの空瓶が二、三本扉口に投出してあることがよくあった。カアテンが引かれ、内部は見えなかった。学校の帰途、ときに山小屋に彼女を見掛けることがあった。彼女は退屈そうな顔で烟草を吹かしていたり、ベッドに頬杖を突いて雑誌を読んでいたりした。そして僕を認めると、ひょいと頭を振ってまたつまらなそうな顔になった。

しかし間も無く、僕等は山小屋にときおり姿を見せる一人の男に興味を覚えた。長身の恐しく痩せた三十ぐらいの男で、いつ見ても深刻に何か考えている風情であった。僕はときおり、彼が両手をズボンのポケットに突込み、憂鬱な面持で雑木林を歩き廻っているのを見た。或は、長い髪を額に垂らし、窓辺に坐って本を読んでいたりするのを。そんなとき、彼女の姿は見当らなかった。

山小屋に泊ったときは、次の朝、彼は彼女に随いてH家に洗面にやって来た。些かも照れ臭そうな素振は見せず、二人共平然たるものであった。そして僕等は彼女の話に依って、そのひょろ長いのっぽが、某出版社勤務の詩人上原萬介であることを知った。

——詩をお書きになるんですの？

Hの細君は、満更文学的関心を持たぬでもない、と云った調子で彼に話し掛けた。ところが彼は偉そうな顔をしてちょいと点頭いたに過ぎなかった。ために細君はひどく感情を害したらしかった。

——詩人ですって。でも変に気取って厭な奴。

細君は夫にそう云った。

——詩人は気取るもんさ。我に詩を与えよ。然らずんば死を、かね。

Hはこの言葉が大いに気に入ったらしい、得意らしく云ったが、生憎僕等には詩と死が一度で判明しなかったため、Hは不服らしく註釈を加えねばならなかった。

しかし、折角名前の判った詩人はいつからともなく山小屋に姿を見せなくなった。すると僕等は、彼女が却って愉快らしい表情を帯び始めたのに気が附いた。手桶を片手に「ちょいと、あねさん何処へ、手桶を提げて水汲みに」とか歌いながらやって来たり、僕等を見ても、こんちは、と大声に挨拶したりするようになった。

——あのひと、思ってたほど厭なひとじゃないわね。

Hの細君は、その第一印象に若干の修正を加えるようになった。そんな調子が一週間ばかり続いたと思うと、山小屋に別の男がやって来て彼女と同棲し始めたのを僕等は知った。

それは五月も中旬の頃であった。既に山小屋の傍の雑木林には美しい新緑が溢れ、新緑を戦がせて渡る風は、新しく替えられた山小屋のレエスのカアテンを翻した。そのカアテンの翻る窓辺に、或る日、僕は初めてその男を見た。二十六、七の蒼白い顔をしたその男は、画架に向って筆を動かしていて、通り過ぎる僕を認めると、気弱らしい微笑を浮べて軽く会釈した。僕も狼狽て会釈すると急いで歩き出した。

彼は詩人と違って、彼女と一緒に洗面にやって来なかったが、一度だけ彼女と挨拶がてら現れたことがあった。そのとき、僕等は彼が有名ではないが前途ある画家吉田一郎なる男と知った。同時に、彼女の仄めかす所に依り、彼女と結婚する筈の相手だ、と。その間、彼は多く黙り込み話が自分のことになると困ったような笑顔になった。

——何だか気の毒なくらい温和しいひとよ。

細君は早速、夫に報告した。

——あの女性は芸術家好みなんだね。

とHが云った。

通りすがりにちょいと覗くと、壁には画家が描いたらしい小品が二、三枚新しく架っていたり、マントルピイスの上の青い花瓶には花が挿してあったりして、山小屋にもどうやら落着いた生活が訪れたらしく見えた。そして或る日彼女が、

——井戸を掘りたいんだけれど、構いません？

と云って来たとき、僕等はそこにささやかな人眼に附かぬ家庭が営まれるのを予想し

た。一ケ月足らずで消えてしまった在来の住人に較べると、この二人は相当期間山小屋に住み続けるのに相違無かった。

やがて井戸が掘られ、緑色のポムプが据えられた。暫くは雨の降る度に赤土が流れ、田圃に面した小さな崖から赤い水はちっぽけな瀑布を作って落ちた。井戸が掘られると、自然彼女の姿をH家に見掛けることも尠くなった。だから、僕等にとって山小屋の二人もいつの間にか平凡な隣人——と云っても百米距っているが——になって行くらしかった。

平凡な隣人に——しかし、或る日学校の帰途、山小屋に近附いた僕は何か砕ける音を耳にした。何か——それは壁にガラスのコップでも砕け散った音らしかった。山小屋の前迄行くと、扉口に彼女が此方に背を向けて立ち、その前に画家が立っていた。蒼褪めた顔の画家は、僕に気附くと直ぐ顔を背けた。彼女は振向いた。しかし、彼女には僕の存在など雑木林の樹木一本も同然らしかった。無論、僕は多大の好奇心を抱いたが、残念ながら出来るだけ無関心を粧って歩み去る他無かった。僕の判断に依ると、彼女は画家が出て行こうとしたのを扉口に立塞って妨げたのに相違無かった。

僕が帰宅して十五分ばかりすると、Hの細君が帰って来た。細君は殆ど毎日のように上りで二駅先の町迄買物に行くのである。

——今日はお二方ともお出掛けね。

細君は僕に云った。

——そんな筈は無いよ。

僕は妙な気がして、見たことを話した。細君は僕の次の下り電車で帰って来た。外出のための手間とか、駅迄歩く時間を考えると途中で二人と行交うか駅で顔を合せるかしている筈であった。真逆二人で、脱兎の如く駅迄駈出すこともあるまい。しかし、山小屋のカアテンは引かれ扉は閉されていたと細君は云う。

——じゃ、仲直りしてるんだ、きっと。

僕が云うと、細君は僕を窘《たしな》めた。

——莫迦ね。

しかし、僕等は山小屋の生活がさまで円滑に運ばれていないらしいと思わざるを得なかった。事実、細君も山小屋で何度か二人が不和の状態にあるらしい所を目撃したと云った。夕食の后、茶の間で暫く話し合うときなぞ、その話に山小屋の二人が出て来ることも尠くなかった。Hは云った。

——どう云うんだろう? 折角井戸を掘ったりしたのに。別れるのかね。

——でも、そう簡単に行くものかしら?

言葉が途切れると、僕等は何と云うことも無く耳を澄す恰好になった。夜はひどく静かであった。とは云え、百米先の山小屋の様子が判る筈は無かった。僕等の耳には電車の警笛が意外に大きく響いたり、松林の先の森で啼く梟の声が聞えたりした。

しかし、やがて蛙が鳴出し、賑かなこの田圃の合唱団が夜の静寂を破るようになって暫くすると、僕等は画家吉田一郎が山小屋から姿を消したのを、つまり彼女と別れたのを知った。

それは七月の好く晴れた暑い日のことである。山小屋の前を通り掛った僕は、卓子に向き合って坐っている画家と彼女の向うにもう一人、いま迄見たことも無い白髪の紳士が此方を向いて坐っているのを発見した。見たところ品の好い紳士で、画家によく肖《に》ているように思われた。開けっ放しの扉口からこの三人を見て、僕はセザンヌの「骨牌をする男達」とか云う絵を聯想したが、彼等はトランプに興じていた訳では無い。卓子の上には果物の取合せの籠が載っていた。それを見た瞬間、僕は果物の色彩が華か過ぎるのを覚えた。それは恐らく、その場の雰囲気が至極重苦しいものだったためだろう。

三人は一斉に僕に眼を注いだ。明らかに座が白け切っていたものらしい。僕が山小屋に画家を見たのは、これが最后であった。

翌日の夜、十二時頃、H家の玄関の戸を乱打する音が、忽ち夜の平和を破ってしまった。

――今晩は、電報、電報、おい、開けと呉れ。

その声は彼女――朝野夕子のものであった。ちょうど「モンテ・クリスト伯」に読耽っていた僕は、この深夜の狼藉者に尠からず関心を奪われた。そこで本を投出すと、玄関に出て行った。ちょうどHが玄関の戸を開けた所であった。蹌踉《よろめ》き込んだ彼女は、いきなり片手で寝惚顔の彼の首に抱附いた。と云うのは、片手にはウイスキイの角瓶を持っていたから。これを見たHの細君は大いに狼狽して、彼女を茶の間に引張って行った。

——さあ、大いに飲もうよ。

茶の間に坐ると、角瓶をどんと畳の上に置いて彼女は叫んだ。珍しく和服姿の彼女は既にしたたか酩酊し、前后不覚の態と見えた。

——今晩、うちに泊りにお出で。

と僕に云ったかと思うと、

——ちぇっ、あたしがお金が欲しいと思ってんだよ、あの親爺。息子も息子なら、親爺も親爺さ。叩き返してやろうと思ったけど、貰っといた。飲むためにさ。さあ、飲んだり、飲んだり。

と叫んだりした。それから、僕等によく意味の通じない言葉を吐き散らしていたが、突然、細君がチイズを載せて出した小皿を取ると乱暴に投げた。小皿はHの頭を掠めて壁に当ると割れた。細君は悉皆《すっかり》度胆を抜かれた顔で、内心彼女に対する考えに再び修正を加えているらしかった。

ところがHは、一杯のウイスキイに落城し、引繰り返って鼾をかき出したので僕と細君は彼を寝床に運ばねばならなかった。その間、朝野夕子は一人で何やら取留無く罵っていた。

――厭ね、酔っ払い。どうする心算かしら？　困っちゃうな。

細君は悉皆興醒めの態であった。しかし、急にひっそりとなった茶の間に僕等が引返して見ると、彼女は壁に凭れて眠り込んでいた。足は投出し、唇は半ば開かれていた。

――眠ったのね。

細君は吻《ほっ》としたらしい声で呟いた。僕等は彼女の寝顔を眺めた。

――泣いたのかしら？

僕等は彼女の顔を見詰めた。頬に二つ、水玉が落ちもやらず留っていた。僕等はその水玉を見た。全く意外なものでも見るように。そのとき、一匹の髭の青い虫がひらり舞込むと彼女の傍の柱に止った。長い髭を動かしていたが、やがてじいじいと云い出したかと思うと、不意に、スイッチョ、スイッチョと鳴出した。細君は低声で云った。

――寝かせて上げましょうね。疲れてるのよ、きっと。気疲れで。可哀想って云えば可哀想ね。

細君の敷いた布団に、僕等は肩と足を持って彼女を寝かせた。彼女は悉皆眠りこけてしまって、ぴくりともしなかった。僕は静かに窓を閉めた。そのとき、南の空に蠍座が鮮かにかかっているのが見えた。

やがて、銀河が次第に冴えて来る頃になると、僕等は彼女を些か無分別に過ぎると思うようになった。山小屋の前を通ると、僕はしばしば男の姿を見掛けた。ところが、それは同一人ではなく、幾人かの男が交替で現れるとしか思えなかった。なかには相当厚顔しい中年の商人風の男がいて、

——宜しくお願いします。

と僕に挨拶して、僕を面喰わせ且つ立腹させた。その他、得体の知れぬベレエ帽の男とか、株屋の番頭と覚しき男とか、眼鏡を掛けちょび髭を生やした男とかがいて、この連中は通り過ぎる僕を恰も競争相手を見るように胡散臭そうに見て、腹の立つこと夥しかった。

朝、山小屋の前を通ると扉口にビイルやウイスキイの空瓶が投出してある。それが裏手に積まれて次第に量を増して行く。その上に、雑木林の葉が散り掛るようになっても、彼女の乱行は熄むことが無かった。

——無茶ね。矢っ張り厭なひとね。

Hの細君はそう云った。

——ひとつ、俺も蜜蜂のお仲間に入れて貰うかな。

Hが云った。しかし、細君はそんな冗談には慢性になっていて些かも動じなかった。事

実、山小屋を訪れる男達は、彼女の胸に飾られた花に群る蜜蜂に似ていた。洋装の胸に一輪、花を挿すことが彼女の贅沢の一つであった。

濃く化粧はしているものの、疲労の翳は彼女の顔に隠し切れなかった。僕は彼女の眼の縁の黒い隈を、明るい燈火の下で間近に見たことがある。それは秋の或る夕暮であった。そのレストランには家族連らしい静かな客が多く、彼女が颯爽と乗込んだときには、人びとはちょいと吃驚したように僕等を眺めた。僕は何だか恥しくて閉口したが、彼女は悠悠たるものであった。と云って、僕は決して蜜蜂の一匹に成下った訳では無い。

その夕刻、雑沓する銀座通を歩いていた僕は、突然呼び留められた。振返ると、朝野夕子であった。何だか莫迦に馴馴しく僕の傍へ寄って来ると、

――久し振りね、皆さんお元気？

と、怪訝しなことを云って片眼を閉じた。僕が呆れ返って顔を見ると、再び片眼を閉じて云った。

――悉皆御無沙汰しちゃった。そうね、皆さんのお話も聞きたいから、一緒にお食事しないこと？

僕が断ろうとすると、彼女は素早く僕に背を向けて、驚いたことに傍に立っている連の男にこう云った。

――これ、あたしの従弟。久し振りに会ったからちょっと話がしたいの。これで失礼し

てよ。

見え透いた嘘を平然と云ってのけると、忽ち僕の腕を引張って歩き出した。僕を胡散臭そうに見ていた細い髭なんか生やしたその中年男は、ちらり苦笑を浮べたに過ぎなかった。僕はひどく極りが悪かった。

——あのひと怒るよ。いいのかい？

——いいのよ、あんな厭な奴は、后がうるさくてね。

僕は驚いた。まだ、彼女には男を選択するだけの気持が残っていたのか、と。彼女は一芝居演じた礼だと云って、僕を静かなレストランに連れて行った。そのレストランを選んだのは定めし僕の学生服を考慮してのことだったろう。僕等は街路樹と街燈の見える窓辺で慎しく食事をした。

食事が終って外へ出ると、彼女は忽ち風のように消えてしまった。尤も、立去り際に、胸の真紅のカアネイションを抜くと、些か芝居掛って僕の手にひょいと残して行った。僕はその後姿を呆気に取られて眺めた。それから、カアネイションを街路樹の柵に差すと歩き出した。

彼女の胸の花は、いつも生き生きとしていた。しかし、雑木林の葉は枯れ、小径に厚く散り積った。僕は乾いた枯葉の上を歩くときの音を愛する。

或る夕刻、その枯葉を踏んで一人の男がH家にやって来た。僕は縁のデック・チェアに凭れ烟草を吹かしながら、玄関先でHの細君と話している男の声を聞いた。その男は、画家が来る前に一時山小屋に姿を見せていたのっぽの詩人上原萬介であった。恐らく山小屋に来たものの、蜜蜂の一匹がいたため、H家に様子を訊きに来たらしかった。

——誰です、いまいる男は？　あの画描きと別れたって最近聞いたんで、ちょっと来てみたんですが……。

碌すっぽ挨拶もしないで、彼は直ぐそう訊ねた。

——誰が誰やら……。

細君はくすりと笑った。それから、画家と別れてからの彼女の行状を詩人に話して聞かせた。暫く沈黙が続いて、やがて上原萬介の声がした。

——そうですか。成程。よく考えてみることにします。

そう云うと、彼は長い身体を斜めに仆すように勢込んで庭を過《よぎ》って行った。かなり昂奮しているらしかった。

彼の言葉は僕等の話題になった。

——よく考えてみるって、何を考えるのかしら？

細君はくすくす笑った。Hはいとも簡単に結論を下した。

——なに、蜜蜂になるかならぬかをさ。

そして僕等は、彼が山小屋に引越して来たのを知ったとき、意外だとも思い、意外でないとも思った。彼の荷物を運んで来た運送屋は、山小屋に誰もいなかったからと云って、H家に荷物を担ぎ込んだ。それで僕等は彼の引越を知ったのである。しかし、この引越が全く一方的なものであることが直ぐ判った。

と云うのは、H家に荷物を取りに来た詩人を手伝って、僕も荷物を山小屋迄運んでやったところ、山小屋には朝野夕子がいてひどく腹を立てていた。

——なに手伝ってんの？　手伝う必要なんか無いのよ。勝手に押掛けて来て、厚顔しいったらありゃしない。

僕は呆気に取られた。彼女の言葉を聞いていられぬ気がしたが、上原萬介は、一言も云わずに荷を解き始めた。

——ね、云っとくけれど、男はあんた一人じゃなくてよ。

彼女は烟草を喫みながら、詩人にこう浴せ掛けた。僕は山小屋を後にした。そんな罵言を浴びても、尚山小屋に住むと云う詩人が僕には不可解至極であった。

僕等は、山小屋の新しい生活に興味を持った。詩人は毎日、出版社に出て行くらしかった。遅く学校に行く日なぞ、偶にプラットフォオムに彼を見掛けることがあった。彼はプラットフォオムの一番外れに立ち、半ば首を傾げて空の一角を睨んでいた。或は、プラットフォオムの砂利の上を歩き廻り、くるり方向転換する度に垂れた長い髪を振上げた。

しかし、彼が住み着いたために、彼女を訪ねる蜜蜂共が現れなくなったのは事実であった。うっかり現れた蜜蜂の一匹が、扉口にひょろ長い詩人の姿を見て、悉皆興醒めして退却する姿を想像するのは滑稽であった。とは云え、僕等は直ぐ頭をひねらぬ訳には行かなかった。一体、彼はどう云う気なのだろう、と。

男は一人じゃない、と彼女は言明したが、その言葉を実行に移して詩人を山小屋に独寝させることも多いらしかった。朝、詩人がポムプを激しく鳴らして洗面しているのを見ると、彼女が外泊したと判断出来た。外泊せぬ朝は、窓も扉も閉められた儘であった。僕等は話し合った。そんな奇妙な生活は何れは破綻が来るだろう、と。

——詩人って、もっと別な風に考えてたわ、あたし。

Hの細君は腑に落ちぬと云う顔であった。

——別な風って？

——随分、あのひと無神経に見えるけれど……。

僕は彼の詩を見たいと思ったが、生憎一つも読む機会が無かった。これは大分后になってからの話だが、僕は古い同人雑誌に彼の名前を見出したことがある。そこには三節か四節から成る詩が載っていて、各節の終には、
その星ひとつを求めながら

とか云うリフレエンが附いていた。憶えているのはそれだけで題も内容も記憶に無い。だから、その星が朝野夕子かどうかもよく判らないが、もしそうだとしたら、彼はその星ひとつを求めながら苦しんでいたのだろう。よく夕刻なぞ、既に冬枯の田園の風景のなかを、ひょろ長い詩人が当も無く歩き廻っているらしいのを見ると、枯草の上を渡る寒寒とした風が、見ている僕の心のなかにも吹込んで来るような気がした。

或る日——それは翌年の一月の半ば頃であったが、M駅に下車した僕は、プラットフォオムに上りを待ちながら並んで立っている二人を見て驚いた。兎も角、二人一緒に外出するのを見掛けたのは、それが初めてだったから。のみならず、詩人の顔は珍しく晴晴としていたし、彼女も何やら御機嫌らしく彼に寄添っていた。

それは、破綻を予想していた僕等にとって全く意外のことと云って良かった。

——妙ね。でも好い傾向だわ。

細君はそう云った。そしてその頃から、山小屋の生活はどうやら順調に運び出したらしかった。詩人は僕を見ても愛想好く会釈するようになった。駅で一緒になると話し掛けて来るようになった。尤も、深刻らしい表情と口調は忘れなかったが。

——文学とは苦しいものです。

彼は云った。そして僕にはお構い無しに独り点頭き、こう云った。

――詩は病気です。熱病だ。

それから片手を挙げると、五本の指を拡げ、その指で長い髪を掻上げた。

僕は殆ど毎朝のように、山小屋の扉が閉されカアテンが引かれた儘なのを見た。これは、彼女が山小屋に眠ったことを意味した。また学校の帰途、山小屋に独り留守番している恰好の彼女を見ることも多かった。これはどう云う訳だろう。朝野夕子がこれほど迄神妙になったと云うのは、何とも合点の行かぬことであった。しかし、僕等はあの痩せっぽちのひょろ長い詩人が彼女を斯くも変えてしまった、或はこんなに変る迄我慢したと云うことを考えると驚嘆しない訳には行かなかった。

そして或る日、家賃を払いに来た彼女の口から、結婚するかもしれぬ、と云う言葉を聞いたとき僕等は寧ろ当然と考えるようになっていた。そのとき、僕は茶の間の炬燵に当りながら、陽の当る縁に坐って十分ばかりHの細君とお喋りする彼女の話を聞いたのである。彼女は濃い化粧もせず、莫迦に神妙に見えた。それがつい最近迄、蜜蜂共を誘き寄せた一輪の悪の華であったとは、誰だって容易に信じられなかったろう。尤も、器用に烟草を咥えて煙を吐き出す所を見ると、何やら只者ならぬ風情が感じられたけれども。

――そろそろ潮時だと思ってね。でもいつ引繰り返るか判ったもんじゃないのよ。

彼女は暢気な調子で、そんなことを口にした。

――ほんとにその方がいいわ。大丈夫、いい奥さんになれてよ。

細君は善良な女らしい口調で励ました。冬の午下り、庭の霜柱は陽に煌きながら崩れて行った。その頃、日中は径が泥濘んで僕等は閉口した。しかし、夕刻になると忽ち固く凍り附いてしまう。

その凍り附いた径をざくざく踏み砕きながら、或る夕暮、詩人がその長い身体をH家の玄関に現した。二月の寒風が、雑木林に荒涼たる音色を響かせている頃である。詩人はいきなりこう云った。

――うちのひと、来てますか？

――うちのひと？　ああ、朝野さん。いいえ。

――怪訝しいな。

帰って見ると彼女がいないと云うのである。今日は在宅すると云った筈なのに。

――御馳走でも買いに行ったんじゃなくて？

細君は別に気にしていないらしかった。しかし、詩人は何やら納得の行かぬらしい不安な顔で引揚げて行った。

――随分、奥さん想いなのね、うちと正反対。

細君が云った。するとHは鼻の頭を撮《つま》みながら、

――おいおい、あの連中はまだ正式に結婚してないんだぜ。それに夫婦と云ったって、鴛鴦もあれば蟷螂もあるからな。

とややこしいことを云った。しかし、僕は内心、若しかしたらと考えた。その三、四日前、僕は街で画家吉田一郎と歩いている彼女を見掛けたのである。そのとき、僕は二人が偶然出会わしたのだろう、ぐらいに思っていた。しかし、偶然でないとしたら……。

翌朝、僕は蒼い顔をした詩人が、赤い眼をして激しく井戸のポムプを鳴らしているのを見た。次の朝、僕は山小屋のなかに立っている彼を見出した。その次の朝、詩人は椅子に坐って卓子に頬杖を突いていた。

——まだ帰って来ない。

僕は内心呟いた。その三日間、彼は勤めにも出ないらしく、帰途も僕は山小屋に彼を見た。

三日目の夜、僕等は山小屋の方から勇しい声が近附いて来るのを耳にした。朝野夕子が大きな声で叫んでいた。

——飲むのさ。厭ならさっさとお帰り。お前なんか……。

静かな夜の空気を破って、彼女の声は甲高く響いた。

——厭だわ。また飲むんですって。

細君は頗る恐慌を来したらしく、半分腰を浮した。

——旨いぞ。俺も大分手が上ったからな。今夜はへまはやらん。

Hは大いに期待する所があるらしかった。ところが予期に反して、声は次第に遠ざかりやがて消えてしまった。詩人が強引に引戻したのだろう。しかし僕等は顔を見合せ、結婚すると迄云っていた彼女が、いとも簡単に乱脈な生活に逆戻りしたらしいのを意外に思った。所詮、彼女は家庭に納まる女ではない、と云うのが僕等の一致した意見であった。或は彼女は画家と再会し、捨て去り忘れ去った筈の昔の情熱を再び燃え上らせたのかもしれなかった。他に理由があったのかもしれないが、僕等に判る筈のものではなかった。

次の日、学校の帰途、僕は山小屋の窓辺に立って烟草を吹かしている朝野夕子を見た。駱駝色の外套を着て、これから外出する所らしかった。僕を認めると、彼女は用でもあるらしく手招きした。窓辺に行くと、彼女は大声でこう云った。

——ぽかあん。

僕は立腹を禁じ得なかった。文句を云おうと思ったとき、椅子に坐って頭を抱えている詩人が眼に入った。瞬間、僕は山小屋を後に歩き出した。

多分、窓辺に立つ彼女を見てから一週間ほど経った頃だったろう。北風の吹く寒い日であった。山小屋の前を通り掛った僕は、山小屋の扉口に詩人が立っているのを見掛けた。寒い風の吹く夕刻、わざわざ扉を開け放ち、放心の態で立っている彼の姿は一見異様な感じのするものであった。

突然、彼は鋭く僕の方を見た。ひどく驚いたらしいが、僕なのに気附くと、ああ、と呟いた。そして妙に挑み掛るような調子で云った。

——寄ってきませんか？

僕は二度云われる迄待っていなかった。早速上り込んだ。いま迄、彼がそう云ったことは一度も無かったのである。ぽかあん、と云われて以来、僕は朝野夕子を見ていなかった。多少、彼女の消息を知りたい気持もあった。それに山小屋の内部を見たい気持も……。

詩人は燐寸を擦ると、天井からぶら下っている古びたラムプに火を点けた。しかし、ラムプの灯は暗く、小屋のなかは寒く、ひどく居心地が悪かった。煖炉には火の気が全然無かった。僕の眼に附いたものと云えば、マントルピイスの上のボオドレエルの肖像と、ベッドの上の壁に掛った朝野夕子の赤い長襦袢ばかりであった。

——朝野さんは？

訊いてから、僕はちょっと後悔した。そのとき、彼はちょうど僕のグラスにウイスキイを注ぎ掛けていたが、急に壜口とグラスが触れ合ってかちかちと鳴って、グラスから溢れた酒が卓子から床に滴った。

——行ってしまった。

詩人は低い嗄声で云った。その声を聞いて僕はひやりとした。

——いつ？

——もう……五日になるかな、六日かしら。出て行ってしまいましたよ。もう二度と帰って来ないんだろう。

僕は云うべき言葉が見附からなかった。僕は黙ってウイスキイを飲んだ。突然、詩人は立上って何か云い掛けたが、また直ぐ坐り込んだ。僕は一杯のウイスキイを飲干すと、忽忽に詩人に別を告げた。

僕等は、彼女が山小屋に戻るかどうかを話題にした。彼女のこととなると、僕等には皆目見当が附かなかった。僕等はその裡に帰って来るだろうと云ったり、いや当分帰って来ないだろうと云ったりした。しかし、彼女よりも彼女に見限られた詩人が今后どうするかに僕等はより多くの関心を持った。

——あのひと、家賃払うでしょうね。

細君はそんなことを心配した。しかし、僕等は詩人上原萬介のことを長く気に掛ける必要は無かった。

或る朝、一人の農夫がH家にやって来て、山小屋にいる背高のっぽの男が彼の畑の外れの松林で首を吊って死んでいると報告したから。

——ぶら下ってだらんとしてると、余計のっぽに見えます。

僕等は暫く何も云わなかった。

——のっぽだから、考えたんだね。ちゃんと梯子を木に掛けて、高い枝からぶら下ったらしいね。梯子が転ってましたよ。

農夫が云った。

――梯子をね。

Hは浮ぬ顔でそう呟いたが、細君はくすりと笑って狼狽てて咳をした。

――あの梯子はどうします、お宅のかね？

それは山小屋の梯子に相違無かった。しかし、首吊りに用いた梯子を元に戻すのは芳しくなかった。それに、こうなると山小屋の借手も当分は現れないだろう。よしんば現れたとしても、屋根裏なんて別に必要もあるまい。現に、朝野夕子と詩人も使用しなかったらしく、梯子は邪魔物扱いにされて山小屋の外に寝せてあった。だからHが、検屍とか何か済んだら梯子は焼くなり何なり勝手に処分して欲しいと云ったとき、僕等はそれが一番無難だと考えた。

寒い朝なのに、農夫は手拭で頻りに汗を拭っていた。

久し振りに山小屋を見たとき、僕は何やら懐しい気持を覚えずにはいられなかった。山小屋は悉皆古ぼけてしまって、破れた窓には板が打附けてあったりした。

それは戦争の終った翌年の春であった。春――しかし、新芽を吹く筈の雑木林はもう無かった。畑に変り、おまけに小さな住宅が五、六軒建っていた。Hの家の前の松林も跡形無く消え失せ、工場が出来ていたが、その工場も既に風雨に打たれて歳月の経過を示していた。最早一軒家でなくなったH家は、しかし昔の儘に立っていた。昔の儘に——しかし、無論古ぼけて。

戦争のお蔭で、永らく顔を合せなかった僕等に話の種は多かったが、それもいつの間にか昔話に落着いた。

——山小屋ね、見て来たでしょう？　あれ、明日取壊しになるのよ。

細君が云った。話に依ると、山小屋は戦争中に買手が現れて売られ、現在Hとは何ら関係が無いと云うことであった。取壊すのは、その買った人間が、都内に持って行って建直すためだと云う。

——あの女のひと……。

——朝野さんでしょう？

——うん、あのひとはどうしたかしら？　あれっきりですか？

——あれっきり。そうね、どうしたかしら？　随分昔みたいな気がするけど……。

——昔みたいじゃない、昔だよ。もう十年近く経つんだぜ。鏡を見るんだね。

Hが云った。彼は髭なんか生やし始めていた。

——どうせお婆さんよ。でも、あの頃はうちと山小屋と二軒しかこの辺に無かったのね。妙なもんね。でも何だか愉しかったわ、あの頃は……。

——そうさ、昔はみんな愉しいのさ。それで俺達ゃ齢を取るんだ。しかし、あの山小屋も兵《つわもの》どもが夢の跡だね、考えて見りゃ……。

僕は一晩泊り、翌日、H家を出て山小屋の前を通り掛ると、もう取壊しが始っていた。瓦は既に取除かれ、地面に並べている男が一人いた。別に急ぐことも無かったから、僕は烟草を一本喫みながら暫く見物することにした。屋根の上には男が二人いて、ルウフィングをめくって地上に投捨てると、続いて板を剝し始めた。

僕は烟草の火を貸したことから、瓦を整理している男と二、三無駄話を交しながら、兵どもが夢の跡、の消えて行くのを眺めていた。僕の他に近所の子供が四、五人、見物していた。

僕等は一斉に屋根を仰いだ。頓狂な叫び声が屋根の上にいる男の一人の口から飛出したから。

——何だい？

僕の話相手が大声で呼び掛けたが、上の二人は返事もせずに低く身を屈めて屋根裏を覗込んでいた。それから大声で叫んだ。

——警察だ。

僕の相手はそのとき、屋根に掛けた梯子を半分ほど登っていた。僕は——僕も奇妙な好奇心に駆られて、彼の後から梯子を登り出した。僕等が屋根に上ったとき、一人が振返って云った。

――人間よ。死んでやがる。

誰も僕を咎めなかった。僕は屋根に両手を突くと、春の陽の射し込む屋根裏を覗込んだ。そして僕は見た。屋根裏に横たわる奇妙なものを。

それは人間と云うよりは、人間らしいものと云った方が良かった。肉体は腐敗し尽したらしく干涸び上り、一面に塵に蔽われていた。眼は二箇の洞穴であり、歯は剝出し、鼻は落ちていた。そして首の辺りには、塵で色もはっきりしないが、何やら長い紐のようなものが、嘗て巻附いたらしくだらりと伸びていた。

――殺されたのかな、おい？

――そんなこた判らねえ。

男達が話している間、僕は黙って見詰めていた。

塵や土埃が厚く積っていた。しかし、どうやらその不愉快な奴が身に纏っているのは外套らしかった。そしてその胸の辺りに、僕は何か嘗て花だったと覚しきものが、矢張り塵を被って附着しているのを認めた。

（「文学界」昭和二十九年十月）

汽船——ミス・ダニエルズの追想

中学生のとき、僕は何人かの外人教師に英会話を習った。その一人は女で、ミス・ダニエルズと云った。彼女が初めて教場に姿を見せたとき、僕等新入学の一年坊主共はたいへんな婆さんが現れたと思った。なかには、

——わあっ、凄い婆さんだなあ。

と、頓狂な声を出す者もあった。紺のスウッに身を包んだ彼女の頭髪は純白であり、僕等はそんな白毛の婆さんは滅多に見たことが無かった。

教壇に立つと縁無し眼鏡越しに僕等を見渡し、それから何やらぺらぺら喋り出した。しかし、僕等には何が何だかさっぱり判らなかった。喋り終るとちょっと笑って、一言何か云った。しかし、これもさっぱり見当が附かなかった。みんなぽかんとしていると、今度は日本語で、

——判りましたか？

と云ったが、その日本語たるやひどく下手糞なものであった。后で知ったが、ミス・ダニエルズは十年近く日本にいた。十年近くいて、彼女ほど日本語の出来ない外国人を僕は知らない。しかし、そのとき僕等はこの機逸すべからずと、異口同音に大声に叫んだものである。

——ノオ・ノオ。

異口同音に——しかし、一人だけ例外がいた。それはMと云う落第坊主で、彼一人はイエス・イエスと叫んだ。するとミス・ダニエルズはその声で彼に眼を留めて、オオ、とか何とか云って懐しそうな顔をした。しかし、懐しそうな顔をされてはMも有難くなかったに相違無い。最初はMも How are you? なぞと云って僕等を驚嘆させたが、ミス・ダニエルズが話し掛ける度に下を向き、仕舞にはノオ・ノオと手を振るばかりで、とてもイエス・イエスと叫んだ生徒とは見えなかった。

その裡、一年坊主共も何やら怪し気な英語を操ってミス・ダニエルズの質問に答えたり、また彼女に質問したりするようになった。すると一人がこんな質問を試みた。

——貴女は何歳であるか？

ミス・ダニエルズは少し赧くなって、質問には直ぐに答えず却って反問した。

——何歳と思うか？

――八十歳である。

質問した生徒は即座に答えた。予め、用意していたのらしかった。ミス・ダニエルズは更に赧くなると奇声を発した。それから今度は僕等一同に同じ質問をした。僕等は変化を持たせるために、七十六歳とか六十三歳とか五十九歳とか答えた。しかし、五十歳以下と答えた者は一人もいなかった。

だから彼女が自分の年齢を次のように説明したとき、僕等は啞然としない訳には行かなかった。

――三十歳と四十歳の中間である。

そんな筈は無い、と僕等は考えた。僕等の合点の行かぬ疑わしそうな顔を見ると、ミス・ダニエルズはこの次の時間にはっきり判ると云った。

事実、次の会話の時間になると彼女は五、六枚の古びた写真を教場に持って来た。

――見よ。茲《ここ》に私がいる。これは私がカレッジの学生だった頃のものである。

多分、そう云ったのだろう、と僕等は解釈した。僕等は手から手へ写真を廻して眺めた。成程、若い男女が何人か写っている写真で、テニス・コオトの一隅とかボオトの場面のもあった。そのどれにもミス・ダニエルズが入っていたが、その何れを見ても頭髪は白かった。

――何だ、生れつきの白毛か。

僕等は妙に落胆した。しかし、それでも依然として納得の行かぬ気がした。ミス・ダニエルズはそう云う僕等に、女性に年齢を訊くのは紳士の作法に反するものだと注意した。尤も僕等は彼女が黒板に書いた文字を辞書に探し、そんな意味を見附けたのである。ミス・ダニエルズは熱心な教師であった。私語している者があると、こつこつと机を叩く。その音が高くなっても知らん顔をしていると、ぴしりと指を鳴らし、突如机上のチョウクを取ると弾丸のように投附けた。一度、彼女の投げたチョウクは背後の黒板に打つかり、跳ね返ると窓に打つかり、更に窓際の生徒の頭に打つかった。僕等は彼女を並並ならぬヒステリイだと考えた。そんなとき、彼女は多く赧くなっていた。

しかし、ミス・ダニエルズが一番赧くなったのは、僕等がIとyouを用いた文章を作らされたときである。そのとき級長のTは——彼は至極生真面目な生徒であったが——指名されて勇しく立上るとこう云った。

——I love you.

途端に、ミス・ダニエルズの顔は想像も附かぬほど赧く染った。そして激しく笑いこけて寧ろ苦しそうに見えた。僕等はその赧さに驚嘆し茹蛸も遠く及ぶ所ではないと感心した。とは云え、ミス・ダニエルズは笑いこけながらも、

——Thank you.

と繰返して云った。無論当時の僕等はI love youの皮相の意味しか知らなかった。だか

ら彼女が斯くも赧くなり斯くも大仰に笑いこけるのを見て奇異の感を深くした。そして級長のTはその后、

——彼奴はアイ・ラヴ・ユウ野郎さ。

と云われるようになったのである。

ミス・ダニエルズは僕等にアメリカ英語を教えた。だから発音もアメリカ式で、例えば僕等がリイダアでボックスと習った箱は決してボックスではなく、バアクスと発音しなければならなかった。ところが、僕等が三年になって会話を習ったイギリスの何とか大学出身のミスタア・Lは僕等の発音はオオソドックスのそれではないと僕等を窘めた。これは一人ミスタア・Lに限ったことではなかった。日本人の英語教師も、ミス・ダニエルズ式の発音をすると苦苦し気に云った。

——辞書の発音記号を見るんだね。

だから、僕等は一時二通りの発音を使い分けねばならず大いに混乱せざるを得なかった。

尤も、ミスタア・Lもアメリカ人であった。しかし、僕等の一人がミス・ダニエルズはこう発音したと抗議したとき、彼はちょいと眉を顰め肩をすくめて苦笑した。ミス・ダニエルズなぞ歯牙に掛けるにも足りぬ、と云う風情であった。彼は若い背の高い男で、新婚早早の若く可愛らしい細君と学校内の住宅に住んでいた。一度、この夫婦が接吻している

姿が窓辺に見えたと云うので、彼の住居の近くには熱心な見物人が大勢押掛けて、三、四日の間はその跡を絶たなかった。そこで到頭、教頭は朝礼の席上、

——矢鱈に他人の家を覗見するのは下劣な人間である。

と訓辞を垂れねばならなかった。

ミス・ダニエルズも学校構内にある薔薇の垣根を巡らした住宅の一軒に、一人のアマと楊貴妃と名附けた一匹の猫と一緒に住んでいた。彼女は無論独身であった。嘗て結婚したことがあるかどうか誰も知らなかった。また、そんなことは僕等中学生の関心の対象にはならなかった。

僕等は誘われる儘に、薔薇の垣根を巡らしたミス・ダニエルズの家にときどき遊びに行った。多分、二年生の頃だったろう。僕等がテニスをやっていると、そこへミス・ダニエルズがやって来て僕等の仲間入りをした。ちょうど上級生がいなくて、テニス・コオトには僕等五、六人がいたに過ぎなかった。ミス・ダニエルズは早口に何か云うと、早速僕等の一人と組んでダブルスの試合を始めた。

——何て云ったんだ？

僕等は考えた。そして彼女の手並を拝見に及んでから、次のように解釈した。

——本日は下級生の下手ばかりだから、私には都合が好い。

事実、ミス・ダニエルズは僕等より少しばかり上手なのに過ぎなかった。彼女が学生時

分テニス・コオトの一隅で撮った写真を前に見ていた僕等には、がっかりするほどの腕前と云って良かった。しかし彼女は至極上機嫌で、終ると僕等をお茶に誘った。それが切掛で彼女の家に遊びに行くようになったのである。

僕等は大抵トラムプをやったり、家族合せに似たカアドのゲエムに興じたり、レコオドを聴いたり、彼女が詩を読むのに耳を傾けたりした后、紅茶とお菓子を御馳走になって帰った。彼女が読んで呉れたのはロングフェロオとかホイッティアの詩で耳を傾けていた所でさっぱり判らない。説明を聞いても三分の一は理解出来なかったが、妙なことにその頃憶えた詩の一、二行は、いまも記憶の片隅に残っていてひょっこり顔を出したりする。

しかし、僕等がミス・ダニエルズの家に行ったのは大体三年生の初めぐらい迄で、四、五年になると殆ど行かなかった。それでも、校庭とか廊下で顔を合せると決って、

——遊びに来い。

と云った。偶にテニス・コオトに現れることもあった。しかし、もう僕等は彼女は敵ではないと思っていた。僕等は下級生を指して、あそこに貴女の相手がいると云ったりした。

尤も、三年生のときだったか四年生のときだったかはっきり憶えていないが、一度ミス・ダニエルズが僕等をお茶でなく晩餐に招んで呉れたことがある。僕等四、五人が揃って彼女の家に行くと、そこには一人先客がいた。

——これは私の叔母、即ち私の母の妹である。

ミス・ダニエルズはそう云ってその先客を僕等に紹介した。莫迦に肥った血色の好い婆さんで、ミス・ダニエルズが僕等一人一人の名前を云うと、胸のポケットから鼻眼鏡を取出して掛け、耳が遠いらしく何遍もミス・ダニエルズに訊き返したりした挙句、納得が行くと大きな声で挨拶して握手した。余り強く握手されたので、友人のKは、

——あっ、痛え。

と云った。そして僕等はこれは凄い婆さんと同席することになったと内心辟易した。ミス・ダニエルズは僕等を紹介するとき英語の名前を云った。と云うのは彼女は生徒に英語の名前を附けて呼び、決して日本名は呼ばなかったからである。無論、彼女にとってはその方が覚え易く呼び易かったからだろうが、よくよく日本語が苦手だったのかもしれない。

ジョンと云う名前をくっつけられたSなぞは、五年生になってからも校庭で、ハロオ・ジョンとやられて、

——俺は犬じゃねえぞ。

と憤慨していた。

あっ、痛え、と云ったKは一年坊主のときミス・ダニエルズからスカアトと云う名前を頂戴した。Kはその名前が不満だから取替えて呉れと彼女に抗議を申込んだ。理由は、女

の穿くものと同じ名前なんてみんなの嗤いものになるから真平御免だと云うのであった。しかし、そう上手く云える訳のものでも無かったので、ひどく手間取った。

——おい、誰か俺と名前を取替えて呉んないか？

とKは叫んだりした。しかし、わざわざスカアトを穿こうなんて奇特な心掛の持主はいなかった。到頭Kは黒板に出て行って、スカアトを穿いた女の絵を描き、そのスカアトの所をチョウクで叩いて、

——これ、これ。私は大嫌いだ。

と云った。途端にミス・ダニエルズは噴き出した。そして暫くは笑い止めなかった。しかし、Kの抗議は取上げられなかった。

——このスカアトは女の穿くスカアトとは違うスカアトである。心配する勿れ。

とミス・ダニエルズは云った。違うのだろうが僕等には同じように聞えたので、Kは后あと迄、

——おい、ずり落ちやしないか？

とか冷かされることになったのである。

僕等は暫くその婆さんも交えて話をした。ミス・ダニエルズはなるべくこの肥った叔母さんと僕等を話させようと努めた。しかし、婆さんはひどく耳が遠い上に、僕等が理解出来るものと勝手に信じ込んでいてぺらぺら矢鱈に喋るので、とても話になったものではな

かった。それに僕等も碌な質問をしなかった。

——貴女はどのくらい重いか?

と、一人が訊いたとき、ミス・ダニエルズは、おお、たいへん重い、と横から答えてトラムプを持出して来た。しかし、婆さんは何遍も、トラムプが始る迄、何と訊いたのかと訊き返した。

やがて小柄なアマが食事の用意が出来たと云いに来たので、僕等は食堂に通された。食事の前に、婆さんは大きな声で祈禱を捧げた。そのとき一人がくすりと笑ったので、僕等はみんな笑を堪えるのに一苦労した。幸い、婆さんは耳が遠いから良かったものの、ミス・ダニエルズは教え子の行儀の悪さに恥しい気がしたかもしれない。

食事の途中、突然激しく雨が降り出して雷鳴が轟き稲妻が閃いた。そして不意に電気が消えてしまった。そこで僕等はマントルピイスの上から運ばれた二本の燭台の灯で食事を続けた。稲妻が西の空一面に雲を奇怪な形に浮び上らせるのが見えた。すると僕の隣にいた婆さんは、不意に何やら調子を附けて台詞めいた文句を口誦むと、

——シェイクスピアを知っているか?

と、僕等に訊いた。僕等は名前は知っていた。しかし、読んだ者は無かった。そう答えると、婆さんは大きな口を開けて、

——おお、それは素晴しい。お前達はまだそんなに若いのに。

と云った。ミス・ダニエルズがその勘違を訂正しようとしても、婆さんは既に僕等がシェイクスピアを読んでいるものと信じ込んでいて、素晴しいを繰返した。

食事が終って小一時間もすると雨が歇んだ。そこで僕等はもう一度婆さんと握手して暇を告げた。まだ電燈が点かぬのでミス・ダニエルズは懐中電燈を持って僕等を扉口迄案内し、序に濡れた敷石伝いに門口迄出て来た。そして懐中電燈の光を垣根に向けると云った。

——薔薇が今年はよく咲いた。

初めて僕等がお茶に招ばれたときも、薔薇が咲いていて、彼女は僕等に——見よ、何と美しいことか、とか云ったものであった。多分、ミス・ダニエルズは薔薇が好きだったのだろう。或は、花が。彼女の住居の庭にはよくいろいろの花が咲いていた。

中学を卒業してから夏、信州の湖畔でミス・ダニエルズに会った。湖畔に行って三、四日目、ボオトを出して二、三の悪童仲間と漕いだり泳いだりしていると、直ぐ近く迄疾って来た一艚のヨットが方向転換しようとして突然転覆した。風の強い日であった。

僕等は早速、救助に赴いた。ボオトを漕ぎ寄せて見ると、二人の女が水中に投出されていた。一人はちゃんと水着を附けていて、直ぐ転覆したヨット迄泳ぎ着いてその胴体に摑まった。もう一人の方は洋服を着ていて、そのためばかりではなく元来泳ぎが下手らしかった。頻りに犬掻みたいな恰好でヨットに泳ぎ着こうとするが、全然進まない。浮いているのが精一杯であった。

——やあ、凄い婆さんだな。あんまり助け甲斐が無いや。

仲間の一人が云った。

しかし、僕等はその「婆さん」の傍迄漕ぎ寄せてボオトに引上げた。そこで僕は声を掛けた。

——御機嫌如何ですか、ミス・ダニエルズ？

それが彼女であった。僕はこのときほど、吃驚した人間の顔を見たことが無い。彼女は狼狽てて濡れた縁無し眼鏡を外し、眼を丸くして、オオ、と叫んだ。それから真赧になって笑いこけた。そこへ、もう一人の女もボオトに泳ぎ着いて這上った。そして、ミス・ダニエルズが笑いこけているのを見ると、驚いて、

——一体、何事であるか？

と訊いた。中年の褐色の髪をした女であった。ミス・ダニエルズが早口に僕のことを説明すると、そのひとも眼を丸くして、オオ、と叫んだ。そこへ別なヨットが二、三駈附けて来たので、引繰り返った奴は其方に任せ僕等は岸迄二人を送り届けた。

ミス・ダニエルズはひどく歓んで、僕を食事に招いた。ところが僕はその頃、彼女の所で食事するよりも悪童仲間とビイルを飲んだり、一人の女性と湖畔の径を散歩する方が迥《はる》かに重要だと思っていた。そこで口実を設けては彼女の再三の招待を断った。

一度、ちょうどその断った日の夜、或る店でHと云うドイツ人の若者とビイルを飲んでいる所へ、ミス・ダニエルズが這入って来た。僕を見ると、驚いたらしかったが、直ぐ指を立てると睨み附ける恰好をして出て行ってしまった。Hに説明すると、彼は大いに歓んでドイツ語の歌を歌って呉れた。Hは十八歳のくせに山羊髯なんか生やしていて、一打ぐらいビイルを飲んでもけろりとしていた。彼に、ミス・ダニエルズを何歳と思うか、と訊ねると、即座に、

——四十五歳？

と云ったのには些か感心した。ミス・ダニエルズを助けたボオトの仲間は、みんな彼女を六十歳だと思っていた。

しかし、これはミス・ダニエルズに味気無い想いを抱かせたに相違無い。その次、径で出会したとき、彼女は連のひょろっとした老婦人に僕を紹介し、

——彼は嘗ていい生徒であったが、いまは知らない。

と註を加えた。連の老婦人は笑って、

——否、無論いまでもいい生徒だ。

と云って、僕に首を振ってみせた。しかし、それは云う迄も無く通り一遍のお世辞で、その頃僕はたいへんな怠者になっていた。そして、嘗てミス・ダニエルズが読んで呉れたロングフェロオとかホイッティアなぞ、至極つまらぬと考えていた。尤も、そんなことは

彼女に云わなかったけれども。

ミス・ダニエルズがアメリカに帰ったのは、それから二年ほど経った夏の初めである。僕はひとからその話を聞いて横浜迄見送に行った。もう二度と日本に帰らないのだと思って、些か殊勝気を出して行ったら、一年の休暇で帰るのだと判って、拍子抜けがした。ところが、妙なことにミス・ダニエルズはその儘二度と海を渡って来なかった。理由はよく判らない。最初は何通か手紙を貰った。どこそこへ旅行したと云って、絵葉書なぞ送って呉れたりした。あんまり返事も出さないでいる裡に便りが来なくなってしまった。若しかすると亡くなったのかもしれない。それから戦争があったりして、彼女のことは僕の記憶の片隅に細ぼそと名残を留めているに過ぎない。生きているとしても、もともと婆さんに見えたからいまでもたいして変ってはいないだろう。

しかし、細ぼそと名残を留めている彼女を、僕は稀に想い出すことがある。それに附随して幾つかの「懐しの馴染顔」が脳裡に甦る。するとそれと一緒に、懐中電燈の丸い光の輪のなかに浮んだ雨に叩かれた薔薇を想い出す。彼女は花が好きだったらしい、と云ったが、それには満更理由が無い訳では無い。彼女は名を、フロオラ、と云ったから。ミス・フロオラ・ダニエルズは、生地を離れた遠い国で一体何を考えて暮していたのだろうか？

僕は彼女を見送に行くとき、帰りに中学時代の友人で横浜にいるSに会おうと思って通知して置いたらSも桟橋に来ていた。好く晴れた暑い日で、僕等が見附けたミス・ダニエルズは赧い顔をして大きなハンカチで頻りに汗を拭っていた。そして、僕等を見ると思い掛けぬと云ってひどく歓んで僕等二人をわざわざ汽船のなか迄案内し、キャビンを見せて呉れた。何と云う名前の船だったか憶えていない。何でも日本の船で、僕の予想していたより遥かに貧弱な奴であった。

しかし、ミス・ダニエルズは軽い昂奮を覚えているらしく終始上機嫌で、狭い殺風景なキャビンを見廻しながら、これは本来二人用のキャビンだが途中何とか云う港迄は自分一人で専有出来るのだと説明してから、

——お前達もこんな船でやがてアメリカに来ると良い。

と云った。そして、キャビンの窓から外を眺めて、

——見よ、鷗が飛んでいる。

と云ったりした。ミス・ダニエルズの見送人は全部で十何人かで、殆ど彼女の知己のアメリカ人であった。彼女の小柄なアマは一人しょんぼりとしていたが、僕達を見ると大いに歓んで、

——まあ、お坊ちゃん方、よく来て下さいました。

と云ったのには面喰った。

その汽船は大体乗客が尠いらしく、明るい陽射を浴びた桟橋には見送人の姿も疎らであった。だから、船が出るとき投げられたテエプの数も尠く淋しいものであった。ミス・ダ

ニエルズも何本かテエプを投げた。それをみんな喚声を上げて奪い合った。僕等が見物していると、テエプを拾った一人の女がそれを僕の所に持って来た。云われて初めて判ったが、湖で引繰り返ったヨットに乗っていたひとであった。ちゃんと服を着て帽子迄被っていたので、ちっとも判らなかった。

いよいよ船が岸を離れ始めると、ミス・ダニエルズは昂奮したものらしい。突然、見送人に向って投げキッスをした。同時に、恐しく赧くなって照れ臭そうに笑った。見送人は、一斉に奇声を発して、互に肩を叩いたり顔を見合せたりして大声で笑った。その間にも、赧くなって笑いながら手を振っているミス・ダニエルズは次第に遠ざかって行った。

見送人のなかに、僕の中学時分の会話の教師ミスタア・Tがいて僕等の傍に来ると是非自分の家に寄って行けと誘った。

——否、われわれは本日たいへん忙しい。

と云うと、莫迦に残念がって立去った。彼は学校内でなく横浜近郊に住んでいて、細君の尻の下に敷かれていると云う噂であった。鼻の下に歯刷子みたいな髭を生やしていて、ときどき手の甲に引掻傷を作っていた。それは細君に引掻かれたのだとの、専らの評判であった。僕は henpecked なる単語に初めてお目に掛ったとき、真先にミスタア・Tを想い浮べたものである。

僕等は小柄なアマに別を告げ、碇泊中の一隻の貨物船に上ってみた。Sの友人がいるかもしれぬ、と云う訳であった。しかし、貨物船には人影が無く、あちこち歩き廻った挙句やっと無電室らしい所で、烟草を吹かしながらキイを叩いている一人の若い船員を見附け出した。Sの友人はいないことが判ったが、若い船員は退屈だったらしい、僕等を摑まえて話し込み、なかなか離そうとしなかった。そして、恋人だと称する女の写真を示したりした。僕等がミス・ダニエルズの乗船の名前を云うと、彼は笑って云った。

――これよりは増しだよ。

僕等が帰ろうとすると、彼は机の上の帽子を斜めに頭に載せ、立上るとひょいと二本指を庇に当てて笑った。

それから僕等は暑い陽射を浴びながら、岸壁の傍の水面に小舟を浮べて潜水作業をやっている連中を見物した。一体、何のために潜水していたのかよく判らない。小舟の上には長い柄の附いた空気ポムプが据えてあった。その柄の両端を中年の女と若い男が持って、交互に上げたり下げたりしていた。二人とも陽に灼けて、汗びっしょりになっていて、ときおり何か短い言葉を交しては親し気に笑い合ったりした。

暫くすると、何か合図でもあったのか、若い男が綱を引張り出した。やがて小舟の傍の水のなかから潜水服の兜が出て来た。兜を取ると、なかの男は金魚のように口をぱくぱくさせた。中年の男で、彼は小舟の縁に摑まると女に向って何か云った。どうやら二人は夫婦らしかった。そして潜水服の男は空気の送り方が悪いとか何とか、文句を云っているらしかった。その男が上るといきなり文句を云う気持は、僕にも判る気がした。

若い男は海の方を向いて、烟草を喫んでいた。ミス・ダニエルズの乗った汽船はもうかなり小さくなっていて、水平線の辺りには夏らしい入道雲が白く輝いていた。

（「文芸」昭和二十九年六月）

バルセロナの書盗

あの本こそ、ラ・マンチャ中の一番立派な分別者を
こんなにしてしまったのじゃ。
――ドン・キホオテ

一八四〇年の夏の夜のことである。

スペインはバルセロナにその名を知られたドン・マティヤスなる富豪の邸宅から火を発し、折からの強風に火焔は忽ち巨大な邸宅を席巻し一夜の裡に灰燼と帰してしまった。朝になって、焼跡から黒焦の屍体が一箇発見されたが、調査の結果、邸宅の主人ドン・マティヤスその人なることが判明した。口に、陶器のパイプを咥えて死んでいたのである。

バルセロナの警察は直ちに、出火の原因の調査を開始した。ところで、このドン・マティヤスなる人物に就いて簡単に説明を試みよう。彼は独身であった。尤も、二度ばかり結婚したことはある。しかし、最初の若い細君はマドリッドから闘牛の一行に随いて来た伊

達者のマンドリンに心が迷い、闘牛が終って一行が引揚げるときそれと共に風のように消え失せてしまった。爾来、ドン・マティヤスは名立たるバルセロナの闘牛場にもとんと姿を現さず、人に訊かれるとこう答えたものである。

——わしは闘牛なんて大嫌いじゃ。

二度目の細君は都振りの髪を高く束ね、美しい襟足を大胆に現した衣裳を纏った美人であった。ところがこれも、内乱のさなか、ドン・カルロス麾下の若い士官と意気投合し、ドン・マティヤスに一言の挨拶も無く行方を晦ませた。以后、ドン・マティヤスは只管《ひたすら》ドン・カルロスの敗北を切望し続けた。その念願がやっと適って、どうやらちっぽけなイサベルの王位が安泰に落着いたのを見た、と思ったら、その翌年、彼自身黒焦になってしまったのである。

出火の夜、ドン・マティヤスは友人のドン・フアン・ロオペス市長の邸へ遊びに行き、酒盃を重ねながら、三、四日前古本市で競り落した世に一冊しか無いと云う書物の自慢話をして頗る上機嫌であった。自殺するとか、自ら放火するとか云うことは些かも考えられない。珍本を自慢した、と云うことから容易にお察しも附くであろうが、ドン・マティヤスはバルセロナは愚かスペイン全土にあっても稀覯本の蔵書家として知られていたビブリオ・マニアであった。珍書を入手すると、一週間は、表紙を撫でたり、頁を翻したり、香を嗅いだり、縦から見たり、横から眺めたり……と限りが無い。それが済むと、特製の書棚へ収めて、日に数度はその前に坐って限りない満足に耽るのである。彼を捨てた女共も褒めたものではないが、捨てられた責任の一半はこのような彼の書物への執着にある、と云わねばなるまい。

と云う訳であるから、彼が書物の損失を怖れたのは想像に余るものがあった。書物が灰になる、と云ったことを考えただけで気が遠くなる筈であった。幾人かいる召使も無論主人の性質を呑込んでいて、間違っても火事を出すようなことは無い筈であった。調査の結果、召使達は誰一人、出火の原因を知らなかったし、また怪しまれるような点も無かったことが判った。彼等が火に気附いたときは、既に生命からがら逃出すのがやっとで、とてもドン・マティヤスを救い出したり、書庫に駈附けたりする余裕は無かったのである。しかし一人だけ、当夜邸宅にいなかった召使があった。ヴァレンシア生れの若い男で、当夜、ひそかに密会に抜出していた。主人の焼死した夜、自分がいなかったことに頗る責任を感じたらしく何ら弁解を試みなかったため、一時はかなり危険な立場に置かれたが、逢曳の相手の女の証言があって、助かった。証言に依ると、彼——ヴァレラと云う名の若者であるが——は出火の二時間前から当の相手と囁きを交していたのである。

しかし、危険な立場は逃れたものの、彼は更にその后、市長自身から手厳しい訊問と叱責を受けた。亡友ドン・マティヤスがこんな職務に怠慢な召使を抱えていたのは洵《まこと》に遺憾だ、と云うのが市長の叱責の動機であった。尤も、それは市長の表向きの動機であって、実はヴァレラのランデ・ヴゥの相手が、かねがね市長自身何とかならぬかと思案中の女と同一人だったのが判った結果であった。ところが、偶偶ヴァレラを見掛けた市長夫人が、大いに夫の不粋を窘めると云った気紛れを見せたため、ヴァレラはどうやらそれ以上市長の不興を蒙らずに済んだのである。

ドン・マティヤスに怨恨を持つ者も見当らず、召使達にも落度は無い、となると、結局原因不明の失火と云うことに落着かざるを得ない。パイプを咥えて死んでいたからその火の不始末からだろう、と云う者がある。而もこんな他愛も無い推量が一般に信ぜられるようになったりした。市長は書物に陶然とするより、美人に陶然とする方を好んだ。大抵の人間はそうだろう。しかし、バルセロナのみかスペインの書狂連は永くドン・マティヤスの書庫の焼失を語草とした。ドン・マティヤスが焼死した翌日、眼の色を変えたバルセロナのビブリオ・マニア連はこんな会話を交した。

——ドン・マティヤスが焼け死んだそうですな……。

——左様、洵にお気の毒なことで……全く、何とも残念至極、惜しいことでした。せめても……。

——せめて、一冊でもですな……。

——御尤もで。実際あの本のことを考えると、悲しさに気も遠くなりますわい。

奇妙なことにドン・マティヤスの書庫の焼失により、自分の蔵書の価値が増した、と喜ぶ手合も二、三無いことも無かった。しかし、多くの稀覯本が烏有に帰したのは、多くの者を落胆させた。殊に、アラゴン古文書文庫は虎視眈眈と狙っていた古文書が焼失したため、その理想の書庫の蔵書量を三分の一ばかり減らさざるを得なかったのである。この文庫は後年仏人プロスペル・メリメ氏が訪れたものである。因みにメリメ氏はその書簡のなかで、バルセロナを汚い町だと貶している。

ドン・マティヤス邸の火事があってから一ケ月と経たぬ頃である。或る早朝、巡邏が街路上に転っている死体を発見した。胸に匕首が突刺さっていて、一突きにやられたものと判る。懐中に金子が入っているが、手を附けた模様が無い。それから見ると殺すのが目的のようにも思われるが、死者がバルセロナ大学教授、温厚篤実なドン・ガルシアと判明して見ると、これも怪訝しい。先ず、殺されるような男ではないのである。

しかし、街は暗い。誤って暗殺されると云うことも考えられる。暗殺は必ずしも尠くなく、一部の市民の間にはよく行われた。だからと云って、紳士の服装をしたドン・ガルシアが、暗い街とは云え、簡単に間違えられて殺される、と云うのはよくよくの場合である。

ドン・ガルシア宅を訪れた警官がその死を告げると、夫人は悲鳴をあげて卒倒した。夫人はときにヒステリイの発作に襲われるが、その他の点では先ず以て夫の名を恥しめない女である。平静に復した夫人の述べた所に依ると、前夜晩くドン・ガルシアは相当の金子を持って書店に行くと云って出掛けた。どこの書店かは判らない。帰らないのでひどく心配していたが、真逆殺されるとは夢にも思わなかった、と云うのである。茲で警官は注意すべき事実を一つ発見した。即ち、ドン・ガルシアが持って出た金額は、死体にあった金よりも迥かに多い、と云うことである。当然、書店で書物を買っての帰途、殺され書物を奪われたと云うことが考えられるが、警官はこの辺で退却せざるを得なかった。と云うのは書物を眼の仇にしているらしい夫人は、突如ヒステリイの発作を起して叫び出したからである。

——出てって頂戴。本、本、ああ、うるさい。

これは妙な話であった。夜晩く本を買いに出る、と云うのが先ず奇妙である。更に、ドン・ガルシアが現れたと云う本屋は、バルセロナ中に一軒も無かったのである。書店は何れも暮鐘の鳴る頃店を閉めて商いはしない。ドン・ガルシアがそれを知らぬ筈は無い。すると、妙なことになる。犯人はドン・ガルシアを殺して一定の金額だけ奪って逃げた、と云うことになる。そんな妙な人間が果してあるものだろうか。

バルセロナの警察は頭をひねった。解答はとんと得られそうも無かったが、このドン・ガルシアもまた書狂であった、と云うのは明白な事実であった。……もまた、と云うのは無論前にドン・マティヤスがいるからである。ドン・ガルシアは稀覯本の数に於いてはドン・マティヤスに及ばぬが、相当の逸品を揃えている、と云う点でかなり知られていたのである。ところが、ドン・マティヤスとドン・ガルシアの死を結び附けて考えた者は警察に一人もいなかった。一人も――しかし、唯一人新米の警官がそれに眼を附けた。それは嘗てドン・マティヤスの召使であったヴァレラである。彼は市長夫人の口添えで警官になり澄した。尤もそのため、市長には内密で夫人に対し相応の礼を尽さねばならない。しかし、彼が警官になったのは、目的が別にあった。旧主人の焼死がどうも納得出来ない、それを究明してみよう、と云うのであった。そこへ、ドン・ガルシアが殺された事件が起った。ドン・マティヤスの所に働いていたヴァレラは、ビブリオ・マニアなるものをかなりよく理解している。その妙な性癖も承知している。書狂ドン・ガルシアの死を聞いた彼の脳裡に、書物、が明らかに浮び上った。同時に旧主人の死も、何か書物に関係があるのではないか、と直感したのである。しかし、彼の意見は一笑に附された。牽強附会も甚しい、と云うのであった。

ところで、バルセロナの書狂連は、ドン・ガルシアの葬式が済むと未亡人を慰めるべく訪問した。何れも胸に一物ある連中であったから、慰めの言葉を述べ終るとさり気無く、

――ところで、御主人は随分本をお持ちでしたが、いろいろと……。

と云った調子で喋り出す。途端に、夫人は発作を起すと叫ぶのである。

――本、本ですって？　出てって頂戴。好い加減のお慰めなんて真平。何て厚顔しいのかしら。豚、豚、ああ、顔を見るとむかむかするわ。

夫人のヒステリイを心得ている連中は、これはほとぼりの冷める迄、待たずばなるまい、この次はひとつ首飾でも奮発して土産にしよう、なぞ考えながら三十六計を極め込む訳である。しかし、背後から浴せ掛けられる夫人の捨台詞を聞くと、それがドン・Qであろうと、ドン・Pであろうと、ドン・Sであろうと不思議なことに莫迦みたいに立停って半分口を開いた儘暫く口も利けない。その捨台詞はこうである。

——本が欲しきゃ本屋に行くものよ。生憎宅には一冊もございませんよ。みんな売払ったから。

阿呆同然の連中はやがて狼狽して振返ると訊くのである。

——で……一体、どこに……どこの本屋です？　そんな早い奴は？

憤怒に駆られた夫人は叫ぶ。

——早く行っちまえ。気狂。ドン・ペドロって云う気狂本屋が……。

しかし、連中はそれ以上聞いていなかった。まさに脱兎の如く、ドン・ペドロの店に駈附ける。お蔭でさして広くないドン・ペドロの店先には、眼の色を変えたビブリオ・マニアが肩を打つけ合うことになった。

ドン・ガルシアにとっては生命より大切かもしれなかった書物も、夫人にとっては二束三文のがらくたに過ぎなかった。当時、御婦人方はとんと読書なぞなさらない。そこで退屈凌ぎの恋愛をするのであるが、貞節なるドン・ガルシア夫人、ドニヤ・ブランカは恋もしなかった。ところが夫は専ら、中世に於ける僧院の研究とか何とか云う問題に没頭し、また書物に眼が無い。夫人がヒステリイなのも無理からぬことである。ドニヤ・ブランカにとって書物は寧ろ眼の仇だったのである。

だから、葬式が済むや済まずの頃、厚顔しくも本を譲って頂きたいと申出た本屋の顔を見たとき、夫人は立腹と同時に多年の仇敵を追放すると云う快感を覚えぬことも無かった。持って行くといいわ、と叫びながら夫人ドニヤ・ブランカは、夫の愛した稀覯本を本屋ドン・ペドロの頭目掛けて手当次第に叩き附けたのである。二束三文に叩き売ったと云って良かった。

元来、このドン・ペドロも書狂の一人であった。そこでドン・ガルシアの所有していた書物の裡でも逸品は悉く自分の書庫に蔵い込み、眼の色を変えて駈附けた書狂連を大いに落胆させた。そのため、客と店主の間に長い間、掛引が続いて、それでも、日頃は容易に手に入らぬ書物を入手して満更でも無い面持で帰って行く者もあれば、その裡、いつか口説き落して入手しようと未練気たっぷりに引揚げる者もあった。しかし、こんな騒ぎの最中、一人の召使風情の若者が店にいて彼等の一人一人に注意したり、主人との会話に耳を澄したりしていたのに気附いた者は一人も無かった。その若者はヴァレラである。客が帰るとヴァレラは、どこかの邸の召使が主人に頼まれて様子を見に来た、と云った調子でドン・ペドロと四方山話をした。その話で、店にいた客の身許を大略知ることが出来た。なかには故ドン・マティヤスの邸に来て、彼が顔を知っている者もあったが、先方は書物に気を取られ、召使風情のヴァレラなぞ、全く眼中に無かったのである。

ところで、この書店主ドン・ペドロに就いて簡単な来歴を説明しよう。グラナダ産の作家アラルコン——詳しくはドン・ペドロ・アントニオ・デ・アラルコン・イ・アリサ、の愛すべき小説「三角帽子」を読まれた方は、その小説の結末に次のような数行のあったことを想い出して頂きたい。

……最後に独裁王の死で、愈愈立憲政体が確立されたのを目撃したのであった。そして（ちょうど七年戦争の勃発したのと時を同じくして）彼等は天国に旅立ったのであるが、併しその当時既に猫も杓子も冠っていたシルク・ハットを見ても、矢張り何といっても三角帽子で象徴された、懐しい「あの頃」を忘れ去ることは出来なかった。

（会田由氏訳）

ドン・ペドロに就いての説明は、この結末に述べられた年代から始めたい。独裁王と称せられたフェルナンド七世が死んだのは一八三三年のことである。そのとき女王イサベルは三歳の幼児に過ぎなかったため、王妃ナポリのクリスティナが摂政となる。途端に、王の弟ドン・カルロスが王権を主張して旗を挙げ、王位継承を争う七年戦争が始ったのである。

ドン・ペドロは元来、僧侶であった。内乱の起った頃はポブラット修道院で神に仕える生活を送っていた。大の読書家であり、また書物を愛して、次第に蒐集に熱中し、修道院内に自分の書庫を造って愉しむようになった。次第に掘出物にも眼が利くようになり、いつの間にか、相当の文庫の所有者になってしまった。尤もなかには、彼が招かれた学者の家とか、富裕な蔵書家の書庫とかから、無断でこっそり頂戴したものも含まれていたのである。神に仕える聖職に在るものが、そんな振舞に出るのは、無論許さるべきことではない。

しかし、ドン・ペドロはこと書物に関する限り、良心の呵責は覚えないらしかった。珍本を獲た歓びは、そのために犯した罪を忘れさせるに充分過ぎるほどであった。そんなとき彼が聖マリヤに捧げる祈禱ほど奇妙なものは無い、と云って良かった。

——何卒、この罪深き私めをお憐み、お許し下さいませ。けれども、かく罪深き私めに世にも稀なる書巻を恙無くお与え下さいました御恩寵のほどに、心よりの歓びの感謝を捧げるものにござります……。

聖マリヤがこの祈禱をどう考えられたか、また神がそれに対して如何なる返答をなされたか、と云うことは一八三四年に至って判明した。即ち、その年の秋、ポブラット修道院に数十名の暴漢が襲来したのである。僧侶は多く王党であったから反対党にやられることは当然、考えられる。とは云え、そんな乱世のことである。得体知れぬ匪賊、盗賊共が隊を組み、これ幸いと暴れ廻ることも、無論考えられる。ポブラット修道院を襲ったのが何者であったかは、神のみぞ知る、で茲では問題ではない。

門を閉して賊の侵入を防いだ僧は、門が打破られると胸一杯一斉射撃の弾丸を浴び、真先に天国に旅立った。これを見た他の僧侶達は何れも身を隠すことに専念し、この世の悪魔共に立向おうなんて愚かな真似をする者は一人も無かった。悪魔共は角燈を振翳し喚声をあげて雪崩れ込み、地獄の使者らしく、純金と云われた聖マリヤ像を袋に詰め込むと、それを手始めに恣に掠奪を行った。ところが茲に奇特な心掛の悪党がいて、ドン・ペドロの書庫を見ると神の返答を代行する心算であったのか、即座に火を放った。賊が引揚げてから姿を現した僧侶達の消火も及ばず、僧院は四分の三ほども灰になってしまったが、無論、ドン・ペドロの書庫なぞ綺麗に消えてしまっていた。

ドン・ペドロの受けた精神的な傷手が如何に大きかったかは、茲に冗説するに及ぶまい。事実、三週間ばかり、彼は書庫のあった前の焦げた石に腰を降し焼跡を見詰めて暮した。

——ドン・ペドロよ、所詮は返らぬことでござる。この上は只管マリヤ様のお加護を祈るが宜しかろう。

と同胞の僧が云っても、ドン・ペドロは振向こうともしない。その僧は跛を引いていたが、それは逃遅れて左足に一発、弾丸を受けたためであった。

　それから二ケ月ばかり経った頃、バルセロナの街の一隅にささやかな書店が店を開いた。そこの主人は、なかなかの学者であり、単なる書店主とは違う、と云う噂が拡った。それがドン・ペドロであった。修道院生活に別を告げ本屋になったのである。神に仕える生活も、或は神も、このビブリオ・マニアの魂を救うことは出来なかったものらしい。もう一つ、この本屋に就いて云われることがあった。それは、買うことはよく買うがなかなか売りたがらない、殊に珍本となると容易に手放さない、自分で蒐集しているらしい、妙な本屋だ、と云う噂である。競売にもよく出掛けて狙った奴を遁すことは先ず無い。尤も、金の必要がある場合は切羽詰って珍本を手放すことがある。それがバルセロナの書狂連には見遁せぬ機会と考えられている。と云う訳で一八四〇年頃迄には、ドン・ペドロと云うとバルセロナの苟《いやしく》も書物に関心を持つ連中には、忘れられぬ名前となっていたのである。

　さて、ドン・ガルシアが殺されて半月と経たぬ頃、再び殺人事件が起った。殺されたのは、学士院会員ドン・フランシスコ・デ・ケベエド、と云う十六世紀の諷刺作家と同名の男である。この学士院会員はときに辛辣な言辞を弄して相手を凹ます癖があった。本人は気附かぬが、彼を好からず思っている者も尠くない、と云う評判であった。

前に殺されたドン・ガルシアは、このドン・フランシスコ・デ・ケベエドの友人であったが、殺される一年前から絶交していた。と云うのは、一度、ドン・フランシスコ・デ・ケベエドがドン・ガルシアに、

——我が親愛なる友、ロシナンテよ。

と呼び掛けたからである。温厚なドン・ガルシアは甚だ立腹したらしく絶交を宣言した。成程、そう云われて見るとドン・ガルシアの顔には、どこか、かの愁顔の騎士なるドン・キホオテ・デ・ラ・マンチャの愛馬の面差が見られぬことも無い、と云う専らの評判であった。しかし、ロシナンテと呼ばれた教授も、呼び掛けた学士院会員も、二人ながら相前后して殺されてしまった。後者は、矢張り胸に匕首を打込まれ、河に浮いていたのである。

敵の多い、と云うこの人物に就いて警察は綿密な調査を行ったが、誰一人、ドン・フランシスコを殺そうと迄の怨恨は抱いていなかった。また敵と目される人びとと雖も、誰一人嫌疑を掛けられるような立場にあった者は無かった。捜査は頗る困難と思われた。ドン・フランシスコ・デ・ケベエドは家庭でも幸福な男とは云えなかった。屍体が発見された朝、警察が報告に赴くと、夫人ドニヤ・クリスティナは裏口からこっそり粋な若者を送り出して警官の前に現れたのである。

——奥様、洵に悲しいお知らせを持って参上した本官を……。

と警官が報告し始めると、夫人はみるみる蒼褪め、危く仆れ掛ったので警官は急いで支えねばならなかった。夫人は直ぐ立直ると美しい眼から涙を流し、胸の挿したばかりの紅い花を抜くと両手でくしゃくしゃにしてしまった。しかし、この動作は彼女が舞台で行った演技が無意識の裡に出て来たのに他ならなかった。夫人は嘗て、バルセロナの劇場の女優だったのである。尤も警官が、この悲嘆に暮れた美しい夫人に、更に一層同情したのも無理は無かった。

夫人は警官の問に、何ら手掛となる答を与えられなかった。夫ドン・フランシスコがどこへ出掛けたかさえも知らなかった。死体には若干の金子が残っていたが、その他にも持っていたかどうか、それも知らなかった。しかし、次の夫人の言葉は多少警察の注意を惹いたのである。

——あたしが主人に就いて何も知らないのを咎めて下さいますな。あのひとは本気狂で、あたしのことなんか、ちっとも構わないんですからね。

奇妙なことに、このドン・フランシスコ・デ・ケベエドもまた書狂の一人だったのである。ノヴェラ・ピカレスカ、即ち悪漢小説の愛好者であって、「ラサリイリョ・デ・トルメス」他、泥棒小説の初版本は悉く持っていると称して他の連中を烟に巻いたりしたこともある。半月の間に、書狂が相次いで二人も匕首で刺された、となると警察もこれらの殺人に書物が重要な鍵をなしていると本腰で考えざるを得なくなった。そこへ、ヴァレラが重大な報告を齎《もたら》した。

ドン・フランシスコの死体が発見された前夜、任務で巡回中のヴァレラはドン・フランシスコを街で見掛けたのである。見掛けたばかりではない。話を交しさえした。死んだ学士院会員は故ドン・マティヤスの知人で、細君に逃げられた故人を諷した短詩を作ったりしたことがあったし、ドン・マティヤス邸にもときおり現れたこともあって、ヴァレラも知らぬ人ではない。そこで立停って挨拶すると、莫迦に上機嫌らしいドン・フランシスコは拇指を立てるとこう云った。

——此奴に気を附けろよ。縄は何本もあるが、生憎、首は一つだからな。色男君。

拇指が市長を指すことに、ヴァレラは直ぐ気が附いた。自分と市長夫人との関係をドン・フランシスコ迄知っているようでは少少気を附けぬと危い、ヴァレラは些か気味が悪くなったが、努めて快活を粧って答えた。

——なあに、若い美人が待ってますよ。

——ふん、両手に花か。悪かないな。だが、お前は聖書のヨセフの物語を知ってるだろうな。市長夫人にも適当に色眼を使わんと危いぞ。左様、イギリスにもこれを捩った物語があって作者はフィイルディングとか云う男だ。悪漢小説を書いてるが、ノヴェラ・ピカレスカと云えば、何れもこれ、我がスペインの亜流に過ぎん。

——なかなか、御機嫌でございますな。

——ふん。ドン・マティヤスの召使だった男だからには、欲しい本が手に入ったときの嬉しさぐらい判るだろう。

成程、小脇に書物を抱えている。それから二人は右左へと別れたが、ヴァレラは突如或る予感を覚えた。こんな夜晩く、どこの本屋で本を買ったのか。本屋でないとすれば……しかし、彼の脳裡に閃いたのは半月ばかり前に殺されたドン・ガルシアのことであった。急いで相手の跡を追ったが、もう見附からなかった。

このヴァレラの報告——尤も自分に不利な点は除外したのであるが——に捜査陣は、書物に重点を置くことに一致した。しかし、事実は五里霧中であった。ドン・ガルシアの死と関聯して次のようなことが考えられた。第一に、二人ながら書狂であったこと。第二に、二人ながら夜分晩く本屋に行った、若しくは行ったらしいこと。第三に、二人共匕首で殺されているが持金は盗られていないらしいこと。第四は、

——死体には何れも書物が無かったことです。

と云ったのはヴァレラである。殺されたとき学士院会員は小脇に持っていた本を落したに相違無い。死体と一緒に本を拾って河に投込むことは先ずあるまい。而るに、現場に本は無い。誰かが持って行ったと思われる。殺した男が持って行ったとしたらどうであろうか。——成程、それも一理ある。しかし、殺して迄書物を奪うような奴があるかね？　と云う言葉に、ヴァレラは続けてこう云った。

あった金との差額は本を買ったことを意味しませんか？　それが無いのは奪われたことを意味しませんか？

これも一応尤もと思われたが、余りにも直感的過ぎると云われた。大体、ドン・ガルシアはどこの本屋にも現れなかった筈である。しかし、ヴァレラはドン・フランシスコが現れた本屋を見出すべく、バルセロナ中の書店を一斉に調査することを提案した。これはヴァレラが云わずとも、即刻実施される筈であった。同時に、ヴァレラは丹念に作り上げたバルセロナの書狂のリストを提示し、そのリストに載っている連中の当夜の行動を調査して欲しい、と申出た。それは彼が書店に出入りして作製したものであって、そのなかには殺されたドン・フランシスコ・デ・ケベエドの名も入っていたのである。つまり、ドン・ガルシアが殺された后直ちに、ヴァレラは自分の確信する方向に向って進んでいた訳であった。そのヴァレラにとっての大失策は、夜分本を抱えたドン・フランシスコに会いながら、市長夫人とのことを云云されたため、うっかり絶好の犯人探知の機会を遁し、剰え、ドン・フランシスコをあの世へ旅立たせてしまったことである。

そこへ市長ドン・ファン・ロオペスが顔を出した。市長は鹿爪らしい顔で犯人逮捕の速かならんことを要望し、警察の怠慢を非難した。バルセロナの代表的な知識人が二人迄も匕首で刺されたとは、警察の不行届と云う他何も無い。遺憾千万である。此上は出来るだ

け早く犯人を挙げるのがせめてもの罪滅しである、と云うのである。それからヴァレラを横眼で睨むと、

——能無しの若僧ばかり多いせいかもしれん。

と云って引揚げて行った。市長がそんなことを云いに警察に来たのは前例が無いことであった。しかし、市長がそのような振舞に出たのは、ドン・フランシスコ・デ・ケベエドの夫人の涙ながらの訴えに感動したために他ならない。尤も夫人ドニヤ・クリスティナの方は、兎角の噂の立つ自分が夫を殺した犯人逮捕を市長に願出ることに依って、幾らかでも世間態を好くしたい、と思ったのである。

警察の手はバルセロナ中に拡げられた。書店は虱潰しに調査されたが、洵に奇妙なことに、当夜ドン・フランシスコが現れたと云う本屋は一軒も無かった。また、彼を見掛けたと云う者も無かった。更に、ヴァレラのリストに載った書狂連に就いて調べても、当夜の行動に怪しむべき点のある者は一人も無かった。誰一人、学士院会員と会っていないのである。況んや当夜、彼に書物を売ったとか贈ったとか、掠め取られたと云う者は一人も無い。これは頗る奇妙なことと思われた。

——しかし、少しも奇妙ではありません。

とヴァレラは云った。

それから半月ばかり経った或る日のことである。市長邸の前を通り掛った彼に、市長夫

人の小間使が一通の手紙を渡した。ヴァレラは浮ぬ顔でそれを読んだ。二度ばかり夫人の申出をすっぽかしたので、夫人は相当機嫌が悪いらしかった。今夜……と書いてあってその次に、もし約束を破るならお前が主人の家に放火した男だと云ってやる、ドン・ガルシアやドン・フランシスコを殺したのもお前だと云ってやる、と書いてあった。ヴァレラは思わず苦笑した。とは云え、それは笑って済せることではない。他ならぬ市長夫人の言葉とあれば、真偽は兎も角、一応ひどい目に遇う危険がある。更に市長がどんな仕打に出るか判ったものではない。ヴァレラは首の辺りに思わず手をやって歩き出した。

その夜、バルセロナの街にはいつものように乞食風態の男とか、マンドリンを持った伊達男の姿が見られた。晩鐘が鳴ってかなり経った頃である。或る街角迄歩いて来た黒い人影が不図小暗い露路に消えた。すると、近くにいた乞食が矢張り同じ露路に這入って行った。小一時間も経った頃、先に這入ったと思われる男が、小脇に何やら抱えて出て来た。するとマンドリンを抱えた男が、どこからともなく現れてその後から鼻唄なぞ歌いながら歩いて行く。殆どそれと同時に、露路から一人の男が出て来た。それは、先刻の乞食ではないようである。速い足取で、先に行く男の後を随いて行くのである。マンドリンの男を間に挟んで、三人の男が、知ってか知らずか、同じ道を歩いて行く。すると突然、一軒の暗い建物の前でマンドリンを鳴らしていた男が三番目の男の通り過ぎるとき、弾く手を止めて声を掛けた。

——旦那、一曲いかがでしょう？

云われた方はちょっと立停ろうとしたが、一瞬再び急ぎ歩く恰好になった。そのとき、男はいつの間にか、数人の薄汚い浮浪者達に取囲まれていた。

——何だ、お前等は？

——バルセロナ警察の者だ。

と、云ったのはマンドリンを持ったヴァレラである。引掛った男は、本屋のドン・ペドロであった。所持品を調べると、匕首が一振り、と僧衣が一着あった。

一方、先に歩いて行った男、ドン・ペドロから本を買って帰った男、ドン・ペントゥウラ・カロは自宅迄尾行して来たマンドリンを持った警官にこう云った。自分はかねてから或る一軒の書店に欲しい本があった。長い間執拗に喰下ってやっと売ると云う返答を得た。今夜はそれを買いに行ったのである。他にも欲しがっている者が多いため、その連中に悪感情を抱かせぬよう秘密に譲りたい、と云う先方の申出があったのを諒として出向いたのである。入手出来て非常に嬉しいが、君のような者に訊問されたのは洵に不快である、云云、と。その本の値を聞いた警官は唖然とした。彼が何年、何十年警官をやって貰える額か、見当が附かなかったからである。

捕えられたドン・ペドロは飽く迄身の潔白を主張して引かなかった。匕首は前二回の殺人に用いられたものと違っていて、自衛のため所持していたと云う。僧衣は――この点に就いて彼の中立は曖昧であったが、別に重要な証拠とはならなかった。他方、ドン・ペドロの店が徹底的に捜査された。使用人を一人も置かぬドン・ペドロの私生活は誰も知らなかった。そのため、この捜査には多少の好奇心も手伝わぬことは無かった。ヴァレラのリストに依り三名の書狂が撰ばれ、店の調査に加わった。ところがその裡の一人が突然奇声を発した。ドン・ペドロの書庫から一冊の書物を高く頭の上に掲げながら飛出して来る。狼狽てて駈寄った連中も、それを見ると同じく奇声を発する。本は、「アラゴン国列王記略」、世に一冊しか無いと云う無類の珍本である。陶器のパイプを咥えて焼け死んだドン・マティヤスが入手し、市長に自慢した筈の本である。ドン・マティヤスの書庫にあって共に焼けてしまったと思われていた本である。それが何故、ドン・ペドロの手許にあるか。茲に至ってドン・ペドロは、神から取戻した魂を書物に売渡したドン・ペドロは顔面蒼白となり、一切を白状したのである。

僧院の書庫を暴徒に焼かれてから、ドン・ペドロの書物への執着は更に激しくなった。書物は彼の生活の一切であった。書物にあってのみ、彼は自分の生命が異常な昂奮と法悦に包まれるのを感ずる。それは彼が、聖なる祭壇の前に額突いたときには決して味い得ぬ魂の恍惚境である。本屋になってから、彼は血眼で稀覯本の蒐集に専念していた。

そう云うときに、或る古本市に稀代の珍書が現れた。「アラゴン国列王記略」——世界に一つあって二つとはあるまい、と云われる書物である。大抵の者は初めから断念してしまった。最后迄競り合ったのはドン・マティヤスとドン・ペドロだけであったが、額に脂汗を滲ませ蒼白となって執拗に喰下ったドン・ペドロも到底ドン・マティヤスの敵ではなかった。しかし、ドン・ペドロはどうしても諦め切れない。世に一冊しか無い書物、それこそ書物に生命を托した人間の所有すべきものである。

三、四日すると彼はドン・マティヤス邸に忍び入った。ドン・マティヤスは市長宅で聞し召した葡萄酒の酔に陶然として、無類の珍本を愛撫しているのである。ドン・ペドロは振向いたドン・マティヤスの頭上に燭台で一撃を加えた。それから証拠湮滅を計って火を放った。と共に、別に理由は無いが、ドン・マティヤスの口に卓上のパイプを押込んだ。瞬間、死んだドン・マティヤスがパイプをがりがりと噛る音がした。それを聞くと、ドン・ペドロは激しい恐怖に襲われ一目散に逃出したのである。ドン・マティヤスの邸宅が燃え上る焔は、ドン・ペドロに、世に一冊しか無い書物の所有者たる満足と歓喜を燃え上らせる焔でもあった。

ドン・ガルシア、並びにドン・フランシスコ・デ・ケベエドを殺したのもドン・ペドロだが、冗冗と説明するのは避けよう。第一の殺人の成功は彼に勇気を与え、経験を教えた。彼はドン・ガルシア所有の珍本と交換で自分の本を売る約束をする。実は売りたくないのである。しかし、相手の本も欲しい。昼間、書物を持って来たドン・ガルシアに、ドン・ペドロは一計を案じ夜来るように云う。他の連中に知れると恨まれるから、二人だけの内密の取引にしたい、と申出る。相手はドン・ペドロの好意を有難く思い、この后も旨い取引が出来るかも知れぬと喜ぶ。そして夜、匕首を持って待つドン・ペドロを訪れるのである。ドン・ペドロは後を随けるとき僧衣を用意した。殺人を犯した后、僧衣を纏って帰るためである。それは至極安全な通行券と云って差支えない。

そればかりか、殺したドン・ガルシアの蔵書迄入手した。それはかなり危険なことであった。しかし、かねてドン・ガルシアの話を聞いていたため、入手したいと云う欲求を制御出来なかったのである。夫人がヒステリイだったのは幸いであった。只同然の値で手に入れたのである。学士院会員の場合も同じである。殺したドン・フランシスコを河に投込んだのは、多少趣向を替えようと云う試みに過ぎない。ドン・ペントゥウラ・カロは危く一命を拾った。しかし彼は目的の本を入手出来た歓びの余り、危く殺される所だった筈の危険のことなぞ一向に気に留めなかった。

ドン・ペドロは一切の犯行を認めたが、多くは口を緘して語らなかった。後悔の様子は些少も見られない。ときに苦痛の色を浮べることがある。それは残して来た書物を想い出すためであった。

ドン・ファン・ロオペス市長がドン・ペドロ逮捕の報を受取ったのは、丁度夫人と食卓を囲んでいるときであった。夫人はひどく御機嫌斜めであった。市長は前夜ドニヤ・クリスティナの家で遅く迄話し込んだことを、細君がどうして知っているのだろう、と内心びくびくものであった。そこへ召使が、警察の方が見えたと取次いだ。立上った市長の背後から夫人が呼び留めた。

——貴方。

市長は多年の習慣でひょいと首をすくめて夫人を振返った。本来ならその頭の上を、皿が一枚掠め飛ぶ筈であったが、意外なことに夫人は何も投附けなかった。のみならず、その言葉は更に意外であった。

——ドン・マティヤスのお宅の召使だった警官がいたわね。何と云ったかしら……?

——ヴァレラか。

——そうそう、ヴァレラ。あれを吊すといいわ。主人の家に火を付けたのも、ドン・ガルシアやドン・フランシスコを殺したのもあの男よ。おまけに、何て失礼かしら、いつぞやはこのあたしに失礼な真似を仕掛けたんですからね。

市長はちょっと考えた。彼は自分がびくびくする必要の無いのを感じた。彼は突然鷹揚な身振をしながら、夫人からヴァレラの犯罪の証人がいると聞くと出て行ったが、帰って来たときは莫迦に嬉しそうであった。市長は大急ぎで料理を平げながら夫人に云った。

――捕ったよ。犯人が。ドン・ペドロと云う本屋さ。ヴァレラって云う奴は犯人を捕えるのに大手柄を立てたそうだよ。だが、わしはヴァレラをとっちめる。わしの家内に怪訝な真似をした奴をな。それにお前も……。

市長は勿体振った顔附になった。

――お前も今后は余り偉そうな顔は出来んね。

途端に床に皿が落ちて砕けると、夫人はつと立って出て行った。市長も立上るとシルクハットを取り、急ぎドニヤ・クリスティナの許へ犯人逮捕の吉報を伝えようと扉口へ向った。そのとき召使が一通の書状を持って来た。浮浪人が持って来たと云うのである。急いで開くと、こう書いてあった。

かねて頂戴した侮辱に対し、本来なら短刀を差上ぐべき筈のところ、美しき夫人に免じて、ドン・ペドロを逮捕して差上ぐる次第。この恩恵を永く忘れること勿れ。

最后に、ヴァレラと署名があった。市長は頗る立腹したが、その頃ヴァレラは既に市長の手の届かぬ道を、生れ故郷のヴァレンシアへと歩いていた。数年后、バルセロナ近郊からヴァレンシア一帯にかけ果敢な盗賊の一隊が出没し、その若い首領は俠盗として名を轟かせた。それがヴァレラだと云う説があるが、余談である故、茲では触れない。

ドン・ペドロは犯行を認めた。しかし、弁護士は絶対とは思われる証拠、即ち、「アラゴン国列王記略」を覆えすことに専念した。ドン・ペドロの弁護士ドン・アントニオは彼もまた書狂の一人であり、嘗てドン・ペドロの店先でちょいと一、二冊失敬したことのある男であった。そのため、でもあるまいが彼の熱の入れ方は非常なものであった。その結果、ドン・アントニオは唯一絶対と見える証拠を引繰り返すに足る反証を摑んだのである。

と云うのは、熱心な調査の結果、例の世に一冊しか無い筈の本が、実はルウブルにも一冊ある、と突留めたのである。ルウブルにもある、と云うことはまだ他にもあるかしれぬ、と云う仮定を引出すに充分な理由となる。無い、とは云えぬのである。そうなると「アラゴン国列王記略」も証拠としては頗る不満足なものになる。その価値を失わねばならない。ドン・マティヤスが入手した本は一緒に焼失したと考えても差支えなくなる。ドン・ペドロの持っていたのは、別の一冊と考えても些かも荒唐とは云われない。

この反証は法廷に多大の動揺を与えた。人びとはこのドン・アントニオの驚くべき反証に、ドン・ペドロが如何なる反応を見せるかと、鳴をひそめて注目した。ところが、ドン・ペドロは顔面蒼白になり、頭を抱えると泣き出したのである。意外のことに法廷には軽い騒めきが起ったが、ドン・ペドロは頭を抱えた儘、泣き続けている。これを見ていた法官は、やがてこう云った。

――どうだ、被告ドン・ペドロよ。どうやらお前はいまになって、自分の犯した罪の怖しさに気附いたようだな。良心の呵責に堪え切れなくなったと見える。お前が泣き苦しむのはよく判る。お前はいまやっと自分の犯した罪がどんなものであったか判ったのだ。

この言葉を聞いたのか、聞かなかったのか、ドン・ペドロは踉き立上ると泣き濡れた蒼い顔を上げ激情を押え兼ねるような声で叫んだのである。

――そうです。私は莫迦だった。ああ、そうだったのか、他にも、他にもあの本があったのか。あの本が、私が世に一冊しか無いと思って手に入れた本が……。

一八四一年、ドン・ペドロは絞首台に吊されてその一生を終った。四十七歳であった。

（「文学行動」昭和二十四年四月）

白い機影

硝子戸を開けると、鏡に映った先客と眼が合った。僕等は互に、軽く会釈を交した。しかし、口は利かなかった。ちょうど、道で会ったときと同じように。彼は黙って正面を向いていた。僕も彼の隣の椅子に、正面を向いて無言で坐った。親爺に呼ばれて出て来た床屋の細君の、どうぞ、と云う声に応じて。細君は赤い手をしていた。それが首筋に触れると、ひどく冷たかった。

鏡には、往来が映っていた。向う側の果物屋は半分店を閉めていた。店先には、果物は一つも見当らなかった。何やら鑵詰らしいものが、疎らに積上げてあるに過ぎなかった。売れずに置いてあるからには、どうせ、碌なものではあるまい。

——今朝の話のあれ、どうする?

細君は僕の頭を弄りながら、親爺に話し掛けた。親爺はうんともすんとも云わない。僕は横眼で、隣に立っている親爺を見た。顎の四角な親爺の顔は、毎度のことながら、至極不機嫌そうに見えた。

僕等は、思わず天井を見上げた。

突然、頭の上で大きな音がしたからである。何だろう? 僕は咄嗟に考えた。——床屋の子供が急に二階で暴れ出したのだろう、と。しかし、それにしては怪訝しかった。親爺は妙な顔をしたばかりで、別に叱り附けようともしない。のみならず細君も、訝し気な表情をして呟いた。

——おや、何だろう?

——二階で音がしたね。

僕の隣の男が云った。すると親爺がぶっきら棒にこう答えた。

——生憎、うちは平屋でね。

僕等——僕と隣の男はちょいと顔を見合せて苦笑した。そのとき、往来を走って行く一人の女が、鏡に映った。女は走りながら、大声で誰かに叫んでいた。

——空襲警報だってさ。

僕等は何も云わなかった。黙って、暫く耳を澄した。しかし、その后何等変った物音は聞えなかった。鏡に映った往来にも何の変化も無かった。とは云え、空襲と云うのは気に掛った。親爺も細君も何事も無かったかのように落着き払っているが、状況が判らぬのは不安であった。こんな所で、この儘あの世に送られるのは真平御免蒙りたかった。

——サイレンも鳴りませんでしたね。

隣の男が云った。僕等は何となく話を交し出した。道で会えば、僕等は会釈する。話を交したのはこれが初めてであった。僕等は空襲の話をした。僕等はまだ空襲を知らなかった。しかし、僕等の頭にある空襲とは、こんなものではない筈であった。

やがて、僕等は一緒に店を出た。先に終った彼はベンチに坐って、僕の終るのを待っていて呉れたから。多分、空襲が気になったのだろう。

——街が殺風景になりましたね。

僕等は在来りの話を交しながら、往来を歩いた。雲が流れる日で、淡い陽射がときおり翳った。僕は郊外の駅から歩いて十五、六分の所に住んでいる。彼は——僕の家から百米ばかり離れた所に住んでいた。

——好かったら寄ってらっしゃい。

家に近附いたとき、彼が云った。僕は簡単に承知した。と云うのは、多少の好奇心が無いことも無かったから。

彼に就いて、僕の知っていることは極く尠かった。四十恰好の瘦せた男で、鼻下には短い口髭を生やしている。よくコオルテンの服なんか着て、スケッチ・ブックを抱えて散歩していた。ときには、雑木林の外れに画架を立てている姿を見掛けることもあった。彼はタキと云う画家であったが、どの程度の画家なのか、生憎僕は知らなかった。

僕はアトリエに通された。カンヴァスとか、額とか、ブロンズとか、石膏像とか、画集とか、天井からぶら下った剝製の鳥とか……アトリエは雑然としていた。そして、大きな窓際にソファと小さな卓子と、椅子が二脚あった。僕はそのソファに腰を降した。ソファの布地は擦れ、スプリングの線がはっきり出ていた。

窓の外には、広い原っぱが続いていて、かなり遠くの神社の黒い森で終っていた。二年前迄は、そこには大きな杉林があったが、いまは伐られて一本も残っていない。切株を掘起して、農夫が畑を作り掛けているが、ほんの一部分が開墾されたに過ぎなかった。黄ばんだ草が生い茂り、そこを点綴する漆の紅が、ひどく鮮かに見えた。五、六月の頃、郭公鳥の声が聞かれたのは——それは二年前迄のことだ。その后、郭公鳥はどこへ移転したのだろう。

——杉林が失くなったら、風当りが強くなって閉口ですよ。

画家のタキが云った。そこへ、使っている老婢が紅茶を運んで来て云った。

——随分、高射砲を打ちましたこと。

——……ああ、あれは高射砲か……。

僕等は、床屋で聞いた物音の正体がやっと摑めた。婆やは、近所の奥さんは敵機を見たそうだが、自分は見なかったとひどく残念がった。

──いまに、厭になるほど見るよ。

画家のタキが云った。

──まあまあ、怕いこと。

僕は紅茶を飲み、画集を見せて貰い、それから、彼の出して呉れた紫色の鑵に入ったダンヒルの紙巻烟草を喫んだ。烟草は、新しく蓋を切ったのに少し黴臭かった。彼の説明に依ると、昔買い集めて置いたのが、彼が烟草を止めたために残っていると云う。止めた理由は云わなかったが、彼は顔色が悪く、ときおり軽い咳をする。恐らく健康上の理由かららしかった。

すると華やかな笑声が聞え、一人の女がアトリエに這入って来た。──また、参りましてよ、と云いながら。女は僕のいるのを見ると、ちょっと驚いた顔をした。三十三、四に見える瘦型の美人である。僕は入替りに、タキに暇を告げた。タキはちょっと困ったような顔をして云った。

──また、どうぞ。

──あら、宜しいんですのよ。

女が云った。

女は無論、タキの細君である筈は無かった。僕の画家に関する乏しい知識に依ると、タキは目下独身で婆やと二人暮しの筈であった。目下──と云うのは、前にはフランス人の細君がいたから。そしてその日、僕はアトリエの棚にその写真を入れた額のあるのを見出していた。

僕はその后、よくタキの所に行くようになった。彼も、散歩の序に僕の所に立寄った。別に、取立てて話も無かったが、彼の所で画集を見るのは愉しかった。

その年の夏から秋にかけて、僕は身体を害ねた。懇意な医者がいて、僕に都合の好い診断書を作って呉れた。だから、それを勤務先に提出すると、大体快くなってからも、暫くぶらぶらしていられることになった。これは有難かったが、面白いことは一つも無かった。街は殺風景に過ぎるし、僕の住んでいる周辺の田園は退屈に過ぎた。僕に出来ることは、本を読むことと、読書に飽きたときトラムプを弄ぶことぐらいしか無かった。その頃、タキと初めて床屋で口を利いたのである。

しかし、僕の隣家のキシの細君は、

——画描きさんなんかと親しくしない方がよくてよ。

と僕に忠告した。理由は至極簡単であった。変人だから、と云うのである。何故？　と訊ねると、

——変人じゃなくて、画ばかり描いていられるものですか。

と、無茶なことを云った。

この細君は、タキが嘗て外国人の女を妻としていたことに、余り好感を持っていないら

しかった。しかし、その亭主なる品行方正な役人のキシは、これに反駁を加えた。

——でもないさ。俺だってフランス女ぐらい女房に持ちたかったよ。お前じゃ、味気無いこと夥しいからね。ねえ、君。

細君は大抵、平然として亭主を黙殺した。そして僕も、多くは好い加減の顔をして、うっかり相槌を打ったりしないように努めた。生憎、僕は独身で、夫婦の会話に嘴を入れる資格に乏しかったし、のみならず、小さな家に独りで住み、キシの細君の手料理をその家の茶の間で食っていた。うっかり同性に共鳴すると、不味いことになる危険が多分にあった。しかし、こう云う僕等も何故タキの細君がフランスに帰ってしまったかは、知らなかった。

一度、僕はタキに何気無く訊ねたことがあるが、タキは戦争と自分の健康のためだ、と簡単に答えたに過ぎなかった。また事実、特別の理由とて無かったのに相違無い。タキの細君がいなくなってから、もう何年か経っていた。しかし、僕等はフランス人の奥さんを持った画家として、タキを念頭に浮べた。そして、彼がその小肥りの可愛いフランス女と腕を組んで歩いていたのを、想い出したりした……。

或る日、タキの家に行って画集を見ていると、前に一度見た女がやって来た。彼女が陽気なのに較べ、迎えるタキは何やら浮ぬ顔に見えた。僕は画集を断念して帰って来た。

トラムプを弄び始めると間も無く、サイレンが鳴り、続いて直ぐ空襲のサイレンが鳴った。僕は靴を穿くと、防空壕の入口に置いた三脚に腰を降した。頭上の楓の枝から、ときおり葉が落ちて来た。日本機は飛んでいるが、米機は一向に見えない。僕はポケットに突込んで来た胡桃を取出しては、石で割って食った。

すると、門からタキが這入って来た。

――来ないようじゃないですか。

タキが云った。僕は縁から籐椅子を一つ降した。タキはそれに腰掛けると、僕の差出した胡桃を自分で割り始めた。

――お客さんはもう帰ったんですか？

――いや……。

タキは苦笑した。僕等はちょっと、黙って胡桃を割り続けた。

――僕の知ってるロシヤ人の奥さんがいましてね……大分前、胡桃の話が出たとき、おお、懐しい樹、私の国の樹、って云いましたよ。

タキが云った。僕等は、少し樹木の話をした。しかし二人共、植物学には呆れるばかり無智なことが判明したに過ぎなかった。

――御免下さい、ちょっと……。

僕等は振返った。門の所にタキのお客さんが立っていた。何故タキは、客を放って置いて僕の所に来たのだろう？　彼女はタキに云った。

——ちょっと帰って頂けないこと？

——どうして茲へ来たんです？

——婆やが、多分此方だろうって……。

——直ぐ行きます。

タキは坐った儘、女の方を見ないで云った。ちょっと、妙な感じがした。

——一緒にいらっしゃらない？

そう云いながら彼女は、被っている頭巾を——それは外套と対になっているものだが——脱ぐと、指を頭髪に差込んで乱暴に頭を左右に振った。すると、髪が激しく揺れて乱れた。僕は些か、呆気に取られた。

——直ぐ行きます。

タキは、同じ調子でそう云った。振返りもしなかった。僕はポケットの胡桃を出して割りながら考えた。——何故タキは相手にならないのだろう？　しかし、無論僕には何も判らなかった。

女は傍の山茶花の葉を乱暴に捥り取ると、ちょっと僕に会釈して立去った。僕は急いでタキの肩を押えた。と云うのは、タキが椅子から前に落ちそうになったから。しかし、落ちはしなかった。軽く額を手で押えて、タキは云った。

——どうも……。ちょっと眩暈がしたんでね。

——熱があるんじゃないですか？

口髭を蓄えたタキの頬は、変に紅かった。タキは笑って何とも答えなかった。


好く晴れた日だと、僕は縁の籐椅子に坐ってぼんやり碧空を見て過した。在来、さして関心の無かった空が、急に僕の生活に入り込んで来たらしかった。連日のように、空に爆音が轟き小さな日本機が飛んだ。一点、白く輝いて、まるで碧空に浮いた塵のように見える。その動きを眼で追って行くと、光線か何かの加減で不意に見えなくなる瞬間がある。網膜には残っている気がするが、もう見えない。その一瞬が妙に僕の心を惹きつけた。それは何やら、生と死の分岐点に似ているらしく思われた。白い一点が、吸込まれるように碧空に消える瞬間は。


或る午后、碧空を見ていると、庭に誰か這入って来た。それはタキの知合の例の女——ハタ夫人であった。僕等はその后タキの所で二、三度顔を合せ、世間話も少少交したりしていた。何しに来たのだろう？　彼女は僕を見ると、軽く会釈して云った。

——タキ来てませんこと？

見れば、判る筈であった。

——散歩に行ってるんじゃないですか？

僕が云うと、彼女はひょいと首をすくめて云った。

——いいえ、タキはうちにおりますのよ。遊びにいらして下さい、って託《ことづか》りましたから、ちょっと……。

瞬間、僕は呆気に取られた。それから腹を立てた。にも拘らず、彼女が美人なのを認めざるを得ないのは至極残念であった。僕の立腹と殆ど同時に、彼女は姿を消してしまった。

……北に窓のあるタキのアトリエは、寒かった。タキは青赤白三色の、毛糸の厚い襟巻を首に巻いていた。それは前にフランス人の細君のいた頃から用いているもので、僕等は細君のお手製だと思っていた。

——そんなこと知りませんね。

僕がハタ夫人の話をすると、タキは苦笑してそう云った。僕は再び呆気に取られた。しかし、ロオトレックの画集を貸して貰い、膝の上に展げた。

——肖像を描いて呉れって、うるさいんですよ。あのひとは。

タキが云った。僕は眼を上げた。

——しかし、僕は厭なんだ。

何故、厭なのだろう？　しかし、それよりも、棚の上にあるフランス人の細君の写真を入れた額が、裏返しになっているのが僕の気に掛った。僕の推定に依ると、それを裏返したのはハタ夫人の筈であった。夫人に就いて、僕はタキが断片的に話す言葉から、この日、多少の知識を獲た。詳しいことは、無論、判らない。

話に依ると、嘗てタキはハタ夫人——当時はまだ夫人ではなかったが——と結婚する心算だったらしい。タキは彼女の肖像を描き出した。完成したとき、結婚を申込む心算で。何故そんな手数の掛ることをしたのか、僕には判らない。手取早く申込めば良かったのである。と云うのは、出来上らぬ裡に彼女は若い実業家のハタなる男と婚約した。タキは未完成の画を引裂くと、フランスへ渡った。

フランスから細君を連れて戻って来てから何年間かの間に、タキはハタ夫人に街で二、三度会ったに過ぎなかった。細君がフランスへ帰って、更に何年間か経過したが、その間タキは一度もハタ夫人に会わなかった。それが、この秋の初め、病院に行った帰途、偶然駅でハタ夫人に会った。二人は駅のベンチで、暫く話し合った。そのときハタ夫人は、嘗てタキに結婚の意志があるとは思っていなかった、と云ってタキを苦笑させた。無論、そんな筈は無かったのである。そんな昔話はもうタキにはどうでも良かった。すると夫人は、もう一度肖像を描いて呉れ、と云い出した。タキは簡単に拒絶したが、それ以来、夫人はタキの家に度たび現れるようになった……。

——どうも僕なんか、もうこれでお仕舞って感じがしますね。希望とか何とか、何にもありゃしない。いつ死ぬかだけの問題でね。

タキが云った。

その話の間に、僕はロオトレックの他にドガの画集を見た。また、タキは不図気附いたらしく、話しながら立って行くと裏返しの額を何気無さそうに表に返した。

いつの間にか、裏の原には一面淡い夕靄がかかっていた。原のなかを通る小径を、掘起した切株を積んだリヤカアを曳いて、一人の農夫が通って行った。青い仕事衣に青い股引を穿き、古びた麦藁帽子を被って。僕等は何と云うことも無く、農夫の姿が神社の黒い森の辺りに消える迄見送った。それは妙に、僕等が忘れ去っている生活の懐しさを想い出させるものであった。

――……僕は身体も良くないし、せめて静かに暮したかったんですがね。戦争だとか……ときには自棄っぱちな気分になることもありますよ。

いまでもハタ夫人が好きでしょう？　僕は訊きたかったが、訊くことはしなかった。僕の推定に依ると、タキはいまでもハタ夫人が好きな筈であった。それ故にこそ、嘗てタキから簡単にハタに鞍替した夫人を故意に避けようと努めているらしい、と僕は思った。そして、極く些細な切掛が、こんなタキの態度を案外容易に変えるのではないか、と。

遅く起きたので、自然遅い朝食をキシで済せてから、僕は散歩した。途中、一軒の農家から真紅な鶏冠を附けた真黒な鶏が三羽跳出して来た。それは莫迦に、気味が悪かった。

同時に、それはトラムプを想い出させた。そこで僕は家に戻ると、ペイシェンスをやり出した。ところが、何遍やっても開かなかった。

すると、サイレンが鳴出した。空襲警報が鳴る迄に開けてやろうと思ってやっていると、突然頭上を、ひゅるひゅると激しく風を切って行くらしい音がした。また、急行列車でも通り過ぎるような音がした。同時に、どかどかんと強く屋根を打つ音が加わり、地震のように家が揺れ動いた。最后のどかどかん、これは高射砲。——既に床屋で聞いた奴である。僕は狼狽てて靴を穿くと、壕に飛込んだ。飛込んで空を見たが何も判らない。そこへまた、ごおと列車の走るような音がした。思わず頭を引込めて僕は考えた。——これが爆弾だな、と。ひどく腹立たしかった。

入口から、遠い空を見ると、高射砲の白や黒の丸い煙が小さく幾つも浮んでいた。花火に似ていた。遠い運動会の日の花火に。ぽんと白い煙が浮く。するとそこから人形や旗の落ちて来る花火に。ピストルが鳴る。白い襯衣の選手達が走る。万国旗は風に揺れ、楽隊は「天国と地獄」を演奏する。その運動会の日の花火に……。

突然、壕の入口にハタ夫人が立った。咄嗟に、僕は不吉な予感を覚えた。タキがどうかしたのだろうか？　しかし、ハタ夫人はこう云ったに過ぎなかった。

——這入っても構わなくて？

——タキさんの所に壕があるでしょう？

——あのひとと、いま喧嘩したのよ。

また、揶揄おうとしても、その手は喰わぬ、と僕は考えた。そのとき、どかどかんと高射砲が炸裂した。彼女は狼狽して壕に飛込んで来た。

——大丈夫かしら？

そんなことは僕に訊いたって仕方が無い。僕はなるべく、知らん顔をしていることにした。すると彼女はちょっと笑って、手提から化粧道具を取出すと、小さな鏡を相手に顔を直し始めた。僕等は壕のなかに並んで腰を降していた。壕は僕の友人の若い農夫のイチロオが掘って呉れたものである。腰を屈めて歩けるぐらいの高さで、四人這入ると満員になる。壕の外では、相変らず大きな喧しい音が続いていた。

——……。

何と云ったのか判らないが、喧しい音に交ってタキの声が聞えた気がした。するとハタ夫人は急に、僕の蔭に隠れるように身を寄せた。入口にタキが立って、なかを覗込んだ。

——……ああ。

タキが低声で云った。鉄兜を被り、短い口髭を生やしたタキの顔に、珍しく焦立たしそうな表情が浮んだのを僕は認めた。ああ——しかし、それがどう云う意味の言葉か、僕には判らない。兎も角、僕の立場も妙な気のするものに違いなかった。何故、この女は僕に迄巻添えを食わせようとするのだろう？

──今日は大分やりますね。

タキが云った。僕は彼になかに這入るように勧めたが、彼は、また后ほど、と云うと姿を消した。タキが何故来たかは、僕にも見当が附いたが、彼はハタ夫人には何も云わなかった。

──行った方がいいでしょう？

僕は夫人に云った。夫人はちょいと小首を傾げて笑った。

──そうね……。

僕はひどく感情を害していた。だから、出て行く夫人に何か一言文句を云ってやりたかった。しかし、生憎、旨い文句が見附からなかったので、僕は呟いた。

──莫迦にしてやがんな。

……やがて、僕は外へ出た。広い往来に出てみると、十町ばかり先方にある大きな飛行機工場の煙突は、相変らず高く聳えていた。グロテスクなカムフラアジュを施されて。しかし、この日、工場はひどくやられた。そして、日が早く昏れた。

二日ほどして、路でタキに会った。彼は短い外套のポケットに両手を突込んで歩いていた。いつもより、多少元気があるらしく見えた。

──到頭、画を描くことにしましたよ。誰の芝居だったかな、何か生甲斐のあるもの、何か死甲斐のあるものを求めるとか云う文句があったのを憶えてるんだが、どうやら、死甲斐のあるものを見附けた心算になれそうです。

タキが云った。僕は、彼と別れて歩きながら考えた。じゃ、タキはハタ夫人の肖像を描き出すのだろう。しかし、何故、そんな気になったのだろう？　路に沿った樹立は、常緑樹を除いて殆ど葉を落し尽していた。

サイレンはよく鳴った。僕等は一瞬先にサイレンの音を思いながら生活した。眼前の一瞬が次第に重量を加え始め、自然の風物がひどく美しく見えた。雨に濡れる黄ばんだ芝生とか、淡い陽射を浴びる冬樹立とか、煌きながら消える霜柱とか……。

或る雨の夜、サイレンが鳴った。ちょうど僕の所には勤務先の友人が来ていた。烟草と、上役からの伝言を持って。伝言は、来年から出て欲しいと云うものであった。

——ポオからポオ迄の人生かね。よく鳴りやがるな。君の所に防空壕はあるんだろう？

——そりゃあるさ。

しかし、僕は雨の夜、壕に這入るのは気が進まなかった。友人は、どうもこの辺は物騒だからね、と云って這入ろうと主張する。止むを得ない。僕もお相伴することにした。壕は暗く寒く、どこか遠くの重い地響が伝わって来た。低く垂籠めた雨雲の下では、高射砲の音も、陰に籠って轟いた。僕はパイプを片手に、友人と無駄話を交した。

——畜生、と友人が云った。ひとつ、どえらい星でも地球に衝突しないかね。西半球で衝突するとか東半球で衝突するとか判ったら、狼狽てて他の半球に逃出す莫迦な奴も出て来るぜ。刻一刻と近附く、そ奴をラジオで放送するのさ。面白いぜ。

——うん。

——しかし、何れ片は附くよ。いつ終るかの問題さ。俺達は金魚のうんこみたいなもんでね、面白くないこと夥しいが……。おや誰か来たぜ。

誰か、雨のなかを歩く足音がした。玄関の戸が開く音がして、続いて女の声が聞えた。真逆——と僕は思った。時刻は既に十二時頃の筈であった。しかし、その声はハタ夫人のものに相違無かった。

——おいおい、呼んでるぜ。

——うん。

友人は壕から顔を出すと、大声で応じた。

——茲にいるんですがね。いま行きます。

暗い玄関には、夫人の用いているらしい香料の匂が漾《ただよ》っていた。夫人の声がした。

——おや、お客さん？　ちょっと休ませて頂けなくて？

僕は直ぐ返事が出来なかった。どうも、ハタ夫人を相手にするのは草臥れる。一体どんな顔で云っているのだろう？　友人が戸を閉めた。僕は黒い幕を引くと、パイプに火を点けるために燐寸を擦った。ひどく明るかった。雨に濡れた夫人の白い顔が、一瞬鮮かに浮んで消えた。しかし、夫人が何やら昂奮しているらしいのを僕は認めた。

——どうしたんですか、一体？　また、喧嘩ですか？

夫人はちょっと黙っていた。それから云った。

——ええ。追出されたのよ。でも、もうとても帰れないし……。

何も知らぬ友人は、勘違して口を出した。

——そりゃひどい。そりゃ、亭主が、いや、旦那さんが宜しくないですね。

僕は友人に、旦那様でも亭主でもないと訂正してやった。友人は不意に黙り込んだ。仕方が無い。僕等は喧嘩のとばっちりを甘んじて受けることにして、家を一晩、夫人に明渡すことにした。そして、僕等は雨のなかを、キシに行った。路は、雨で泥濘んでいた。重い地響はまだ続いていて、東方の空が、火事でも起ったのか少し紅く見えた。

無論、キシの細君は頗る機嫌が宜しくなかった。

——何時だと思ってるの？　もう一時になるんですよ。だから、画描きさんなんかと附合うと、碌なことは無いって云ったでしょう？

友人は意気銷沈の態で、矢鱈に頭を下げていたし、僕も一言も無かった。そして、僕は考えた。——一体、何事があったと云うのだろう？　何故、いま頃夫人はやって来たのだろう？　しかし、何ら明確な結論に到着しない裡に、睡魔が僕を捉えた。

床屋の椅子に坐って、僕は云った。

——こないだやって貰ったとき、初めて空襲があったんだ。今日辺り、またあるかもしれないね。

顎の四角な親爺は、無愛想に答えた。

——今日あっちゃ、こないだみたいに暢気にしちゃいられませんや。

間も無く、一人の客が這入って来てベンチに坐ったが、いつ迄経っても細君の出て来る様子が無い。訊いてみると、田舎へ疎開させたと云う。一ケ月経ったに過ぎない。しかし、一年も二年も経過した気がしないでもなかった。

家の近くで、ひょっこりタキに会った。

——床屋ですか？　僕も行くかな。

——今日辺り、危いですよ。

タキは、三色の襟巻に頰を埋めて僕を見た。

——こないだの夜はどうも……。

僕は四日、タキに会わなかった。あの翌朝、僕等が朝食を済せて家に戻ったとき、既にハタ夫人はいなかった。僕は無論、夫人がタキにありの儘を伝えたものだと思っていた。しかし、タキの様子からすると、どうも夫人がタキを焦らせるような云い方を——何やら僕の名誉を傷つけるような云い方をしたのではないかと思われる節があった。それは困る。

——僕は知ってますよ。

そう云うと、タキは妙に落着き払った表情で、僕を見詰めた。何かを探り出すかのように。すると、ありの儘を説明しようと思っていた僕の気持が、妙なことに消滅した。知っているなら問題は無い。僕は笑った。

——今后はなるべく、お手柔かに願います。

タキも苦笑した。それから、陽蔭の霜柱を靴の先で乱暴に突崩し、更にそれを蹂躪った。僕等の立っている所から、葉を落し尽した雑木林越しに、小高く土堤のようになった路が見えた。……五月、その土堤の路を歩いて行くと、大きな森を抜けた所に、緩かな傾斜を持つ広い麦畑があった。いぼたの茂みを持つ小川が流れていた。濃紫色のあやめの塊を点在させて。そして颪は、森から郭公の唄を運んで来たものだが。

タキに別れ、昼食を摂って暫くすると、サイレンが鳴った。予期していただけに、却って多少の不安を覚えた。散髪して死ぬ、そんな気持に拘泥った。鉄兜を持ち、烟草を外套のポケットに落すと、僕は壕に行った。

僕はまだ、一度も敵機を見ていない。そこで、壕の入口に立って西方の空を仰いだ。空は碧く、雲一つ無かった。やがて、西方遠く高射砲が鳴出した。遠く——しかし、その音は敵機の進行に連れ、次第に近く移って来た。

突然——思い掛けぬほど突然、僕の眼は機影を捉えた。意外に大きな七つの機影が、碧空に、白く輝いていた。高射砲が激しく炸裂した。その断続する炸裂音に絶間無い伴奏を奏でるかのように、澄んだごおんごおんと云う爆音が碧空に拡った。碧空に浮いた白い機影は、まるで雪の結晶のように見えた。いや、と僕は思った。七つの機影を型取る窓が碧空に切開かれた、と。そして碧の裏側の、僕等の見ることの出来ない無限の世界の色を覗かせているのだ、と。その窓を潜り抜けて行くと、何があるのだろう？

……僕は壕に這入って、入口から相変らず空を見上げていた。その間に、次の九機が、十数機が、また数機が、と——白く輝きながら僕の頭上に姿を現した。そして、僕は間断無く交錯する激しい音響のなかで、揺れ動く壕のなかで、僕の予測出来ない、しかし、来るかも知れぬ或る一瞬、を思った。

しかし、次に現れた編隊は、もう僕に恐怖しか覚えさせなかった。頭上にごちゃごちゃと白い機影が塊っていた。何機だろう？　僕は数え出した。十八、九迄数えたとき、急に左翼の数機が身を翻したように見えた。獲物を狙う鷹のように。僕は狼狽てて、壕の奥に潜り込んだ。引きも切らずに、爆弾の落下音が続いた。壕は絶間無く震動した。僕は逃出したかった。土堤の路を走って、遠く麦畑のある辺り迄。突然、壕が上下に震動すると、閉め忘れた入口から風が吹込み、風は僕の頰を鋭く打った。あちこちで、硝子の割れ落ちる音が甲高く聞えた。

——入れて下さい、頼みます。

一人の男が、壕に飛込んで来た。その男は、僕にひょいと頭を下げると、掛けていた眼鏡を外し、頭から外套を被って丸くなった。すると、外套のなかから声が聞えた。

——ああ、怕い怕い。厭だ、厭だ。

男は、工場を逃出して来たと云った。工場はひどくやられているが、工場では、工員が逃出さぬように監視を附けたと云う。——誰があんた、みすみす黙って殺されるもんですか。

……やがて壕から出たとき、僕はひどく疲れていた。往来に出てみると、工場の煙突は立っていたが、その辺一帯に黒煙が立上り、消防自動車のサイレンがうるさく鳴続けていた。

男に別れ、人だかりのしている所へ行ってみると、アスファルトの路の片側に、大きな蟻地獄に似た直径五、六米ほどの穴が出来ていた。掘返された赤土の色が、生生しく、赤土の散乱した路上一面には、大小の亀裂が出来ていた。それは、僕の家から百米ほど離れた場所で、工場の方角に五百米半径の円を描くと、爆弾の穴は七つか八つあるらしかった。

——今日はひどかったですね。

振向くと、タキがいた。タキもひどく疲れた顔をしていた。瘦せて、蒼褪めていた。

——今日の編隊見ましたか？

——ええ。随分来ましたね。今日はやられるかもしれないと思った。アトリエの硝子が大分落ちている。

タキが云った。それから、僕は誘われる儘にタキの家に行った。しかし、疲労のせいか、話も弾まなかった。多分そのためだろう、僕は和室に通された。僕は夫人の像を見せて貰いたかった。

——画はどうです？

——なかなか捗らないんでね。

どうも、見せて呉れそうもない。部屋は暗くなって来たが、灯は点かなかった。

——つまりね、とタキが云い出した。余す所無く描き出そうと考えてるんだ。僕はあのひとのすべてを画のなかに写し取ろうと思ってるんです。他の誰かがあのひとと交渉を持ったとしても、それはあのひとの抜殻に過ぎないくらいにね。

僕はタキの顔を見たが、暗くて表情は判らなかった。タキは想い出したように云った。

——しかし、今日の編隊は綺麗だったな。

僕はタキの家を辞した。

空には星が多く、それは僕に、昔読んだ或る詩をひょっこり想い出させた。——夜は多くの眼を持つが、昼は一つだけ、と云うたいして面白くもない詩を。僕はイチロオの家が気になったので、行ってみることにした。イチロオの家は、工場に近い場所にある農家であった。四辻には提灯を持った男が三人、五人と塊って立っていた。往来の穴の出来た場所は四囲に柵が巡らされ、赤い標識燈がぶら下っていた。

イチロオは、生憎いなかった。イチロオの若い細君は僕を見ると、半分泣声で、道一つ距てた農家に爆弾が落ち一家全滅した、と云った。――いい人達だったのにね。今朝もお内儀さんがうちに見えて、お茶なんか飲んで行ったんですよ。それなのに……。

――御主人は？

――それで、手伝に行ってるんですよ。ほんとに怕くて怕くて。そうそう、里芋の蒸したのでも召上ってらっしゃいよ。

暗い屋内には、小さな蠟燭の焰が瞬いていた。僕は縁に腰掛けて、里芋を三つ食った。帰りに見ると、やられた家の周囲は、板で囲ってあって、シャベルやカンテラを持った兵隊の姿が見えた。寒い夜道を、僕は星を見ながら歩いた。――一体、いつになったら、こんな生活が終るのだろう？

或る日、僕は縁に坐って、気になっている考えに焦点を与えようとしていた。多分、洗濯でもしているのだろう。隣のキシの細君の調子外れの歌声が、些か耳障ではあったが。……或る男がいて、或る美しく晴れ上った日、碧空に見た白い機影が忘れられない。碧空を切抜いて、その奥の無限の世界を覗かせているような白い機影が。それは、その男の生命を奪うかもしれない機影である。機影は男に依って次第に幻想化されて行く。機影を見るとき、否、想うときですら、彼は生と死を二分する一瞬に怖しい期待と、同時に怖しい歓びを覚える。

しかし、それから先はいつも続かなかった。無論、これはタキには何ら関聯の無いことであった。にも拘らず、僕の頭のなかでは、いつの間にか「或る男」イクオオル「タキ」なる式が出来上っていた。これは少し可笑しかった。何故だろう？

すると、そこへハタ夫人がやって来た。ハタ夫人を、僕は暫く見なかった。また、タキも。と云うのは、画に取掛った二人の所には行かないようにしていたから。

――今日は。

ハタ夫人が云った。

――喧嘩のとばっちりは御免ですよ。

ハタ夫人はちょいと笑って、軽く点頭いた。

――茲に腰掛けて良くって？

夫人は、縁に腰を降した。一体、何しに来たのだろう？　彼女は手提からジュラルミンらしいシガレット・ケエスを取出すと、ぱちんと開いて僕に勧め、自分も一本取って火を点けた。

――この頃、お見掛けしないわね。

——画はどうですか？

夫人は眼を細めて烟草の煙を見ていたが、想い出したように云った。

——あのひと、ひどく弱ってるのよ、身体が。画を描き出してから眼立って……。この儘じゃ、死ぬかもしれなくてよ。

僕は何も云わなかった。画のためばかりかどうか、それは夫人が一番よく知っている筈であった。

——一時画を止めちゃどうかしら、って勧めてみたけれど、全然、受附けて呉れないし……。

それは受附けないだろう。そこにタキは、彼の言葉に依ると死甲斐のあるものを見出したと云うのだから。しかし、この夫人は何が欲しかったのだろう？　肖像画だろうか？　タキの昔の愛情だろうか？　それとも、タキに描かせると云うことに賭けたのだろうか？　そして、再び自分に跪かせるために。

夫人は、短くなった烟草の先を見ながら云った。

——だから……。

だから——しかし、その后は途切れた。僕は考えた。もし、いまサイレンが鳴出したら……。しかし、サイレンは鳴らなかった。その替り、夫人はこんなことを云った。

——あたし、疎開しようかしら。

夫のハタはいま迄仕事が忙しくて、夫人の行状に気附かなかった。肖像画を描いて貰うと云うことにも反対しなかった。ところが、この頃になって何やら感附いたらしく、山の別荘に疎開するようにと夫人に命令した。それに従わぬと、夫人にとっても、またタキにとっても不味いことになる惧れがあるらしかった。

——その話、タキさんにしたんですか？

——いいえ。ちょっと云えないわ。でも、この儘じゃ、あのひとを殺すような……。

夫人は口を噤むと、路の方を振向いた。女工員らしい若い三人連が、東北弁で喋りながら通って行った。僕は考えた。夫人は、夫の命令に従うことと、タキの生命を気遣うことの二つを、巧みに調和して自分の良心に納得させようと努めているのではないか、と。しかし、タキは夫人のことが無くても、遅かれ早かれ、死ぬように思えた。僕はいつかタキがこう云ったのを想い出した。——僕には判ってます。もう長いことは無いんだ。画を描くのは自分で死期を早めるようなものだが……。

——ちょっと、手袋返して下さらない？

僕はちょいと狼狽てて、夫人に手袋を返した。知らずに、丸めたり引繰り返したりしながら弄んでいたのに気が附いて。

しかし、ハタ夫人は直ぐには都落しないらしかった。散歩の途中、タキの婆やに会うと、ハタ夫人は依然として、一日置きか、二日置きくらいに現れるようなことを云った。

——画は大分進んだの？

——さあ、あたしにはね……さっぱり。でも、こんなこと云っちゃ何ですが、あの奥さんは旦那様を……。

婆やはそこで言葉を切ると立去った。路には、百米置きぐらいに、コオルタアルを塗ったドラム鑵が置いてあった。警戒警報のサイレンが鳴ると、工場から係の者が駈附けて来て火を点ける。そして、煙幕を張るのである。

もう三、四日で、その年も昏れようとしている一日、昼食を摂ると間も無く、サイレンが鳴った。やがて、茶褐色の煙があちこちからもくもくと立上った。煙は壕内にも入って来て、吸込むとひどく咳が出た。風がかなりあって、外に出ていると咳もそう出ない。

僕は壕の近くに立って、空を仰ぐことにした。多少の知識も出来ていたから、真直ぐ向って来た場合だけ壕に飛込めば良い。僕は再び、白い機影を見た。しかし、この日、敵機は奇妙な旋回運動をやって、僕の頭上には来なかった。僕は立って、僕の空想の「白い機影」を考えていた。僕の空想の「或る男」は死ぬ筈であった。しかし、どんな具合に死ぬのか判らなかった。

すると、ひどく小さく見える日本機が一機、美しい白い一線を引いてするすると敵編隊に近寄って行った。衝突——と見る間に急に煙を吐いて落下した。立直ったように見えた。その瞬間、碧空に一点、白い光がちかりと閃いた。白い光が——それは一瞬の裡に変化した。白から黄へ、黄から紅へと。そして飛行機は燃えながら落ちて行った。

それは、ひどく美しかった。そして儚かった。また、悲しかった。或る詩人は人生を花火に譬える。しかし、その一機は、最早メタファの世界ではない、花火それ自体であった。僕はそのパイロットを考えた。彼の愛した、また彼を愛した人達を。碧空は、虚無の拡りに過ぎなかった。

煙に噎せて咳が出る。僕は家に這入ると寝ることにした。やがて、逃げた連中が戻って行くらしい喧しい足音と話声が続いた。僕はうつうつしながら聞いていた。

——見たか？　死人をトラックで積んでったんだぞ。

——いや、怪我人さ。

——逃げるが勝さ。

——おい、女の奴、揶揄ってこうぜ。

消防自動車のサイレンが、うるさかった。一体、いつになったらこんな生活が終るのだろう？　その裡に、いつの間にか眠ったらしい。

……暗いセピア色の書店のなかで、僕は友人の一人に会った。彼は——兵隊で南方にいる筈の友人は、本の背文字を熱心に見て歩いていた。——何か探してるのか？　うん、ダアク・ジャアニイって本だ。ダアク・ジャアニイ？　昔のイギリス映画にもそんな題の奴があったな。そりゃ違う奴だ……。

眼を醒すと、もう屋内は暗くなっていた。暗い旅路——僕はその友人が死んだのではないか、と不吉な予感を覚えた。キシへ行こうと僕は外へ出た。すると、タキが夕暮のなかに立っていた。

——あのひと、来ませんでしたか？

——さあ、僕はいま迄寝込んでたんだけれど……。

——じゃ、帰ったんでしょう。

僕はタキの顔を凝っと見た。タキの顔から、あの短い口髭が消えてしまっていた。

——剃っちゃったんですね。

タキは低声で笑った。夕闇がタキを大胆にしているらしかった。タキはこう云った。

——こうやって、君の家の前に立っていたのは、これで二度目ですよ。白状すると、あの雨の晩もね……暗く、ひっそりしていましたよ。到頭声は掛けられなかったが。

今度は、僕が笑う番であった。

——どうも、勘違も甚しいですね。

いま更、説明する気にもならなかった。タキは、何やら非難するらしい口調で云った。

——この頃、ちっとも見えませんね。

これはどう云う意味だろう？　僕が黙っていると、タキは云った。

——君も、あのひとが好きなんだ。

——とんでもない。

僕は笑って、タキと別れたが、その言葉は些か僕の気持に引掛った。無論、そんな筈は無いにも拘らず……。

年が改って間も無い或る夜、僕は外出した帰りにタキの家に寄ってみた。往来には、荷を積上げた荷車が、何台も通っていた。毎日のように、暗くなると、荷車は都心から郊外へ、と重く軋りながら動いて行った。牛か馬が牽き、附いている男は大抵寒そうに首をすくめ、提灯をぶら下げている。

タキの家のラジオから、モオツァルトの「小夜曲」が流れていた。木琴の独奏で。ラジオの鳴っている部屋に這入ると——それは和室を洋風にしつらえたものであったが、タキの他にハタ夫人がいた。これは些か、意外であった。ちっとも見えませんね、とタキに云われたから来てみたのだが、部屋の空気は少少気不味いものらしかった。

タキはラジオに近い椅子に凭れて、口髭の失くなった憔悴した顔に焦立たし気な表情を浮べているし、夫人は笑って——まあ、お珍しい、と云ったものの、何やら故意とらしかった。しかし、何事があったのか、僕には無論判らなかった。誰も何も云わなかった。そして、ラジオからは、「小夜曲」に次いで「ガボット」とか「スケイタアズ・ワルツ」とか、「ハンガリア舞曲」とか当障の無いメロディが流れて来た。

――ね、画止めた方がいいとお思いになるでしょう？　だって身体のことも……。

不意に、ハタ夫人が僕に云った。その言葉の終らぬ裡に、タキが遮った。

――いま更、そんな云い方は止めなさいよ。何だかイポクリットの匂がするからね。それじゃ最初から、芝居なんかしなきゃいいんだ。

――芝居？　どう云う意味ですの？

――どうもこうも無いさ。僕は見事に、あんたの仕掛けた罠に引掛ったんだ。しかし、後悔はしてません。だから、黙って画を完成させて呉れりゃいいんだ。

――でも、みすみす死ぬと判ってる場合……。

――僕の死ぬことがあんたに何の関係があるんです？

タキは咳込みながら、手を伸してラジオのスイッチを切った。ハタ夫人は、烟草に火を点けると独言のように云った。

――罠ですって？　そうかしら？

それから、僕の方を向くと笑って云った。

――その后、お元気？

僕は点頭くと、立上った。不味い訪問をしたものだと思った。――怱怱に退散しよう。タキは眼を上げると云った。

——いて呉れた方がいいんですよ。

しかし、僕は帰ることにした。すると、夫人も立上って僕に云った。

——じゃ、あたしも失礼するわ、駅迄送って下さらなくて？

僕は、夫人を憎らしく思った。タキの顔を見るに堪えなかった。僕は立った儘考えた。もう少しいてみようか、と。しかし、ハタ夫人は身の廻りのものを取ると、さっさと部屋から出て行った。タキは瞬間躊躇するらしい様子であったが、直ぐその後を追って出て行った。二人の話声が聞え、玄関の扉の開く音がした。僕はラジオのスイッチを入れた。浪花節で、それが——来るなら来て見ろ、赤蜻蛉、と唄っていた。

タキが這入って来たので、スイッチを切った。

——駅迄送って呉れませんか？　良かったら。僕はとても行けない……。

タキは蹌踉くと、壁を片手で押えた。軽い貧血を起したらしく、顔がひどく蒼かった。僕が支えようとする前に、タキは自分で椅子に身を投掛けて云った。

——門の所で待ってますよ。

僕は黙って外へ出た。門の外に夫人の黒い影が立っていた。僕等は無言で歩き出した。

——御迷惑ね、怒った？

僕は返事をしなかった。僕はタキのことを考えていた。

——一週間ほどしたら、山へ行きます。その前に、来れたら、もう一、二度来る心算だけれど。

往来に面した家は、大抵、戸を閉して暗く、ときおり黄色い光を戸の隙間から洩らしている家があった。人通りは殆ど無く、重く軋りながら荷車が二台擦違ったに過ぎなかった。

——決めたんですか？

——そう、決めたの。

どうも勝手過ぎるようだ、と僕は思った。蒔いた種は刈取るべきだろう。しかし、僕が何を云うことがあろう？　雲の切間から星が見えた。ハタ夫人の声が聞えた。

——あのひと、何だか怕いのよ。何だか、あたし殺されそうで……。

僕は何気無く聞いた。真逆——とは云うものの、その文句は多少気になった。同時に、僕の脳裡に、嘗てタキの云った言葉が閃いた。

——僕はいつでも死ねるんですよ。ちゃんと薬を持ってるんでね。

それから、冗談らしく附加して云った。

——お望みなら、頒けて差上げますよ。

しかし、真逆タキが……。それから、夫人はタキに殺されても仕方が無い、と僕はちょっと夫人に気の毒だがそう考えた。

——ほんとのこと云うと、あの雨の晩……あのときからなのよ。あの晩、あたしの顔を睨み附けて、心臓を摑み出してやりたい、なんて云うんですもの。怕くて……。

夫人はそう云って、背後を振返った。僕等の足音が、暗い往来に大きく響いた。

——でも可笑しいわね。危いなんて思いながら、何となく来ちゃったりして……。勿論、画のこともあるけれど。

本来なら茲で僕は、余り莫迦にして貰いたくないと抗議すべき所である。しかし、抗議はせずに苦笑した。或は、夫人も夫人なりに生と死を二分する一瞬に惹きつけられているのだろうか？

——しかし、山に行くのはタキさんを殺すことになるかもしれませんね。

——どうして？……じゃ、どうすればいいって仰言るの？

寧ろタキに心臓を食べさせた方がいい、と僕は云おうかと思った。しかし、僕等はもう暗い駅に到着した。夫人は手提から切符を取出すと、僕に振って見せた。

——いつも、往復買って置くのよ。

——たいへん賢明ですね。

僕は云った。

或る晩、隣のキシに夕食を摂りに行くと、細君は僕にゴッホの画集を渡しながら、昼前頃タキの婆やが持って来たと云った。——上げるって約束したんですってね。しかし、僕はタキとそんな約束をした憶えは無かった。咄嗟に、僕は或ることを理解した。僕は既に勤め出していた。ひどく疲れるので、タキの家にも寄らずにいたのである。

キシの亭主は、どれどれと画集を手に取って展げながら云った。

――こりゃ買えば高いだろうね。ふん、何か、英語かね、書いてある。いや、こりゃ英語じゃないね、フランス語らしいね。

――縁の無いものには、口出ししないことですよ。

細君が窘めた。僕は受取って見た。タキの字で扉に詩の文句が三行書いてあった。

Vois sur ces canaux
Dormir ces vaisseaux
Dont l'humeur est vagabonde;

夕食を済せると、僕はタキの家に出掛けた。探照燈の蒼白い光が数条、夜空に伸びていた。それは大きく夜空を這廻りながら、雲のために伸びたり縮んだりした。どこかのラジオから、「美しき碧きドナウ」のメロディが流れていた。

タキの家の扉を開くと、珍しく人が何人もいる気配がした。出て来た婆やは、

――旦那様が……。

と云って、指で赤い眼を押えた。その指に皹《あかぎれ》が出来ているのが、莫迦に痛そうに見え

た。僕には判っていた。タキは薬を嚥んで死んだのだ、と。

……しかし、事実は、タキはその日の午后、首を縊って死んだのである。これは僕にとって意外であった。薬を持っているのに、故意に縊死したのだろうか？　また、僕は二日前に、ハタが突然タキを訪れたのを知った。二人がどんな話を交したか、無論、僕は知らない。ただ、婆やが茶を持って行ったとき、ハタはタキにこう云っていたそうである。

——宜しかったら、画は未完成の儘で引取らせて頂きましょうか？　無論、仰言るだけの額は……。

ハタが帰ると直ぐ、タキは夫人の肖像画を滅茶苦茶に切裂いてしまったと云う。僕は竟《つい》に夫人の像に、一度もお眼に掛らずに終った。

タキの家には、誰か知合の一家が這入ることになり、婆やは田舎の弟を頼って行くとか聞いた。僕は、或る日の午后、仕事が早く終ったので寄ってみた。タキの家は、まるで空家のようにがらんとしていた。生前、タキと仲の悪かったタキの兄とか弟とか云う男が、めぼしいものを自分に都合好く処分したと、婆やは云った。

——あとのひとはいつ来るの？

——もう、一週間ほどいたしますと、越して見えます。それ迄、おりまして……。

アトリエにも何も無かった。ただ、外し忘れられたものか、天井から剝製の鳥がぶら下っていて、何やら侘しかった。硝子の落ちた后は板が張ってあって、アトリエは妙に陰気臭かった。僕はアトリエを見廻した。しかし、そこには、一人の女のすべてを抽出しようとした男の、ひとときの情熱を想わせる、如何なる痕跡も見当らなかった。

——ハタさんの奥さんは？

——全然……。

婆やはぽつんとそう云った。

アトリエの窓から見える裏の原には、昨夜降った雪が斑らに残っていた。そして、遠い神社の黒い森は、強い風に騒めいているらしく見えた。僕は遠い森を見ながら考えた。白い機影——しかし、それが何だと云うのだろう？　すべてはひとときの、他愛も無い夢に過ぎないのではなかろうか、と。そして、僕等は流に浮ぶ水泡のように消え去るに過ぎないだろう、と。帰り掛けに、婆やは僕に、タキとフランス人の細君との二葉の写真を見せて呉れた。

——これはこっそり内緒で頂いといたんですよ。弟に見せてやろうと思いまして。

強い風が、僕の家の縁の硝子戸を鳴らした。そして風は、ハタ夫人を縁に吹寄せた。或る休日、ひょっこりと。

——ちょっとタキ迄来たので……。あのうちも別の人が這入るんですってね。おお、寒い。

それは、僕が婆やを訪ねてから、三、四日経った日であった。晴れてはいるが、寒さの厳しい日であった。夫人は縁に上ると、椅子に坐った。夫人は、タキの葬式にも来なかった。ハタに通知したのを、ハタが夫人に直ぐ廻さなかったものらしい。夫のハタが、タキの家にのこのこ行くとは夢にも思わなかった、と夫人は云った。

僕等は簡単な近況報告を交し、他愛も無い世間話をしたが、話題は直ぐ無くなってしまった。沈黙の后で夫人が云った。

——あたしが殺したとお思いになる？

夫人は手袋を弄んでいた。

——婆やと話しましたか？

——あの婆やはあたしが嫌いなのよ。判ってるわ。でも仕方が無いわね。山にいると、あの駅からタキの家迄の道が眼に浮んで来て……何遍飛出して来ようと思ったか判らないけれど。

もう二度と、夫人はあの道を歩かないだろう。

——山はのんびりしてて、いいでしょう？

——死ぬほど退屈。それに主人が変なお婆さんを見張に附けて置くのよ。何だか、あたしの生活も、もうお仕舞になっちゃったみたいな気がして……。そして生きてる裡は、タ

キのことで——苦しむと云おうとした
いや、そんなことはあるまい、と僕は考えた。タキのことで——苦しむと云おうとしたのか、心に負担を覚えると云おうとしたのか、僕は知らない。しかし、忘却とは便利な戸棚だ。人は忽ちの裡に、すべてのものをそのなかに抛り込んでしまう。そして偶に取出して見るときも、歳月に依って鍍金された奇妙な想い出と云うものしか見られない。

——あたし、あなたにもお詫びしなくちゃ。

——随分、とばっちりを蒙りましたからね。

——ええ、判ってます。でも、仕方が無かったんですもの。あのひと、フランス人の奥さん、ほんとに好きだったのかしら？

僕は驚いて黙って夫人の顔を見た。夕暮である。夫人は立上った。僕も立上って、訊いた。

——タキさんが薬持ってたの、知りませんでしたか？

夫人は手袋の皺を伸しながら、ちらりと笑った。

——あたしがちゃんと持ってます。黙って頂戴して置いたの。

矢っ張り——と僕は思った。タキの死を気遣って、と夫人は云うかもしれない。しかし、案外自分の生命を気遣って……。僕は、しかし、故意と訊ねた。

——何故、取ったんです？

夫人は靴を穿くと、首をすくめて振返った。

——タキがいつか云ってたけれど……あたしが好きだったんですって？

僕はひどく面喰った。タキは何と莫迦なことを云ったものだろう。また、夫人も。

——またいつか、お会い出来るわね。さよなら。

——ええ、生きていたら。

また、いつか——しかし、二度と会うことはあるまい。僕の脳裡には一瞬先、明日は無い。僕は不意に夫人を呼び留めたい衝動に駆られたが、それを押え附けて立っていた。

僕は遠ざかる夫人の足音に、耳を澄した。しかし、風が忽ち足音を吹消した。風は僕の胸のなかも吹抜け、僕の心を虚ろにした。僕はどこかに行きたかった。しかし、どこに行けると云うのだろう？　すると、或る詩句が不意に甦った。——見よ、かの運河に眠れる船を、漂泊の旅を好める風情かな……と。爆音が聞えた。もう、飛行機は緑と赤の灯を点けて飛んでいるだろうか？　暮れ行く大空を唯一機飛んで行くとき、パイロットは堪え難い孤独を覚えないものだろうか？　僕は縁に立っていた。もう一度、夫人の足音が聞えはせぬか、と耳を澄しながら。

しかし無論、二度と夫人の足音は聞えなかった。

（「群像」昭和二十九年十月）

登仙譚

さて、河内の国なる金剛寺と云う山寺に、珍海と云う法師がいた。

この珍海はいま経机の前に坐って頻りに顎を撫でながら考えごとをしている。考えごとをしながら、机の片隅に置いてある松の葉を口に咥える。咥えるばかりじゃない、嚙んで胃の中に送り込むのである。

——食えぬことも無い。

そう独言を呟いた。

珍海の坐っている所から、寺内を掃いている弟子の珍念の姿が見える。掃いた后から、黄ばんだ銀杏の葉や、山桜の葉が遠慮無く散って来る。すると、口のなかで何やら経文を誦しながら竹箒を操っている珍念は、呆れたように頭上を仰いで呟いた。

——はて、さて、限りが無いわい。

松の葉を飲込みながら、珍海は苦笑した。現在の彼からすると、珍念の如きはたいへんつまらない人間に見える。大体、人間と云うものが残らず平凡極る、陳腐極る、と迄珍海は考えている。と云うのは、彼は仙人を夢みているのである。

しかし、何やら弟子に話し掛けてやりたい気になったので、珍海は立上ると廊下に出て行った。

——掃けるかな？

——はい。限りがございません。

珍念は青青と鉢の開いた頭を上げると微笑した。

——ふむ。何事も気永にやらねばならん。

そう呟くと珍海は庭土へ唾を吐いた。唾には松の葉の嚙み散らされた残滓が混っている。それを妙な顔をして見詰めていた珍海は、また唾を吐いた。

——ちと、渋いわい。

——何と仰せられましたか？

師の意外の行為を呆気に取られて見ていた珍念は、吃驚して訊ねた。

——いや、渋いのさ、あはは……。

珍海は思わず笑い出した。仙人界の想いが快く思い返されたからである。

和泉の国の或る法師が来て、珍海にこんな話をして行った。一週間ばかり前のことであ

来る筈なのである。

大体、人間が五穀を食うのは習慣上の惰性に過ぎない。——尤も彼がこんな表現を用いたのではない、作者が彼の意味する所を伝えるのである。現にわれわれ僧形は魚介を断っていても何ら差障は無い。だから、五穀を断って他のもの、例えば松の葉を食うことも出来る筈なのである。

いや、出来るばかりではない。松の葉は、これを食えば五穀を食わぬ苦しみなんぞ、さっぱりと忘れ得る。ただ、松の葉は食い難いが、これを食うことが出来るとすると、最早それは唯者ではない。仙人になることが出来る。恰も魚介を断っているわれわれが衆俗と異っているように、五穀を断ち松の葉を食う人間はわれわれとも異る。即ち、仙人である。

和泉の国の法師は至極真面目臭った面持でそう云うと嘆息した。

——とても、愚僧なんぞの試みることではござらぬ。

話を聞きながら顎を撫でていた珍海は、このとき初めて口を開いた。

——それほど食い難いものであろうか。

相手は笑って云った。

——御坊、松の葉を食って御覧になると良い。

——如何にも試みる心算でござる。御坊自ら五穀の替りになると申されながら、未だに試みられぬとは、はて、合点の参らぬことでござる。

和泉の国の法師は、ちょいと呆れた顔をして笑った。

――愚僧は仙人になろうとは思わぬからな。

しかし、珍海は頗る真剣でちっとも笑わない。これを見ると和泉の国の法師も再び真面目臭った顔になって、松の葉を食って仙人になると天地間を自由自在に飛翔出来る、と云うことや、また久米の仙人の故事なんぞを話し出した。

――ふむ、落ちたか。

珍海は久米の仙人の墜落に甚だ興味を持ったのである。と云うのも自在に空翔けることに、より多くの興味を持っていたからに他ならない。相手はそこ迄話すと、

――御坊、真逆本気で仙人になろうと考えているのではあるまいな。

と訊いてみたくなった。しかし、自らの疑念を滑稽に思ったので、こう呟いたに過ぎなかった。

――所詮、女は鬼門でござる。

弟子の法師達は、奇異の感を深くした。と云うのは、この数日間、珍海の食膳に上せたものがちっとも減らない。尤も二、三度減っていたことがあるが、平常何一つ余さず平げる珍海にしては奇怪千万の振舞と云わねばならないのである。

庫裏の板敷の一隅に坐って、弟子達は首をひねった。すると珍念がこう云った。

——愚僧の見た所では、松の葉を食っておいでであった。

——へえ、松の葉をな。

先生の珍海すら、和泉の国の法師の話を聞く迄は松の葉が仙人の食物とは知らなかった。弟子達が知っている筈が無い。

或る日、珍念が例の如く竹箒を操りながら珍海の房近くの庭を掃いていたときである。見るともなく見ると、経机の前に坐った珍海先生が瞑目した儘頻りに口を動かしている。大方経文でも誦しておられるのであろう、と自分も至極敬虔な心持になって同じように口のなかで経文を誦し始めた。ところが意外なことに師の珍海は、つと右手を伸すと机の上に載っているものを摘んで口に投込んだのである。珍念はぽかんとした。慎しい気持は一転して好奇心に変じてしまった。

——そこでだ。愚僧が怖る怖るお机の上を覗見るとな、何と、それが松の葉でござった。瞑目なされた儘、摘んでは食い、食っては摘み、さても異なことでござらぬか？

一同は顔を見合せた。

すると、信念と云う法師が口を開いた。

——そう云えば、愚僧も異なことを拝見仕った。さて、一昨日にてあったろうか、いや、昨日であったろうか……。

——昨日にして置くが良い。

と一人が云うと、信念は満足らしく笑って頷いた。

——如何にも、昨日であった。

さて、昨日、信念が裏の山に這入って焚付けにする小枝を集めているときであった。突然、何か地上に落ちる大きな音がした。続いて、落葉を踏み荒す音がする。何事ならん、と信念は怖る怖る音のする方に忍び寄って行って驚いた。

彼は師の珍海の、意外の風態を目撃したのである。珍海は法衣の裾をたくし上げ、痩せて細い脛を露わに剝出している。而も足には何も穿いていない。

——そればかりなら、如何に愚僧とてもかほど迄驚かぬのだが、何と、つと身をすくめたかと思うと、地を蹴りざま頭上二尺がほどの松の枝に跳附かれたのでござる。それより、両手にてぶら下り、五度六度と身を揺っておいでであったが、突然、両手を放すと前方目掛けて飛ばれたのでござる。そうすると先刻の如き大きな音がいたした。さても、あれは如何なる修験にてござるかな?

見ていた信念は、何故か急に怖気附いて逃戻って来たのである。松の葉と云い、この器械体操の如きものと云い、弟子達にはとんと見当が附かない。

——所詮、愚僧輩には思いも及ばぬことで。

と一人が云うと、一同は、如何にも如何にもと深く相槌を打った次第であった。

弟子達の不審と驚きをよそに、珍海は松の葉ばかり食しているらしかった。珍海のための食膳は用意されぬようになった。

その裡、珍海は妙なものを作った。

新緑の頃、赤松の葉を摘取り、それを焼物の瓶のなかに入れ上から水を注ぐ。それから瓶の口を固く密封した。

一ケ月ほどしてからその土瓶を取出し、先ず縛ってある紐を解いた。次に、木の栓の上に被せてある布切れを取去った。

ぽん！　それは素晴しい音を立てた。いや、取去ったその瞬間であった。素晴しい音を立てて、布切れの下の栓が天井目掛けて飛んだばかりではない。瓶の口から真白い泡と共に、液体が勢良く流れ出したのである。その液体は容赦無く珍海の全身を濡らした。珍海は狼狽して掌で瓶の口を押えながら呟いた。

――ふむ、これほどとは思わなかったわい。

全身濡れながらも、珍海は極めて充ち足りた面持であった。彼は舌で、口の辺りに降り掛った液体を舐めた。それから、瓶の肌に附着している滴や法衣を濡らした滴を指になすり附けると、これも舐めた。それは妙に刺戟の強い飲料だったのである。

松の葉を食えば仙人となって飛歩くことが出来る。それでは松の葉で造った酒を並用したら、効果は更に著しいに相違無い。そう珍海は考えた。

——ほう、栓が天井迄飛びおった。

珍海は天井に印された濡れた一点を仰ぎながら笑を浮べた。どう云う訳か知らぬが、彼は栓が天井迄飛んだように、自分も天空に飛立つことが出来そうに思えてならなかったのである。和泉の国の法師は、とても松の葉なんぞ食えぬ、と云った。しかし、珍海はそれを食っている。それで、半分ばかり人間から離れて仙人になってしまったような気持がする。俺が仙人になったら弟子の奴等は何と思うだろう、考えると珍海は頗る愉快であった。

しかし、珍海は弟子達に、そのことはまだ些かも仄めかしてなかった。だから、弟子達にとって、師の珍海の奇怪な振舞は依然として謎に包まれた儘であった。弟子達は寄ると触ると、そのことを話題に上すのである。

或る日、法円と云う一人の弟子は、こっそり裏山に忍んで行って、松の枝に跳附く珍海の運動を偸み見た。前に信念の見たときと同様、珍海は裾をからげ、枝に跳附くと振子のようにぶらんぶらんと身体を揺って飛降りる。弟子の法円は思わず呟いた。

——はて、愚しい真似をなさる。

と云うのは法円に、珍海の運動が猿を聯想させたからである。

しかし、珍海が運動を止めたらしいのに気が附くと、法円は急いでその場を逃出した。

それから、寺の裏の辺りの山桜の木の下に、如何にしたら多くの煩悩から解脱し得るか、と考え込んでいる風情で立っていた。内心、珍海に声を掛けて貰う心算であった。

ところが、彼の意外としたことには、法衣の裾を下した珍海は掌の豆なぞ撮みながら、法円を見向きもせずに歩み去るのである。法円は急いで二、三歩、珍海を追った。

——些か、お訊ねがござります。

——ふむ、法円か。

珍海はつまらなそうな顔をして振返った。この日、珍海は例に無く身体が重く、運動しても軽く飛べなかった。それを不快に思っているのである。——きっと、松葉酒を飲過したからだろう、そんなことを考えていた。

——ひとは何故、五穀を食うのでござりましょう？

法円は慎しく質問した。珍海は変な顔をしたが、素気無く応じた。

——ただ、五体を保つためだろうて。

——はて、而らば松の葉にても差支えはござりませぬか？

——何とな？

珍海は妙な表情をして相手をじろじろ見詰めると顎を撫でた。それから、莫迦に鷹揚に答えた。

——如何にも。さりとて、松の葉は誰でも食えると云う訳には参らぬて。

――されば、如何なるひとがこれを食い得ますやら。

珍海は、その日機嫌が好くない。そこへ、法円が相次いで奇妙な質問を浴せ掛けて来る。彼は、一言、次のように乱暴に云い捨てると背を向けた。

――食うてみい。

法円は吃驚して、その後姿に叮嚀に一礼した。

その日、庫裏の一隅で、法円は一同にこの話を公開した。

――食うてみい、と申される。されば愚僧は松の葉二、三本を摘んで試みた、と思われるが良い。何の、何の、とても口にすべきものではござらぬ。

ところが、松の葉を試みたのは、単に法円一人に限った話ではないことが判明した。珍念も信念も、皆殆ど一同が既に試食済みであった。それ故、法円の最后の言葉に、一同は実感を持って相槌を打つことが出来たのである。

――とてもとても口にすべきものではござらぬ、と。


さて、こんな具合で三ケ年ほどの日数を経た。その間の珍海の修業とか努力に就いては、作者は詳述することを差控えよう。それは大体、似たり寄ったりのものだったから。

しかし、この間に、珍海は妙な考えに落込んでいたのである。と云うのは、自分は仙人になろうと努めている人間ではなくて、本来仙人であったが過って人間界に落ちた故に、元の仙人に戻るべく努めている、と考えるようになっていた。努めてそう考えた訳では無い。いつの間にか、知らぬ裡にそう考えるようになった。そう考えるようになると、それが嘘だとは思えなくなる。初めて松の葉を口にして、ちと渋いなんて呟いたことなぞ、疾うに忘れているのである。このような珍海の考えが、知らず知らずの裡に外に現れるのも、また自然であろう。

現に、二年目の冬、和泉の国の法師が久し振りに珍海を訪れて、啞然としたことがあった。

一晩降った雪が歇んで、明るく晴れ上った朝、廊下に出て立木に積った雪を眺めながら二、三度大きな嚔をした和泉の国の法師は、誰か自分の衣の袖を引張る者があるのに気が附いた。見ると、定かには覚えていないが法円とか云う弟子である。無言で、随いて来いと合図するのである。

——はて、何事かな？

と訊ねても、相手は軽く会釈するばかりで先に立って行く。

——無言の行かな？

と云うと、意外にも相手は声を出した。

——いや、先ず、お出で下さいますよう。

——珍海師は、如何なされたかな？

実は昨夜、雪のなかを晩く辿り着いたので、珍海にはまだ面接していなかったのである。ところが、師のことを訊ねられた法円は更に忙しく先を急がせるばかりである。

――異なもてなしに与るものだて。

和泉の国の法師はそう呟いた。庭に出ると数人の法師が素足に高下駄を穿き、雪掻をしている。彼等と案内役の法円はちょいと顔を見合せた。和泉の国の法師は、その顔の見合せ方が臭い、と思った。

――どこへ参るのか?

と訊ねるが、依然何も答えない。しかし、歩いて行くと、径が次第に裏の山に踏込んで行くのに気が附いた。而もその雪の上には誰か先に行った者があるらしく、裸足の跡が鮮かに刻まれているのである。

――やっ。

和泉の国の法師は、思わず口走った。

前方、梢や枝から雪が散るらしく、紛紛と朝陽に燦くなかを、何か奇妙なものが、右から左へ飛鳥の如く過ったのを認めたからである。

しかし、このとき法円が吃驚仰天した顔で振返ると、沈黙の合図をした。散り舞う雪がひとしきり落着くと見る間に、今度は突然最前の何ものかが、左手の枝の雪の蔭から姿を現すと、さっと雪の上に舞降りた。すると、再び雪粉が金色に散る。

――はて？

和泉の国の法師は、眼を疑った。舞降りたものが、つと立上って上を仰ぐのを見れば、何とそれは猿でもなく、また奇怪な鳥にも非ずして、裾をからげた、懐しき珍海その人だったのである。

法円が制止する暇も無かった。和泉の国の法師はつかつかと珍海の所に歩み寄るとこう云った。

――はて、これは一体、如何なる修験かな？

珍海はしかし、一向に驚かなかった。また二年振りに会う友人を懐しがる風情も示さなかった。

――今朝の雪景色は、また格別のものではござらぬか。

和泉の国の法師は、この挨拶にちょいと呆気に取られて答えた。

――如何にも格別でござる。しかしながら、御坊の振舞は愚僧にはとんと合点が参らぬが。

――何と、合点が参らぬと申さるるか？

珍海はこのとき初めて驚いた顔になった。

この光景を見ていた法円は、どうやら自分の役割の芳しくないのに気が附いて、こっそり姿を消してしまった。珍海が客と戻って来たとき、彼は既に雪掻に余念の無い様子だったのである。

珍海と和泉の国の法師は、房に戻るとこんな会話を交した。

——合点が参らぬ、と申されるのは洵に合点が参らぬ。御坊は何やら軽軽しくものを云われるように思うが如何であろう？

——軽軽しくものを云うとは、また一段と合点が参らない。

珍海は顰面をすると云った。

——御坊は嘗て、仙人の話をされたのをお忘れあったか？

——はて、そんなことがあったかな？

——あったかな、とは無いものでござる。松の葉を食えば仙人となる、仙人となれば天地間を自在に飛翔し得る、と申されたのをよもやお忘れではあるまい。さりながら……。

——如何にも、如何にも。

和泉の国の法師は膝を叩いて笑い出した。しかし、珍海はにこりともせずに、続けて云った。

——さりながら、いま愚僧は御坊の話なんぞどうでも宜しいのでござる。何となれば愚僧はいま暫くの裡に、再び空飛ぶ力を獲るからでござる。

——再び？

——されば、仙人の話をして愚僧に、とんと忘れておった登仙の心を想い出させて下さった御坊を、大いに有難いと思っておる次第でな。

相手は笑うのを止めて、珍海の顔を凝視した。頭が怪訝しくなった、と思ったのである。しかし、直ぐまた笑い出した。

――御坊、暫く見ぬ間に、なかなか戯れが上手くなられたな。

――はて、戯れとな。御坊も気の利かぬ。御坊はこの愚僧が如何なる者か御存知無いと見える。いや、斯く申す愚僧自らも永き間忘れておった故、それは無理もござらぬ。さりながら、ここ二ケ年がほどの修業によって、どうやら身も心も軽くなったと思わるるが故に、何れ、近い裡には空に登る心算でござる。

――はて、愚僧の話にかほど迄執心なさるとは。これはとんだ罪作りをいたした。あの話は実は……。

――これは異なことを承る。愚僧は御坊の話のことなぞ、何とも思っておらぬ。

――ふむ。

和泉の国の法師は些か自分の頭が変になった気がして、眼を寺内の庭に移した。樹立に積った雪が明るく輝いている。

――ふむ、左様でござるか。

彼は珍海をこっそり偸み見ると、茫然として嘆息したのである。

三年を経た或る日、珍海は弟子達を本堂に呼び集めた。山の樹木は何れも黄に紅に染められている頃である。何事ならん、と集っている弟子達を見廻していた珍海は、徐に口を開いた。

――さて、わしはかねてから仙人に戻り、空飛ぶ心構であったが、この頃、漸くその時が参ったように思う。依って、程無く皆の者とも別れねばならぬ。

弟子達が仰天したのは云う迄も無い。しかし、何れも先生を敬することの篤い者達であったから、一人として疑う者は無かった。暫くして、一人が怖る怖るこう云った。

――仙人となって登られますと、その后は如何相成りましょうか?

――さて。丹台と申して仙人の住む宮に参るのじゃ。

すると、法円が口を出した。

――松の葉は、而らば仙人の好み食うものと心得ましたが……。

――如何にも、その通りじゃ。

と珍海先生は満悦の態で深く頷いた。

――だがな、苟も金骨の相無くば丹台に名を列し難しと申す。自ら仙人なる者の相貌は定っておる。無闇に松の葉を食うたとて、何の益も無い。また、食えるものでもない。

弟子達は顔を見合せた。何れも松の葉を食ったときのことを想い出した。同時に、何れも金骨の相と相隔たること迥かに遠いと知ったのである。

それから珍海は自らの坊とか持物を、惜気も無く弟子達に頒ち与えた。これを聞いた珍海の同朋達も別を惜みにやって来て、記念の品を頂戴して行ったりした。なかには珍海を莫迦にしていた者もあった。しかし、こう気前良く持物を手離すのを見ると、これは案外本当かもしれぬと考えを改めるのであった。

否、それればかりではない。この噂は口から口に伝わり、近在の邑は云うに及ばず遠くの国国からさえ、珍海の登仙の様を見ようと集って来る者が夥しい数に上った。

さて、当日となると、朝から人びとが群をなして谷間に繰込んだ。珍海が飛上る場所は、谷に面した一方の山の中腹にある突出た巌の上と云うことになっていた。群衆は谷に押合いへし合い大騒である。その裡向う側の山の中腹迄人で埋まる。木の枝に跨って小手を翳している者もある。

——人間にして天に登るとは、如何なるひとなのだろうか？

——されば、仙人とか申すと聞いた。

——はて、天狗の申子ではないのか？

——いや、鼻はたいへん低い人だと聞いた。

——仙人とは、いまもおるものでござりまするかな。

なかには、

——早う現れぬか。早く飛べ。

と怒鳴る者もあった。

多少曇り気味の空が巳の刻近くから次第に晴れ上り、秋の色に染められた山肌に明るい陽射が落ちて来た。すると、群衆の喧騒が潮の引くように鎮まって行って、

——お出でなされた。

と云う囁声があちこちで聞かれた。なかには人波に蹌踉きながら、珠数を爪繰って念仏を唱える者もあった。人びとの視線は山の中腹に注がれているのである。

しかし、山の上から径伝いに巌迄降りて来る珍海一行の姿は、樹木に妨られて群衆の眼に充分には入らなかった。珍海は弟子や同朋を背後に随えて痩軀を反らせながら歩いていた。この珍海が巌頭に達したとき、初めて群衆は珍海をはっきり見ることが出来た。

珍海は奇妙な恰好をしていた。素裸の上に、腰にただ長い布を一巻き巻附けているに過ぎなかった。その上に、一個の水瓶を吊していた。中味は、例の松葉酒である。珍海が弟子同朋に語った所に依ると、やがて天に登れば仙衣を纏うから、余計なものは要らぬと云うのである。群衆はその姿を只管、驚いたり、感心したり、好奇心に駆られたりして見ていた。

巌の上から群衆を俯瞰した珍海は、振返ると弟子や同朋に云った。

——一度に空に登ろうと存じたが、先ず、この近在を遊び廻って、事の次第を皆の衆に見せて進ぜよう。一度に登っては余りにも呆気無いもの故、それより、ゆるゆると天に登

ろうと存ずる。

——洵に結構でござります。

——お名残惜しゅう存じまする。

朋輩や弟子達は、如何にも名残惜し気に頷いた。

それから、珍海はひらりと身を翻した。そして巌の上、一間ばかりの高さに突出している松の大木の枝に跳附くと、忽ち、枝に腰を降す恰好になった。群衆の間には驚嘆のどよめきが起り、それが紅葉した山肌を上って来た。尤も、このなかに和泉の国の法師のいることを、珍海は無論識別出来なかった。和泉の国の法師は口をぽかんと開いた儘、珍海の早業に呆れ返っていた。そんな筈は無い、と思いながらも、若しかすると珍海は仙人なのかもしれぬ、と云う気がするのである。

珍海は松の枝の上から弟子達に云った。

——さて、これより、下に生えておる杉の大木迄飛んで参ろう。あの辺でちと遊ぶ心算じゃ。

杉の大木は松の木から五、六丈ばかり下に生えている。珍海は松の枝の上に小腰を屈めた。

——やれ。

——飛ばれた。

群衆は一瞬固唾を飲むと、次に、口ぐちに何やら叫んだ。秋の陽射を一杯に浴びて、珍海の姿が宙に浮いた。彼はちょうど水泳のダイビングのような姿勢を取っていた。無論、珍海はその姿勢の儘杉の枝迄飛んで行く筈であった。見ている者も一人としてそれを疑う者は無かった。ところが、急に珍海が両手を忙しく振廻したと思うと、彼の身体は真逆様に、杉の木よりは迥か手前にある別の巌の上に落下したのである。

しかし、人びとは先刻の例を知っているから、直ぐ起上って、再び飛立つのだろうぐらいに考えていた。だから、黙って巌の上を注視していた。弟子や朋輩も、無論、そう思っていた。これっぽっちのことで、終になるとは毛頭考えなかった。

ところが、幾ら待っても珍海は飛立つ気配が無い。気配が無いばかりではない。ぐんにゃり伸びた儘、起上りさえしないのである。

――やれ、水瓶が微塵に砕けておる。

――はて、身を打損じた如く見らるるが。

上から覗いてそう云い合っていた弟子達は、急遽、現場へ駈附けた。見物のなかにも、巌迄上って来る者がある。弟子達が、近く寄って見ると、珍海先生は身を散散に打損じて息も絶え絶えに横たわっているのであった。傍が一面に濡れているのは、松葉酒の零れた跡であった。しかし、見物の弥次馬はそんなことは知らぬから、珍海が落ちた弾みに小便を垂らしたなぞと、失礼なことを云い合った。

――もうし、如何なされましたか？

弟子達が声を掛けても、珍海は呻くばかりで何の返事もしない。一同は兎も角、息の通っているばかりの珍海を寺の坊に舁ぎ込んだ。

谷間には群衆の笑い罵る声が一杯に拡った。折角、遠方から見に来たのに、一体どうして呉れるのだ、と怒る者も多かった。このなかにあって、和泉の国の法師は奇妙な気持であった。珍海に同情する、と同時に、妙に心の寛ぐのを覚えたのである。それは珍海は矢張り仙人ではなかった、と云う安心から来たものらしかった。

しかし、珍海の様子を見に行こうと歩き出した彼は、突然立停った。そもそも珍海をこのような破目に陥れた原因は、と云うと彼が珍海に松の葉の話をしたからではなかったか。

――はて。

彼の傍を、群衆が声高に笑い罵りながら通って行く。そのなかで、彼はそう呟くと、片附かない顔をして巌を仰いだ。秋の陽は、まだ明るく谷間に落ちているのである。

さて、その后の珍海に就いて簡単に触れて置くことにする。巌の上に落下したのであるから、生易しいことではない。生きていたのが不思議なくらいである。珍海は暫くは、身動き一つ出来ず病み臥っていた。それを看護する弟子達も、奇妙に珍海の姿を見るのが照れ臭かった。と云って、嘗ては珍海先生を仙人と信じて疑わなかったのであるから、嘲笑することも出来ない。

殊に二人三人と一緒に珍海の枕元に坐っているときなぞ、互になるべく顔を合さないように努める。珍海に対してか、同輩に対してか、また自分に対してか定かではないが、何となく恥しくなる。それで、横を向いた儘、笑うに笑えず、つまらぬことを話し合うのである。

幸か不幸か、珍海は生命を取留めた。しかし、松の葉を食うと云うのも変なので、三年ばかり遠ざけていた五穀の類を食うようになった。それから、さまざまの養生をしたため、どうやら持直した。しかし、手や足や腰を打折ってしまっているから、起居の振舞なぞ出来ない。四六時中、臥ているばかりで世話の焼けること夥しかった。食事も弟子の一人が口に入れて呉れるのを、貪り食った。

それから、変に旋毛曲りになって、仙人となって登ろうとする前に弟子や朋輩に頒ち与えた坊とか品物を、残らず取戻してしまった。残らず取戻しても、まだ不足らしい顔をしていた。

或るとき、和泉の国の法師が訪れたところ、珍海は横を向いて素知らぬ顔であった。問掛けても、只管沈黙している。法師が呆気に取られて一人の弟子に訊ねると、弟子はこう答えた。

――誰にもあのようでござります。

――はて、如何なる仔細かの。

――とんと解せませぬ。

そして二人は顔を見合せると、何故ともなく失笑した。二人は最も恥しがっているのが珍海その人だ、と云うことに気附かなかったのである。


（「人物往来」昭和二十七年一月）

白孔雀のいるホテル

大学生になったばかりの頃、僕はひと夏、宿屋の管理人を勤めたことがある。宿屋の経営者のコンさんは、その宿屋で一儲けして、何れは湖畔に真白なホテルを経営する心算でいた。何故そんな心算になったのか、僕にはよく判らない。

……湖畔に緑を背負って立つ白いホテルは清潔で閑雅で、人はひととき現実を忘れることが出来る筈であった。そこでは時計は用いられず、オルゴオルの奏でる十二の曲を聴いて時を知るようになっている。そしてホテルのロビイで休息する客は、気が向けばロビイから直ぐ白いヨットとかボオトに乗込める。夜、湖に出てホテルを振返ると、さながらお伽話の城を見るような錯覚に陥るかもしれなかった。

コンさんは、ホテルに就いて断片的な構想を僕に話して呉れてから云った。

——どうです、いいでしょう？　ひとつ、一緒に考えて下さい。

山に囲まれた湖があって、その湖に面したちっぽけな山の一つの斜面一帯が外人別荘地になっていた。コンさんはその山の上の商店街に店を一軒持っていた。商店街——と云っても通り抜けるには一分と掛らなかった。左右に四、五軒ずつ、十軒にも足りないくらいの店が並んでいたが、何れもお粗末な掘立小屋みたいなものであった。

コンさんの店はそのなかでは唯一の二階建で、前に赤いポストと白樺が一本あった。二階建だが、二階はドイツ人の医者に、階下も大半は横浜神戸辺りから来る商人に貸してあって、コンさんは委託販売の洋書と切手類とちょっとした文房具を扱っているに過ぎなかった。コンさんの店の裏手には、商人達が食事したり宿泊したりするための物置より少し増しな家があり、女中が一人いた。そして店には、十五、六の小僧が一人いた。

多分、暇があるせいだろう、コンさんはいろんなことを考えた。一例を挙げると、この前年には店近くに土地を借りて花畑を作った。外人部落に美しい草花を供給して、その生活に詩を添えると云う目的で。しかし、花の出来が悪く、剰え犬に荒されて、結果は土地代と労力の欠損になった。

ところがその夏、コンさんは宿屋を開業したと僕に通知して寄越した。そこで休になると直ぐ宿屋拝見に出掛けた僕に、コンさんは肝腎の宿屋はそっちのけで白いホテルの抱負を述べ協力を求めたのである。白いホテルは僕の気に入った。現実を忘れられるくらいなら家賃もそう高くないだろう。僕も是非一度は泊ってみたい。しかし、差当って僕が落着く予定の新しい宿屋を見たかった。それで一儲けして将来白いホテルを建てると云うからには、その宿屋も相当なものなのに相違無かった。

しかし、外人部落の外れの、湖畔から二百米ほど登った路傍にある「宿屋」を見て僕は呆気に取られた。それは去年迄は二軒長屋で、一軒には確か中気の婆さんが臥ていたし、一軒は埃を被った駄菓子やサイダアを売る店だった筈なのを想い出した。それが一年の裡に宿屋になったとすると、狸が虎になるには半世紀もかかるまい。しかし、コンさんは、

——我ながら立派になったと驚いてます、と眼鏡を突附き上げて自慢した。何しろ、二階に上ると天井から空がよく見えたんですからね。それが、この通りです。どうです？

僕は溜息をついた。兎も角、驚くことばかりであった。客はまだ一人もいなかった。それはまあいいとする。しかし、使用人が一人もいないから、客は食事するにも——もし餓死したくないなら——入浴するにも山の上のコンさんの店迄登って行かねばならなかった。これはどう云うことだろう？　取柄と云えば、畳の新しいことぐらいであった。僕は云った。

——僕はどっかに鞍替えしよう。

しかし、コンさんは素早く僕の腕を摑まえて放さなかった。そう簡単に逃がしゃしないと云う心算らしかった。

──ほら、住めば都とか云うじゃありませんか。女中だって、五人ぐらい客が来てから置こうと思ってるんです。兎も角、これからです。なに、案外風流ですよ。目下のところ、この家全部使ったたって構いません。

それから、ちょっと考えて附加した。

──そうだ、もう一人お客さんが来る迄、私が一緒に泊りましょう。早速、布団を運ばせます。

僕はその夜、宿屋の少し上にあるちっぽけなL・ホテルの、矢張りちっぽけな酒場でコンさんと賭をした。僕の考えに依ると、あんな宿屋にはひと夏に五人と客は来ない筈であったが、コンさんは最低五十人は来ると主張した。

──五十人？

僕はコンさんの頭を冷静にしてやるためにビイルを注いでやり、序に僕も一杯飲干した。五人だ、いや、五十人だ、と云い合った挙句、コンさんは賭を提案した。五人以下の場合は、僕のひと夏の滞在費は無料とする。しかし、六人以上の場合は全額頂戴する。但し、それには一つ条件がある。僕に管理人になって貰いたい。と云っても、番人みたいなものであるが……。

僕はもう一杯ビイルを飲干し、即座に承知した。しかし、コンさんが得意らしく笑った所を見ると、最初から僕に管理人を委任する心算だったかもしれない。しかし、どっちにせよ、僕の勝つのは判り切っていた。

——それではちょっとお耳に入れて置きますが……。

とコンさんは急に低声になった。

——あの宿屋の下の部屋で首吊りがありましてね。いや、まだ空屋の頃の話です。悉皆改造したからもう大丈夫です。

何が大丈夫なのだろう？　僕はひどく後悔した。旅行鞄を抱えて宿屋の前から脱兎の如く逃出すべきであった。コンさんが僕と一緒に泊ると云い出したのは、ただ淋しいだろうから、と云う訳では無かったのである。当時、コンさんは確か三十歳ぐらいであった。

長屋は——いや、宿屋は、無論もう長屋ではなかった。全体が茶色に塗られ窓だけ白く、中央に硝子戸の出入口が附いていた。その右手には貧弱な白樺が一本植えてあり、その突出た枝の一本に「白樺荘」と書かれた板がぶらさがっていた。

階下は広い土間や台所みたいなものの他に四畳半が二間、二階に六畳が四間、計六間あった。階下の二部屋は何となく陰気臭く暗かった。それに裏手の崖に面した窓からは夥しく茂った薄が見えて道具立も芳しくなかった。と云って、襖を取払って打っ通しになっている二階中を歩き廻った所で、動物園の猛獣みたいにしか思えなかった。コンさんは、風が吹いてもびくともしないと自慢したが、少し乱暴に歩くと地震のように揺れて険呑極り無かった。

前は道を隔てて大きな落葉松林に面していた。落葉松林か、その先の森か判らぬが、朝よく郭公鳥の声が聞えた。下手の方は薄や灌木の茂みが続き、その先に湖があったが、道に面した窓から首を突出さないと、湖は見えなかった。その湖も、湖畔の巨きな何本かの樹立に妨られて大きな水溜程度のものにしか見えなかった。山手の方は、裏手の雑草の茂った崖がその儘次第に迫出して来て、その少し先方の緑のなかに、L・ホテルの赤屋根と白樺造のヴェランダが覗いていた。

僕はよくそのヴェランダに上って行った。ヴェランダで珈琲なんか飲みながら見降すと、山に囲まれた湖が大きく見えた。晴れた日だと、白や赤のヨットの帆が浮び、対岸の山のなかにある県営ホテルの建物が白く輝いて見えた。曇った日だと湖は鉛色で、ときに対岸が白く霞むと思うと湖は波立ち、湖を渡って来た驟雨が下の道をくっきりと黒く染めながら近附いて来ると見る間に、屋内に逃込んだ僕等の頭上を凄じい音を立てて通り過ぎて行った。

そんな日の夕刻、まだ梢から滴の落ちて来る外人部落の径を登って行くとき、ぷんと美味そうな香がしたり、灯点った屋内で何やら愉快そうに話し合っていたりする家族の様子が見えたりすると、

——何だって食事のたんびに山登りなんかしなくちゃならないんだろう？ と、僕は腹を立てた。

管理人の僕は、全く暇で退屈した。客は一人も来なかった。コンさんは店の前や駅に広告を出していた。しかし、ポスタアに書いてある「眺望絶佳、自宅も同様お気軽に泊れる」筈の白樺荘に、客が一人も来ないのは不思議と云う他無かった。僕はコンさんに、白樺荘なる名前が宜しくないと持掛けた。

——じゃ何て附けるんです？

——ホテル・ドン・キホオテ。でなきゃ、ホテル・サンチョ・パンサ、どっちでも構わないけれど……。

——とんでもない。私は最初、フランス語の名前を附けようと思ったんですがね。こう、非常にすっきりした奴で……。

僕は呆れて、名前の話は打切りにした。

しかし、管理人でない僕は暢気に遊んでいれば良かった。そして、白樺荘なんかには五人は愚か三人と泊らぬだろうと思っていた。僕は前から知合の夏だけの友である悪童連と久闊を叙し、ボオトに乗ったり泳いだりしながら、内心、十七歳の金髪の小娘を悪くないと考えていた。しかし、彼女は一向に知らん顔をしているので、それよりはH子の方が廻かにいいと考え直すことにした。ところが彼女は十日もすると、汽車で四時間ほどの所にある避暑地のKに行ってしまったので、僕は専ら湖の対岸近くにある島迄往復一里の遠泳に熱中した。

或る日——僕が管理人になって十五、六日目のことであるが、遠泳を終って白樺荘の前迄来ると、二階に男の頭が見えた。コンさんは油を附けぬもじゃもじゃ頭であるが、その頭は綺麗に撫で附けてあった。当然、それは怪しむに足る奴と思って差支えなかった。僕はそのとき、白樺荘が宿屋なることを忘れ掛けていた。況んや、客が現れるかもしれぬなんて、毛頭思い及ばなかった。と云う訳で、僕は少しく緊張しながら、この無断家宅侵入罪に該当する男を咎めるべく急いで二階に上って行った。

しかし、二階でトランクを開けて何かしていた男は、僕を胡散臭そうに見て云った。

——失礼ですが、あなたは誰方ですか？

警官が泥棒に訊問されたら、吃驚するだろう。僕はその程度に吃驚した。しかし、落着いて眺めると、襯衣一枚に黒ズボンを穿いた若い男は別に怪しい人間とも見えなかった。それに彼の開けているトランクが僕のものでなく、壁に僕のものでない学生服の上衣と制帽が掛っている所から判断すると、この男は客に違いなかった。そこで僕は簡単に自己紹介を始めた。すると客は、僕の言葉を途中でちょん切った。

——伺ってました。どうも失礼。管理人がいるとは聞いたんですが、もっと年輩の方かと思ってたもんですから……。どうぞ宜しく。

彼は僕の留守中、コンさんに案内されて来て、いろいろ話を聞いたらしく、白樺荘がどんな宿屋であるかはよく承知しているらしかった。而も彼はこう云って僕を驚かせた。

——茲はいい宿屋ですね。

更に驚いたことには、彼は別の旅館から白樺荘にわざわざ移って来たと云うのである。湖の直ぐ傍に、モオタア・ボオトやボオトを扱う船宿みたいな宿屋がある。無論立派じゃないが、白樺荘に較べれば格段の差があった。そこから白樺荘に移って来たと云うのは、驢馬を豚に乗替えたも同然と云って良かった。彼は云った。

——あそこは下劣です。うるさくて、俗悪で閉口しました。勉強も何も出来たもんじゃありません。

この名誉ある客第一号——と云うのは僕は管理人に納まったから——の説に依ると、白樺荘は脱俗の風趣に富み、三度三度食事の度に山登りするのも食前食后の散歩として極めて健康に宜しいことになった。これはコンさんに聞かせたら、早速ポスタアに利用するだろう。しかし、その后の文句は良くなかった。

——茲もこの儘で、誰も泊らないといいですね。

客は某官立大学の学生で、外交官試験を受け、その第一次の学課試験にパスした。次は会話の試験が行われる。その勉強のため当地のさる英人に就いてレッスンを受けるのだ、と云う話であった。夕刻、山の上のコンさんの店迄食事に登って行くとき、彼は上衣を着け角帽を被った。

驢馬を豚に乗替えた客は、ひどくコンさんの気に入ったらしかった。――こんな客は優に三人分に相当します、とコンさんは僕に囁いた。そしてその夜、コンさんは白樺荘に宿帳を持参した。宿帳はコンさんの店で売っているお粗末な雑記帳の表紙に、御宿帳、と筆で書いたものであった。客第一号は何やら無言でぱらぱらとめくって見て裏を返したところ、まだ値段表が附いた儘になっていた。コンさんは狼狽てて帳面を取戻すと、値段表の紙を剝取って客に渡した。客は上衣のポケットから万年筆を取出して住所氏名を記した。そこに僕はヨシダ・マモルと云う名前を読んだ。それから僕等はコンさんの提案に従って、L・ホテルの酒場に行った。

酒場は五人坐ると満員になる程度のもので、棚には幾種類かの酒の壜が並んでいた。しかし、バアテンダアはいなかった。尤も注文があると白い上張りを着けた若い男が、カクテルなんか拵えた。この男は駅近くの町から出張して来ている写真屋で、夜だけホテルの手助けをしているに過ぎなかった。

僕等はビイルで乾杯した。

――よく来て下さいました。

コンさんは云った。客第一号は瞬く間にビイルを三、四杯飲干して云った。

——いや、全く僕の方こそ有難いです。白樺荘は気に入りました。とっても気に入りました。

——おい、ビイルを三本。

コンさんが云った。しかし、客が、願わくば現在の儘で他に客の来ない方が望ましい、静かでよく勉強出来るから、と云うとコンさんは心外だと云う顔をして、白樺荘で一儲けして白いホテルを経営する抱負を述べた。客第一号は何だか納得の行かぬらしい表情で聞いていたが、突然、コップのビイルを飲んで云った。

——いや、結構です。それならば白樺荘が大いに繁昌することを希望します。僕個人の願望なんか、そう云う理想のためには喜んで犠牲にしましょう。ひとつ、白樺荘のために、白いホテルのために乾杯しましょう。

コンさんは大声で叫んだ。

——おい、ビイルを半ダアスだ。

僕等は何遍も乾杯を重ねた。しかし、コンさんがちょっと席を外したとき、客は僕に云った。

——あのひと、本気であんなこと考えてるんですか？　驚きましたね。

僕は無論本気だと教えてやった。事実、席に戻ったコンさんは頻りに白いホテルの話をした。しかし、客に敬意を表さねばならぬと思い附いたらしくこう云った。

——目下の国際状勢に就いて、お話願えませんか？

外交官志望のヨシダ・マモル氏は、高い木の椅子の上でふんぞり返り、

——端的に申上げるとですね……。

と何やら七面倒臭いことを云い出した。その裡、ヒットラアのドイツとムッソリニのイタリイがどうのこうのと云う辺りで、僕は玄関を這入って来た一人の客とちょいと会釈し合った。酒場は玄関傍にあるから、這入って来る人間が直ぐ判る。その客は僕がこのホテルのヴェランダでよく顔を合せる、国籍不明の若い男であった。ところが、弁士はこれに気附くと演説を中止して立上ると僕に云った。

——あれは何国人《なに》ですか？　ひとつ紹介して呉れませんか？　会話の練習をしてみましょう。

僕は、単なる顔見知に過ぎないと断った。彼は前後に身体を揺すりながら、それは全く残念だとか何とか云って、容易に坐り込もうとしなかった。コンさんは、ムッソリニのイタリイ云云はどうなるのか、と演説の続行を希望した。しかし、何故そんな希望を洩らしたのか判らない。客第一号が演説を中止する前だって、コンさんは専ら手帳に挿んであるクロスワアド・パズルの切抜を見て考え込んでいた筈だから。しかし、コンさんの希望を聞くと、客は即座に着席して演説を続けようとした。着席して——しかし彼は椅子と椅子の中間に腰を降したので、大きな音を立てて仰向けに引繰り返った。そこで僕等は、急に

軟体動物化した彼を両脇から支えて白樺荘に連戻り寝せてやらねばならなかった。

――大切なお客さんですからね。鄭重にもてなさなくちゃ不可ません。このひとが外交官になったら、ひとつ白いホテルを世界中に宣伝して貰いましょう。

コンさんが云った。ところが客は突然ぱっちり眼を開けて、

――おお、シイザアはルビコンを渡れり。

と云うとまた眼を閉じた。僕等は、彼が引繰り返ったとき頭を強く打って脳に異状を来たしたのではないかと心配したが、それは杞憂に過ぎなかった。何故なら、僕がコンさんと酒場に逆戻りし、二時間ほどしてコンさんに別れて――この夜からコンさんは山の上に泊ることにしたから――白樺荘に戻ってみると、客は眼を開いていて、剰え熱心に外交問題を論じて、知らぬ間に僕を眠らせて呉れると云う心遣を見せて呉れたほどだから。

客第一号は、午前は何とか云う英人の家に会話の勉強に赴き、午后は白樺荘で勉強した。水泳にも滅多に行かなかった。一度、僕が誘うと、悪童仲間の眼の色の違う奴と会話したいとボオト遊びに附いて来た。しかし、これは失敗であった。彼の話は余りにも難解なので、相手は悉皆退屈して勝手に水に跳込んでしまったから。

夜になると、白樺荘には大きな蛾や甲虫や黄金虫なぞ舞込み、電燈の笠にかちんかちんと打つかったりして、たいへん賑かであった。しかし、客は蚊帳を吊り、そのなかで勉強

した。ときおり湖畔の方から、アコオデオンの軽快なメロディが流れて来た。僕は何やらきりぎりす的な人間らしく、そんなメロディを聞くと愉快になったが、彼は蟻的な人物らしく、些かも興を覚えぬらしかった。

偶に、L・ホテルの酒場とかヴェランダに一緒に坐ることもあった。また、暗い湖畔の路をぶらぶら歩いて、外人部落の向うの外れにあるA・ベエカリの明るい店でソオダ水なんか飲むこともあった。ベエカリの奥では職人がギタアを鳴らしたりしていたが、そんな所で国際法の講義を聞くのは、些か有難くなかった。そこで、彼が専心勉強出来るようにと、僕は大抵白樺荘を明けることにした。

——この儘、ひと夏過ぎると有難いですね。

客第一号は云った。それから、実は母親が汽車で四時間ほどの所にあるKにいる何とか云う英人に就いたらどうかと云って寄越したが、自分は茲が気に入ったから動かないのだと奇特なことを云った。こう云う客が千人もいたら、白いホテルも大分早く出来上るに相違あるまい。

ところが、客第一号が来てから十日ばかりした或る日、悪童連と騒いで帰ってみると、道に二人の男女が立って熱心に白樺荘を眺めているのに気が附いた。二人共若く、男は白い襯衣に白いズボンに黒い靴、女はワンピイスに踵の高い靴、と云う扮装であった。その服装は見たところ、大分汚れて草臥れていた。

僕が白樺荘の方に歩き掛けると女は僕の傍に寄って来て馴馴しく声を掛けた。

——ちょいと、これなあに？

僕は鄭重に答えた。

——これは宿屋です。

——泊れるかしら？

——ええ、泊れます。

女は男を振向いて——矢っ張し宿屋だってさ、と云った。それから二人は何やら相談していたが、揃って僕の方を向くと、どうもお世話さま、と云って白樺荘に這入って案内を乞うた。そこで僕もなかに這入って云った。

——お泊りですか？

二人は当然、女中か何か出て来るものと思っていたらしく妙な顔をして僕の顔を見た。そこで僕は、白樺荘に於ける僕の立場を明らかにする必要があった。すると女は、大声でげらげら笑って、

——可笑しいじゃないのさ。

と男の肩を突いたので、男は蹌踉いて僕に打つかった。この非常に快活な女性は何者だろう？ と僕は考えた。しかし僕も、白樺荘を宿屋かもしれぬと見た彼等——或はそのど

っちかの眼力には深甚の敬意を表するに吝でなかった。

僕は二人を二階に導いた。男が小さなスウツ・ケエスを一箇持っているだけであった。二階では、客第一号が難しい顔をして勉強していた。何しろ、襖が全部外してあるから一部屋も同然であった。

——あら、勉強してるわ。偉いわね。

女は客第一号を見るとそう云った。大学生はちょっと眼を上げて、それから今度は驚いたように二人を眺めた。襖を入れなくちゃなるまいと考えながら、僕は男に云った。

——どの部屋がいいですか？　どれでも構いませんよ。

どの部屋も六畳で、押入が無かった。だから僕等の夜具は部屋の隅に積んであった。しかし、男が答えるより先に女が云った。

——この真中がいいわ。船だって真中が揺れなくていいって云うじゃないの。

僕は襖を入れてやった。

——あら、何でもあんたがすんの？

そこで僕は二人に、白樺荘に就いて説明してやる必要があった。顔ぐらいは洗えること、但し七輪も何も無いからお茶も飲めないこと、食事のたんびに山登りすること、入浴は矢張り山の上のコンさんの店の風呂場を用いること、但し、湖と云う大きな浴槽を用いても一向に差支えないこと……ｅｔｃ。

——あらまあ、と女が云った。珍しい宿屋だわね。

男は何だか落着かない様子で、天井から畳迄きょろきょろ眺めていたが、低声で女に云った。

——どうしよう?

しかし、答はいとも簡単であった。

——泊るに決ってるじゃないのさ。

僕は二人に、長いこと滞在するのかどうか訊ねた。男が俯いて、二、三日……と云い掛けたら、女が引取って一ケ月ぐらいと云ったので、男は吃驚したように女を見た。兎も角、痩せて胡瓜に似たこの男性は、小肥りでトマトに似た女性の完全な支配下にあると見て間違は無いらしかった。僕はノオト・ブックの宿帳に二人の名を書いて貰った。そこにはアサノ・サブロオ、同マツコと云う名前が読まれた。アサノ・サブロオ氏は無職と云うことになっていた。

僕は管理人になって、初めて忙しい想いをした。僕は早速、山の上のコンさんの店迄登って行った。何しろ、布団が二組しか無いので、新しい客のために小僧に運ばせる必要があったから。すると、背後から客第一号の大学生が追掛けて来た。

——俗悪です。

彼は云った。

——何ですって？

僕は何のことか判らなかった。大学生は云った。あんな俗悪な二人連がいると勉強が出来ない。現にいまも僕が出ると直ぐ女は何やら愚劣なことを云い出して大学生を落着かなくさせた。だからあの二人は泊めずに追出して欲しい、そうでなければ階下に泊めて欲しい、と。そこで僕は、議会の大臣ぐらい頭を働かせて答弁する必要があった。客である二人を追出すことは出来ない。また、二階に部屋があるのに、階下の陰気臭い四畳半に押込める訳にも行かない、と。それから反問した。

——愚劣なことって、何て云ったんです？

客第一号ヨシダ・マモル氏は憤然として客第二号アサノ・マツコ氏の言草を僕に伝えて呉れた。それに依ると彼女は、あんなこちこちの勉強家なんて何にも判りゃしないから、二人で早く昼寝をしようと云ったものらしい。これには僕も考え込まざるを得なかった。それは白樺荘なる建造物の構造上の欠陥に帰すべき問題か、二人連の道徳心の欠如に帰すべき問題か、よく判らなかった。そこで、僕は立停ると烟草に火を点けた。すると、客第一号も立停って烟草を喫み出した。

巨きな楡の樹立と二、三本の白樺の間から、湖が望まれた。湖には午后の波が立ち、対岸近くのこんもり樹立に蔽われた島の岸近く、小さな白いものがひらひら動いていた。それは茶店の「氷」と書いた旗であった。遠泳のとき、僕はいつもその茶店で一休する。茶店には婆さんが一人と小さな犬が一匹いて……。

——愚劣だ、全く、と彼は云った。

僕等の頭上では簇葉が戦ぎ、眼の下の別荘の庭にはダリヤが揺れていた。風は僕等の汗を忽ち乾かしてしまった。

——兎も角、と客第一号は云った。考慮して下さい。でないと、僕が出て行かなくちゃなりませんからね。

僕はコンさんと相談すると答えた。しかし、コンさんだって、貴重な客第二号を追出そうとはしないだろう。僕等は三、四分の后、右と左に別れた。蟬の声の喧しい径を登って行きながら振返ると、客第一号は何のためか、歩きながら両腕を乱暴に振廻していた。

コンさんは、店で白いホテルの何枚目かの設計図を書いていた。僕が客第二号ABが現れたから布団を運んで欲しいと云うと、コンさんはにやにやしながら云った。

——いいですか？　あと二人ですよ。これから千客万来です。

僕は賭よりも、客第一号の要求をコンさんに説明せねばならなかった。ところが、コンさんはその快活な女性に多分に好奇心をそそられたものらしく、同宿人に就いて云云しないよう注意を与えると云う目的で、僕と一緒に白樺荘にやって来た。それから、コンさんが客第一号の立場を説明して、極めて婉曲に反省を求めたところ、彼女はこう云った。

——あらまあ、聞いてたの？　厭じゃありませんか。きっと身を入れて勉強してなかったのよ。

剰え、大胆不敵にもげらげら笑った。隣の部屋でその問答を耳にした僕は、思わず失笑しそうになって口を噤んだ。そこへ、向う隣で矢張り問答を聞いたらしい客第一号が憤然としてやって来ると、僕を階下に誘った。

——じゃ、最后の譲歩をします、と彼は云った。僕がこの四畳半に移ります。

僕は物事の順序を尊重する立場から、それに反対した。しかし、彼は頑強に主張するので、僕は彼に超自然界を信ずるかどうか訊ねた。その答に依ると、彼は全く科学的な頭脳の持主らしかった。

——じゃ、仕方がありません。実はこの部屋で首吊りがあったと云うんで、それでお勧め し兼ねたんです。

——そんなことは……、と彼は云った。

——平気ですか？

——そりゃ本当ですか？

僕は内心後悔した。少し口を滑らし過ぎた、と。話している裡に、残念ながら僕自身些か変挺な気持になるのを覚えた。そして僕等は知らぬ間に二階に戻っていた。階下のもう一つの四畳半は、それと並んでいるから同じようなものと云って良かった。それに裏の崖に面して小さな窓が一つあるだけで、とても客が泊れたものではなかった。

僕等が二階に上ったとき、女はコンさんにこう云っていた。

――あんた、ちょいとK……に似てるわね。

僕の記憶に間違無ければ、K……と云うのは或るどたばた喜劇の役者の筈であった。その間、男の声はちっとも聞えなかった。


僕等は名誉ある客第一号を引留めるのに、努力を惜しまなかった。しかし、大学生の客第一号は、俗悪です、を連発すること三日間にして母親の勧めたと云うKに行ってしまった。彼も多少、意地になったものらしかった。そして、僕等の努力を、客第二号が――女が、片っ端から打壊すのを知って、僕等が狼狽てての対策を考えたときはもう遅かったのである。


コンさんの注意にも拘らず、彼女はちょいちょい客第一号に話し掛けたらしかった。

――ちょいと学生さん、あんまり勉強しちゃ身体に毒よ。偶には女遊びもするもんよ。

とか、

――ちょいと学生さん、あんた外国に行くんならダンスぐらい出来ないと駄目よ。ちょいと教えたげるわよ。タアラララ……。

とか。

そして、それが重なって、名誉ある客第一号は到頭四日目にその名誉を返上してしまったのである。何やら、このお節介な女性と、影の薄い男性の二人連は、白樺荘で退屈を持て余しているとしか思えなかった。ボオトにも乗らず、泳ぎにも行かなかった。偶に散歩に出掛けても、直ぐ帰って来る。直ぐ帰って来ないときは、山の上のテニス・コオトの前のベンチに坐って、テニスを見物していた。

一度、僕は歩いていてベンチの彼女に呼び留められた。

——ちょいと、ちょいと、おにいさん。

彼女は僕を呼ぶのに、「おにいさん」なる有難い呼名を以てした。彼女にそれ以上大声で話し掛けられぬために、僕は大急ぎで二人の傍に近寄らねばならなかった。しかし、彼女は僕の気持なぞ全く無視して、大声で、あんなに球を打合って何が面白いのか？　と質問した。そこで僕はテニスのルウルを簡単に説明してやった。しかし、聞き終った彼女はこう云った。

——あらまあ、サアビスなんて、変なこと云わないでよ。あたし、サアビス上手いのよ。

来た翌日、彼女は着ていたワンピイスを洗濯した。ところがそれ一枚しか無いらしく、薄い下着一枚の恰好で道に面した窓に腰を降し、ちょいと掠れた声で唄なんか歌ったので偶偶僕を誘いに来た悪童の一人は、このお上品な女性と近附になりたいと云って僕を挺摺らせた。僕には、二人が何故白樺荘に滞在するのか、訳が判らなかった。

そして四日目の朝、客第一号は食事に山の上に行くとき、制服制帽にトランクを提げた姿で僕を驚かせた。L・ホテルは一杯で白樺荘も湖畔の宿屋も俗悪である以上、彼の落着く所は無い訳であった。

——忠告しますがね、と彼は云った。あの連中を追っ払わないと今后益困りますよ。僕は第一の犠牲者です。

ところが、矢張り山の上にやって来た「あの連中」の一人である女は客第一号に云った。

——あら、あんたもう帰っちゃうの？　どうして？　もっといなさいよ、淋しいわ。お名残惜しいわね。

——うるさいな、君は。

大学生は怒鳴った。しかし、女も負けてはいなかった。

——おや云ったわね、このおたんちん。

もし僕等が二人を引離さなかったら、猛烈な口論が展開されたに相違無かった。僕とコンさんは、客第一号を店の外迄見送って行った。コンさんは客第一号に頻りに不行届の点を詫びた。女は男に引留められながら、大きな声で悪口を云っていた。コンさんは悉皆機嫌を損じてしまって、碌すっぽ挨拶もしないでどんどん駅への道を歩いて行った。その後姿を見ながら、コンさんは溜息をついた。

――やれやれ、忠ならんと欲すれば孝ならず、と云う訳ですね。

大学生の云ったように、この二人連を追っ払うと云う訳には行かないが、今后のためにもその言動を適当に慎んで貰う必要があった。二人はもう食事を済せて、山を降ってしまっていた。そこで、鉄は熱い裡に打たねばならぬと云うコンさんと一緒に、僕も山を降った。途中、コンさんが云った。

――白いホテルですがね。ロビイに白い鸚鵡の入った赤い籠を吊して、白い孔雀を歩かせたらどうでしょう？　それでひとつ、白孔雀の雛を飼おうと思っています。ちょっとした思い附きでしょう？

白孔雀は僕の気に入った。

――でも、と僕は云った。孔雀はうんこをするからな。ロビイが孔雀の糞だらけじゃ……。

――いや、白孔雀のうんこは綺麗ですよ、きっと。あれは確か香水に使うんです。

――とんでもない。

僕等は白孔雀の糞に就いて論争したが、結論に到達しない裡に白樺荘に辿り着いた。コンさんが二人の部屋に這入って行くと、僕は隣の部屋に寝転って成行を窺うことにした。コンさんは先ずふんわりと、いつ頃迄滞在するのかと二人に訊ねた。ところが、その答――答えたのは無論女だが――は意外なものであった。

――いつ迄か判んないわよ、だって、動けないんだもの。

――何ですって？　動けない？

――あらまあ、その顔、K……にそっくりじゃないの。

そして僕等は、この二人が駈落者であること、一ケ月前に出奔してあちこち転転とした挙句、湖畔に辿り着いたこと、その結果として二人の懐中は早くも冬枯の状態で、白樺荘の三日分の宿賃ぐらいしか残っていないこと、だから、もし無理に追出そうとするなら二人並んで二階の窓から首を吊っても差支えないこと、なぞを知って開いた口が塞らなかった。

――全く、無茶苦茶だなあ。もしもし、聞きましたか？

コンさんは襖越し僕に声を掛けた。そこで僕は襖を開けて、隣の部屋が見えるようにした。男はきちんと坐って、申訳無さそうにしょんぼり俯いていたが、女は足を投出して坐り、僕を見るとこう云った。

――ちょいと、おにいさん。遠慮しないでお這入んなさいよ。

僕はしかし、這入るのは遠慮することにした。どっちだって同じことだったから。コンさんは暫くぽかんと二人を眺めていたが、やがて二人の親許か何かに知らせて引取に来て貰うことにしようと云った。

——あら、そんなの無いわよ、と女が云った。夏一杯隠れてると旨く行くのよ。晴れて一緒になれるのよ。

——夏一杯茲にいるって云うんですか？　うちは無料宿泊所じゃありませんよ。驚いたひとだな、どうも。

——驚くことなんて無いわよ。こんな番頭も女中もいない宿屋の方がよっぽど驚ろ木、桃の木、山椒の木だわよ。

それから彼女は、胡瓜に似た男性は東京の或る老舗の息子であること、トマトに似た彼女自身はその近くの高級な酒場に働くものであること、そして或る理由から、夏一杯逃避行を続けることが出来れば男は店を分けて貰って二人は夫婦になれること、を僕等に教えて呉れた。僕等は尤もらしい顔をして聞いていたが、一向に信用しなかった。しかし、信用するしないに拘らず、白樺荘に無料で泊ろうなんて云う客は有難くなかった。ところが、女は云った。

——誰も只で泊ろうなんて云ってやしないわよ。此方も助かりゃ、あんたの方も助かる名案があんのよ。

僕とコンさんは顔を見合せて、そんな名案は多分に警戒を要すると考えた。先方は兎も角、此方が助かる名案なんてあろう筈が無かったから。しかし、女は行儀悪く坐り直して、自分達二人を番頭と女中に雇ったらどうだ、と云い出した。番頭と女中がいれば白樺荘も多少は宿屋らしくなる、寧ろ自分達は感謝されてもいい筈だ、と。

——ちょいと、お給金は安く負けとくわ。

——お給金なんて無くてもいいです。

男が口を出した。

——駄目よ、あんた。呉れるものは貰うもんよ。莫迦ねえ。

——誰もやるなんて云ってませんよ、とコンさんが云った。やれやれ、呆れたひとだな。お客さんのいない宿屋に番頭と女中を置いて給料払ってたら、どんなことになるだろう?

僕等は一時間ほど考えたが、何にもならなかった。窮鳥懐に入れば猟師もこれを殺さず云云、とコンさんは古めかしいことを云って、二人が駈落者でなかったら簡単に追出してやるのだがと残念がった。もしその気になれば湖畔駐在の顔馴染の警官に万事を委託しさえすれば良かったから、そんなことを云うのは雇うと決めたも同様だろう。そして白樺荘には、新しく番頭と女中がいることになった。無給で——しかし、客が来た場合には幾許かの臨時手当を支払うと云う条件で。

——どうも済みません。

男は両手を突いて礼を云った。女は、

——あらまあ、旦那、嬉しいわ。惚れちゃおうかしら。

と云って、旦那に昇格したコンさんを狼狽させた。昇格したのはコンさんばかりではなかった。彼女は僕にこう云った。

——ちょいと、若旦那。御用があったら何でも云って下さいな。

折角、番頭と女中を雇ったのに、白樺荘に客は一人も来なかった。管理人の僕は退屈した。コンさんは宣伝のポスタアに客第一号の文句を利用することを忘れなかった。「俗を離れて健康的な」と。但し、その効果は一向に現れなかった。

しかし、管理人でない僕は遊び暮して大いに愉しかった。悪童仲間にコンさんの話をするとき、僕はこう云った。——彼は近い将来に、湖畔に白いホテルを建てるのだ、と。

——何のために建てるんだね？

——無論、人を泊めるためさ。でも、ロビイを白い孔雀が歩くんだ。

——そいつは素晴しいね。そのときは是非泊れるように頼んで呉れよ。

新しく番頭と女中になった客第二号ＡＢも、退屈する筈であった。しかし、女はいつの間にか山の上の商店の商人達と親しくなり、その洗濯を一手に引受けて、ときには綻を繕ってやったりして、ちっとも退屈そうではなかった。男の方は、大きな買物なんか届けるメッセンジャア・ボオイの役を引受けて、外人部落の地図片手に歩き廻ったりした。そして路で出会ったりすると、

——若旦那、出歩いてて済みません。

と決って謝った。しかし、客がいないから仕方が無い。僕は若旦那らしく、そんなことは気に掛けぬ振りをした。大きな荷物を片手で支え、変挺な腰附で歩いている彼を見ると、どうやら彼の老舗は蕎麦屋かもしれぬと疑われる節があった。そして彼の出前持式の荷物運搬法は、外人部落の鼻垂共に多大の感銘を与えたらしく、彼の背後にはいつも二、三人の子供がその恰好を真似て随いて歩いているのが見られた。

また、山の上の井戸端で勇しく洗濯している女の傍には、大抵三、四人、暇な商人がいて笑声が絶えなかった。商人の一人が彼女の背中を擽ったときには、余りにも頓狂な声で笑ったり喚いたりしたので、買物に来ていた外人連中は驚いて井戸端を覗きに走り出て来たりした。そして、コンさんの店の炊事なんかやっている三十ぐらいの女中は、洗濯に依る収入が減ったと不満を洩らしたが、これも専売特許と云う訳では無いから致し方無かった。

——ちょいと、話してらっしゃいよ。いい話があんのよ。

誰か見掛けると、洗濯しながら彼女はそう声を掛けた。何やら高級酒場にでもいる心算らしかった。そしていつの間にか、安物ながら新しい洋服を二枚も買い求めていた。

——これはどう云うもんだろう？　コンさんは首をひねった。あの二人に只で食わせて儲けさせてるみたいじゃないですか。客が来ないと話になりません。

ところが、夏はもう盛りを過ぎていた。僕が賭に勝つのは、家鴨が白孔雀でないと同様明白なことらしかった。

しかしコンさんは毎日、白いホテルの設計図を前に考え込んでいた。何やら書加えたり、新しい工夫を凝らそうと努力したりしていた。例えば、

……白いホテルの部屋には上下が無く、すべて特等であった。而も値段が安いから客が殺到するだろう。そのため、平和と秩序を愛する人間を選び出す必要があった。しかし、眼鏡違で、ホテルの平和と秩序を破る奴が潜り込むかもしれない。そのときのために、大力無双の黒人を一人雇うことにする。彼は——紳士よ、若しくは淑女よ、と呼び掛けて鄭重にホテルの門の外に撮み出して呉れる筈であった。その黒人はピョトル大帝に敬意を表して、イブラヒムと呼ばれることになっていた……。

或る日、コンさんが云った。

——白孔雀の雛を手に入れようと思ったんですがね、死なれちゃ困るから、白いホテルが出来上ったとき印度から取寄せることにしました。

——印度から？

——ええ、そりゃ何でも本場ものがいいですからね。

——でも、風邪を引きそうだな。

——大丈夫ですとも。

コンさんは動物園長みたいに、自信を持って答えた。

僕等の頭のなかの白いホテルは、ざっとこんな具合に、寄木細工のように次第に出来上って行った。しかし、白樺荘に客は来なかった。既に秋風が吹き、落葉松林に雨なんか降ると何やら蕭条たるものを覚えるようになっても、客は現れなかった。僕等はもう、白樺荘もお仕舞だと考えた。この儘で、僕は賭の勝者となるだろう。

追剝ドン・ホセの言草に依ると、猫と女は呼ばぬときに来るものらしい。白樺荘の客も、それと同じと云って良かった。或る日、番頭が客を案内して来たと云ったとき、僕は彼が柄に無く冗談を云ったとしか思わなかった。しかし、番頭の背後に立っていたのは、紛れも無い客であった。僕は吃驚して客を眺めた。夏も終ろうとするいま頃、白樺荘に来るなんてとんだ酔狂者としか思えなかった。

客は二十五、六の坊主頭のずんぐりした男で、襯衣にズボン、それに大きなボストン・バッグを抱えていた。客が来た以上、自分達は階下に移ろうと番頭は気を利かせた。しかし、僕はその必要を認めなかった。そしてもと客第一号がいた部屋に客を入れることにした。客は落着かぬ様子できょろきょろしながら云った。

——これは、ほんとに宿屋かい？

この質問に答えるのは、僕の得意とする所であった。僕は前に二人連に説明したと同じ要領で説明してやった。但し、食事は番頭と女中に山の上から運ばせるから山登りの必要は無かった。客は矢鱈に感心して見せてからこう云った。

——道で宿屋を訊いたら、碌すっぽものも云わずに連れて来たが、成程、これじゃ云わない筈よ。

それから、窓越しに落葉松林を見て云った。

——でっかい杉林じゃないか。

僕は落葉松林だと教えてやった。

——へえ、カラマツ？　そんな松があったかい？　そう云や杉とは違うようだ。

僕は彼に、白樺荘の宿屋らしい所を示すために宿帳に記入して貰おうと思った。ところがいつの間にか、宿帳は僕の落書で一杯になっていたので、その部分を引千切ると殆ど表裏の表紙だけの厚さになってしまった。それを差出すと、客は頓狂な声を出した。

——へえっ、これが……。

それでも彼は、僕が添えて出した万年筆を取って考え考え住所氏名を書いた。そこには下手な字でイケダ・ゴロオと記してあった。彼は僕に現在の止宿人の数、使用人の数などを訊ねて呆れたらしかった。

——へえ、そいでよくやってるね。

この客第三号は矢張り脱俗の風趣を解するのか、驚いたことにこう云った。

——うん、気に入ったよ。日本中探してもあんまりお眼にゃ掛れねえ宿屋だね。当分置いて貰おうかね。

当分？　一体何のためにいるのだろう？　宿帳に、イケダ・ゴロオ氏は農業と書いていた。そして、少しばかり身体の調子が好くないので静養に来た、と僕に説明したが、ずんぐりした彼の丸い顔は血色が好く静養を要するとも見えなかった。僕は頭を冷静にするために、L・ホテルのヴェランダでアイス・クリイムを二杯舐めた。

夕刻、番頭と女中が食事を運んで来た。女中は鍋を持ち、番頭は大きな盆にいろいろ載せた奴を、例に依って出前持みたいに片手で支えてやって来て、白樺荘に這入ると途端に意外にも大声で、

——お待ち遠さま。

と云った。

——莫迦ね、あんた。寝惚けんじゃないよ。

女は窘めた。

僕は夕食を摂るべく、入れ替りに白樺荘を出た。二階で女の頓狂な声が聞えた。

——あらまあ、お客さん、いらっしゃい。ちょいといい男ね。お腹減ったでしょ、ちょいとビイルでも召上る？　買って来てもいいのよ。あたしもビイルだと幾らでも飲めんのよ。

――いや、それにゃ及ばないよ、と客の声がした。あんたは莫迦に陽気なひとだね。

見上げると、その隣の部屋の窓に番頭のつまらなそうな横顔が見えた。

山の上で、コンさんは眼鏡を突附き上げて云った。

――どうです、待てば海路の日和とやら云いますね。満更諦めたものでもありませんよ。あと一人、あと一人です。

僕が、客が日本中探してもお眼に掛れない宿屋だと云ったと話してやったら、コンさんは妙な顔をして呟いた。

――しかし、それじゃポスタアには使えないな。

食后、僕は悪童連と時を過し、夜も大分更けてから白樺荘に戻った。しかし、番頭はわざわざ起きて来て、客第三号が外出したきりまだ帰らないと云った。帰って来たら勝手に寝るだろう、それに入口に鍵なんか掛けなくても、こんな所に這入る泥棒もあるまい。僕等は勝手に寝ることにした。

――ちょいと若旦那、と女中の声がした。あたし、寝間着だから出てかないけど、悪く思わないでね。

彼女は寝間着なんか持っている筈が無いから、つまり、人前を憚る恰好なのに違いなかった。しかし、僕等が二階の灯を消して暫くすると、客第三号が戻って来た。彼は何やら独言を云いながら、だらしなく階段を上って来た。酔っ払っているらしかった。そして、一度は間違って二人の部屋を開け、あらまあ、と云う女中の声に狼狽てて襖を閉めて自分の部屋に這入った。白樺荘は暗く、窓は月の光で白かった。

僕等は——尠くとも僕は吃驚した。突然、美しい音楽が聞えて来たのである。それは乳母車とか揺籃とか赤蜻蛉とかに繋がる、懐しい気のする曲であった。誰が、僕等を安らかな夢路に導き入れようと子守唄を奏でているのだろう？　そして僕は気が附いた。それはオルゴオルから出て来るらしく、而もそのオルゴオルはどう考えても客第三号の部屋にあるらしい、と。それはモオツァルトとかシュウベルトとかブラアムスとかの、よく知られている子守唄であった。聴いていると、次第に僕は白いホテルに寝ている錯覚に陥らぬ訳には行かなかった。

——ちょいと、お隣のお客さん。

と、暗がりで女中の声がした。彼女は珍しく神妙な声で訊ねた。

——何鳴らしてんの？　いい音ね。

——……うん、何だっていいや。いい音がするだろう？　よく眠れるぜ。

僕等は暫くそのオルゴオルの曲に耳を傾けていた。やがてその音が歇むと客第三号の声がした。

——お気に召したら、毎晩聞かせてやるぜ。

僕は考えた。此奴はいいや、と。そして深い眠りに落ちた。

翌日、僕はオルゴオルを見せて貰った。かなり大型のドイツ製の奴であった。客第三号は昼間は余り興味が無いらしく、

——他愛も無い玩具さ。売りゃ幾らかね？

と云った。

——売るんですか？

——いや、売りゃしないけどね……。

大きなボストン・バッグにオルゴオルなんか詰め込んで静養に来る農夫は、一体どんな人間なんだろう？

彼は昼間は褌一本で、もう泳ぐ人も殆どいない湖に出掛けたり、夜は湖畔の宿屋近くのちっぽけな飲食店でビイルか何か飲むらしかった。そして酔って帰って来るとオルゴオルを鳴らした。オルゴオルのお気に召したらしい女中は、その持主もお気に召したらしく、ちょいちょい色眼を使った。

——ねえ、ちょいと。

と云って、客第三号の肩を叩いたり、間違って蹌踉いた振りをして打つかったりした。食事を運んで来たときも必要以上長く客の部屋にいて、彼女らしくもなく何やら聴き取れぬぐらいの低声で話をする。

——一体、どうしたもんだろう？

僕は考え込んだ。僕個人はどうでも良かった。しかし、胡瓜に似た番頭のことを考えると、トマトに似た女中のこの振舞は些か面白くなかった。僕は番頭に忠告しようか、と考えたが、相変らず出前持みたいに荷物を運びながら頼り無い顔をしている彼を見ると、何とも切出せなかった。女中の方は――彼女には僕なぞ全然歯が立たなかった。

――洗濯物が溜りゃしないかい？

或るとき、莫迦にごゆっくりと白樺荘から空の食器を持って引揚げて来た彼女に僕が云ったところ、彼女は僕の腕をきゅっと抓って答えた。

――あら、若旦那、嫉いちゃ厭よ。

僕は大いに面目玉を潰した。そこで、白樺荘の風紀問題に就いてコンさんに相談せねばなるまい、と考えた。しかし、その必要は無かった。

或る日、L・ホテルのヴェランダで珈琲を喫んで白樺荘に戻って来たら、二階に客と女中の話声がしたので意外に思った。彼女が昼食の食器を持って山の上に登って来たのを見ていた僕は、当然彼女はいま頃山の上の井戸端で嬌声を発しているものと思っていた。やれやれ、と僕は考えた。もう一度L・ホテルに逆戻りしよう、と。すると、客第三号の声がはっきり聞えた。

――厭だよ。御免蒙ろうよ。巫山戯ちゃ不可ねえ。

五十米ばかり行った所で戸の開く音がした。振返ると、女中が白樺荘を跳出して外人部落の方へ走って行くのが見えた。何が厭なのか？　何を御免蒙るのか？　それは僕の大いに知りたい所であった。しかし、訊く訳にも行かなかった。

その日の夕食から、食事は番頭が一人で運ぶことになった。僕は何故そうするのか、と番頭に訊ねた。すると、客第三号が変な真似をするので、女中は客に愛想を尽かしたのだ、と云う返事であった。しかし、客は矢張り酔って帰って来てはオルゴオルを鳴らした。驚いたことには、客はオルゴオルと云う名前を知らなかったので、僕が教えてやらねばならなかった。

それから三日ばかりして、コンさんの店を借りている横浜の商人の一人が、先陣を承って引揚げて行った。もう、夏も終と云って良かった。しかし、まだ外人部落の引揚も極く僅かだったから、この商人の引揚は些か早過ぎるものであった。彼は六十近い肥った親爺で、組立式の日本家屋の模型とか安物の浮世絵とか漆器類を商っていた。

——しこたま儲けたんで、早いとこ退散ですか？

と冷かされると彼は云った。

——いや、もう駄目なんで早いとこ見切を附けました。それに急な用事も出来たのでね。

ところが、彼が引揚げてから、僕等は駈落者の片割なる女中が見えなくなったのに気が附いた。しかし、夕方迄誰も何とも思わなかった。夕方食事のとき、今日は井戸端が静かだったと云うことになった。井戸端を見ると盥に洗濯ものが漬っ放しになっていたので、これは些か怪訝しいと云うことになった。しかし、コンさんはこう解釈した。

——汽車に乗って、映画でも見に行ったんでしょう。

しかし、一晩中映画をやる訳はないから、翌朝になると、コンさんの解釈は間違っていることが判った。そして僕等は、赤い眼をして泣きべそをかいたような番頭が、彼女の持物が無いと云ったとき初めて事態を理解した。持物と云っても安物の洋服二、三枚で、彼女はそれを或る商人に貰った風呂敷に包んで置いた。その包があるので、番頭も安心していたらしい。ところが今朝になって番頭が解いてみると、いつの間に入れたのだろう？なかにあったのは僕の上衣だったのである。

僕等は首をひねった。客第三号がいないと話は判る。しかし、彼はその朝、えいやっ、と掛声もろとも何遍も逆立なんかやって白樺荘を地震のように揺り動かしていたから、問題にならなかった。

——いやはや、とんだ狸ですよ。

と、一人の商人が云った。早く引揚げて行った横浜の親爺が怪しい、と云うのである。真逆、と僕等は思った。しかし、まだ十日ぐらいはいる予定だったらしい親爺が、急に引揚げたのは怪訝しかった。そうなると、僕等は横浜の商人を臭いと思わざるを得なくなった。――あの親爺、なかなか隅に置けません。

と、一人が云った。

――あの女だって隅に置けないよ。

と、上衣を利用された僕はそう主張する権利があった。

商人達は、井戸端に最も長時間頑張っていたのはあの親爺だったとか、最も頻繁に彼女を攫ったのもあの親爺だったとか、喧しく話し出した。コンさんは僕に云った。

――どうも驚きましたよ。あの女中ときたら、おととい、ちょっと金が要るから臨時手当を先に少し頂きたいなんて云いましてね。

而も番頭の分と二人分持って行ったと聞いては呆れてものが云えなかった。商人達もコンさんも女中と横浜の商人のことしか知らぬらしかったが、僕は内心考えた。若しかすると彼女は客第三号に、一緒にどこかに駈落しようと持出して断られたのではないか、と……。

僕は番頭を探したが、見当らなかった。コンさんは、彼が首でも吊りはしないかと心配した。ただでさえ芳しくなかった白樺荘のその最后の仕上げに棺桶なんか用意するのでは、全く遣切れない。

――どうも、あの下の部屋で首吊りがあったのが気になります。ふらふらっと、同じ所でやるそうですからね。

と、コンさんが云った。僕は様子を見に、白樺荘に行ってみることにした。とは云うものの、もし本当に首でも吊っていたら、腰を抜かさずに済むかどうか一向に自信が無かった。しかし、途中で僕は大いに安心した。何故なら、番頭が意気銷沈の態で、しかし別に幽霊でもないらしく歩いて来るのに打つかったから。

——出歩いてて済みません。

番頭は毎度の挨拶をしてから、何番とかに荷物を届けて来た所だと云った。これには僕も悉皆感服した。そこで彼と一緒に外人部落のなかを抜けて、湖畔のA・ベエカリで珈琲か何か飲むことにした。ベエカリの大きな窓越しに、午前の静かな湖が見えた。窓から十米ばかり先の岸には二、三艘のボオトが繋いであって静かに揺れていた。そして、岸近くに咲いているカンナの辺りを赤蜻蛉が飛交っていた。

——いつ、お帰りになります？

——いつ？　はい、あと一週間。

パンを買いに来たテニスの上手いデンマアク人の細君とベエカリの親爺が話していた。しかし、僕等二人は別に話もしなかった。番頭は僕より年長だし、駈落なんかしたぐらいだから僕より遥かに豊富な人生経験を積んでいる筈であった。だから、僕が慰めたり励ましたりするのは変だろう。寧ろ、僕は後学のために駈落の仔細を聞いて置きたかったが、彼は文章にすると一行足らずの会話しかしたくないらしかった。

しかし、白樺荘の客第三号は僕と違って何やら番頭を慰めた。客は、女中のいないのを最初は何とも思わなかったらしい。その裡、番頭の様子でそれと察したものらしく、ひとしきり女なるものを軽蔑したような意見を述べてから云った。

——女なんて、つまり、好い加減のもんさ、お前。俺だって、こんだは女と一緒に旅に出る約束だったのさ。それが女の奴め、急に厭だなんて吐かしやがるじゃねえか、いい気なもんさ。なあ、お前。

番頭はしょんぼりした恰好で、ほんとです、なんて相槌を打っていた。

——だけどな、と客が云った。くよくよすんなって云うことよ。何れ、その裡にゃまたいいこともあるってえもんさ。なあ、お前。そうだろう？

番頭が答えた。

——ほんとです。

その裡にはまたいいこともある——しかし、事実は全くその反対であった。それから二日目の夕刻、コンさんの店の小僧が、三十分ばかり前に変な男が二人で白樺荘の様子を詳しく小僧に訊ねて行ったと僕等に告げた。そこで僕とコンさんは白樺荘に行ってみることにした。ちょうど夕食を運ぶ番頭も一緒に。風はもう寒いくらいで、僕は薄いセエタアを着込んでいた。コンさんは上衣の襟を立てていた。

コンさんは番頭に今后の身の振方を訊ねた。しかし、彼にもどうしていいか判らないらしく、白樺荘が終になる迄置いて貰えると有難いと云った。彼の話だと、彼の老舗なるものは僕の想像通り蕎麦屋で彼の兄がやっていた。女と出奔するとき、彼は兄貴の金を無断で頂戴したらしく、いまでは悉皆後悔していた。夏一杯隠れていると晴れて一緒になれる、と女が云ったのはその場の出鱈目でしかないことも判った。コンさんが云った。

——じゃ、矢っ張り家に帰るんだね。

——はい、怕い兄貴です。

番頭は背後に兄貴がいるみたいに、ちょいと振返った。

——でも、とコンさんは云った。怕い兄貴でも怕い女よかいいだろう?

——ほんとです。

番頭は低声で答えた。それからコンさんは自分も近い裡に上京する予定だから、何なら番頭の家に一緒に行って執り成してやってもいい、と云って番頭を感激させた。感激の余り頻りに頭を下げたので、彼は危く盆に載せた食事を引繰り返す所であった。僕等が白樺荘迄来たときは、もう仄暗くなっていた。

白樺荘に這入ろうとして、僕等はその儘立停った。電気の点いた入口に、三人の男がいたから。三人は土間の上り口に、写真でも撮られるみたいに仲好く並んで腰掛けていた。

その真中の男は客第三号イケダ・ゴロオ氏であった。

コンさんはなかに這入って訊ねた。僕等も続いて這入った。二人は全く見知らぬ男であった。一人はちょび髭なんか生やして黒い背広を着た小柄な男で、もう一人は痩せて背の高そうな、灰色の背広を着た男であった。

――何ですか、一体？

――驚いたね、この宿屋は。お客さん一人ぽっちで他にゃ誰もいないんだからね。いや、全くたいした宿屋だ。待ち草臥れちゃったよ。

ちょび髭が云った。客第三号は真面目臭って左手で烟草を喫んでいた。右手は――右手はどうやら右隣の痩せたのっぽの手と密接な関係を持っているらしかった。

――どうかしたんですか？

コンさんが客に訊いた。

――いや、何ね、と客が云った。ちょび髭の傍には客の大きなボストン・バッグが置かれていた。

客は靴を穿いていて、ちょび髭の傍には客の大きなボストン・バッグが置かれていた。

僕等は直ぐその旦那方の正体に納得が行った。湖畔駐在所の警官は顔馴染だから、この二人はどこかから出張して来たのだろう。ちょび髭は僕等に――僕と番頭に、客が初めて来たときのこととか、その后の様子とかいろいろ訊ねて手帳に書留めた。番頭はまるで、自分が取調べられているかのように、びくびくものであった。僕が宿帳を見せたとき、ちょび髭は仔細に薄っぺらな帳面を眺めて、黙ってのっぽの鼻先に突附けた。

——何だ、これが宿帳か？ とのっぽは云った。博物館に飾っとくといいや。

ちょび髭は大声で笑った。

——全くだ。博物館は良かったな。

しかし、のっぽはちっとも笑わないでつまらなそうな顔をしていた。この侮辱に、僕等は腹を立てたが、宿帳を見ると何とも侮辱に報いる方法を思い附かなかった。やがてちょび髭が云った。

——さて、行くかな。

三人は立上った。コンさんは三人と一緒に、湖畔駐在所迄行くことになった。しかし、何故客第三号は連れて行かれるのだろう？ 僕等は后に次のようなことを知った。彼はさる大邸宅に忍び込み、幾許かの金子とオルゴオルを盗み出し、その気配に気附いて出て来た下男を野球のバットでこつんとやって逃出した男だったのである。何故オルゴオルなんか盗んだのか？ 答は極めて簡単であった。金庫と間違えていたのだ、と。しかし、そのお蔭で僕はひととき、白いホテルに客となった錯覚を覚えることが出来たのであるが……。

——どうもお世話になりました、と客第三号は云った。この宿屋は全く気に入ったよ。

——お前も変ってるな。

ちょび髭は、大きなボストン・バッグを持って云った。僕等は客にお辞儀をした。そして考えた。――今夜から、もうオルゴオルも聞かれない、と。行届きませんで、と番頭が云ったとき、客は振向いた。

――なあに。なあ、お前、元気でしっかりやれよ。その裡にゃ、いいこともあらあ。

――何だと、とちょび髭が聴き咎めた。そりゃお前がひとさまから云われる文句じゃないか。

僕は食事に気が附いた。折角持参したのだから、客第三号に最后の晩餐を摂って行って貰いたい、と僕は提案した。しかし、ちょび髭は妙な顔をして僕を見た。

――どうも変ってるぜ、この宿屋は。

僕等は一同の出て行く後から道に出てみた。お訊ね者の客第三号は、旦那方にこう云った。

――旦那、この林の樹、何だか知ってなさるかね？　杉なんて云っちゃ落第ですぜ。カラマツってんだから。

――何だと、とちょび髭が云った。そんなこと知ってらあ。カラマツって云うのは支那から来たんだ。

のっぽは何も云わなかった。ずんぐりした客は、痩せたのっぽの肩の辺迄しか無かった。二人が親友みたいに並んで歩いて行く少し後から、ちょび髭とコンさんが歩いて行った。外は既に暗く、僕等は忽ち四人の黒い影を闇に見失った。秋風が吹いて、落葉松林の前には一面、野菊が仄白く揺れていた。恐らく、僕等はもう二度と客第三号や二人の旦那を見ることはあるまい。また、余りにも呆気無く消えてしまった陽気な女性や、彼女と喧嘩した客第一号も……。

翌日の夜、僕等はL・ホテルの酒場に行った。ホテルの食堂を覗くと空っぽで、給仕の女の子が蓄音器で「ラ・ポエマ」と云う曲を鳴らしながら、低声でそれに合せて歌っていた。それは「ああ、月白き夜は」と云う文句で始る唄であった。しかし、この夜は雨が降っていた。カクテルを作る写真屋はもう町へ引揚げたらしくいなかった。

——おい、ビイルを呉れ。

コンさんは女の子に注文した。僕等は乾杯した。

——期して来年を待つべしです、とコンさんは云った。来年もひとつ管理人を頼みます。来年は私が必ず勝ちます。

僕等は白樺荘のひと夏を振返り、首尾を全うした客が一人としていなかったのにいま更のように呆れ返った。番頭は三杯のビイルに悉皆赧くなり、のみならず珍しく勇しくなった。とても、トマトに潰されていた胡瓜とは思えなくなった。

——ひとつ、ハイカラな歌を歌わせて下さい。

と、彼は申出た。コンさんは歓んだ。

――いいね、おい、ビイルを三本。

しかし、彼が変挺な調子で歌い終る迄、僕等は彼が何を歌っているのか判らなかった。そして、謡曲にしては少し変だと思っていたのが実はシュウベルトのセレナアデだったのには全く恐れ入った。

――もう一つやります、サンタ・ルチアを歌います。

しかし、僕等は彼の歌は願下げにすることにした。その替り、白いホテルの話をすることにした。僕等は番頭に教えてやるために、給仕から紙と鉛筆を貰い、それに白いホテルの設計図を引き、またその外観を描き出したが、それは僕等の脳裡にある外観には、到底、及びも附かぬものであった。それでも番頭は最大級の讃辞を惜しまず、ホテルが完成したときは是非自分を雇って欲しいと申出た。

――いいとも、とコンさんは鷹揚に点頭いた。給仕頭になって貰いましょう。おい、ビイルを六本だ。

……湖の奥まった入江の畔に建てられる白いホテル迄は白い道がつけられ、ホテルの客は白い馬の牽く白い馬車で送迎される筈であった。ホテルの建物の天辺には風見の雄鶏が載っていて、馬車が近附く度に歓迎の歌か何か歌ってその存在を主張する。ホテルの門を這入った客は、マアガレットとか白百合の咲き乱れる庭に、山羊とか白い犬とか猫とか鶏の戯れているのを、また玄関傍の陽溜には白孔雀が睡りこけているのを見る筈であった。そして、ロビイの前の湖面には白鳥とか鵞鳥が浮いていた……。

——白熊はどうでしょう?

番頭が云った。

——成程、一考に価します、とコンさんは云った。しかし、動物園じゃないからな。

番頭は感動の余り、コップを引繰り返して云った。

——ほんとにいいホテルです。眼に見えるようです。

白いホテルは迥かに遠かった。それ故にこそ、僕等は直ぐ手の届く所にあるような錯覚に陥った。僕等は酔い、ひととき大いに愉しかった。番頭は訊いた。

——それで、いつ頃建ちますか?

僕等はちょいと面喰い、それから窓を叩く雨の音を聴きながら考え込んだ。いつ? しかし、やがては白いホテルが出来上るだろう。緑に包まれて、そこには秩序と平和があるだろう。再来年か、またその次の年か……。或はもっと先か。しかし、何れは湖畔に僕等の夢が美しい形を取って結晶するだろう。やがて、いつかは……。そして僕等は思った。それは間違の無いことなのだ、と。


(「文芸」昭和二十九年十月)

ニコデモ

爰にパリサイ人にて名をニコデモと云う人あり
——ヨハネ伝三ノ一

当時、エルサレムにニコデモと云う男がいた。議会の議員であり、またかなりの資産家でもあった。のみならず、相当の人望も捷《か》ち得ている人物であった。大柄の肥満した男で、至極落着いたもの静かな態度を崩さない。その太い眉の下の澄んだ眼は、絶えず微笑を湛えながら、その底に妙に皮肉らしい色を覗かせることがあった。その赧顔を取巻く髪とか髯には、既に白い色が見られるのである。

ちょうど過越祭の時期のことである。エルサレムの都は全国から上って来る群衆で頗る雑踏していた。その群衆の裡に田舎廻りの説教師のイエスと云う男とその一味の者がいる、とニコデモに告げた一人の友人があった。

——イエス？

ニコデモはちょっと眉を顰めた。彼が初めて耳にする名前であった。

——左様、話に聞くと不思議な魔術を行うとか云うことだ。貧乏人とか田舎者には相当人気があるようなことを云う者もある。ところで、どうにも遣切れんのは……。

遊女や罪人と平気で同席する。断食は守らん。弟子には手を洗わず食事する者がある。それから……等等と云うのである。

——ふむ。

ニコデモは再び軽く顔を顰めた。と云って、別に話の内容に不快を覚え、相手同様遣切れぬ気がした訳では無い。ニコデモはパリサイ人である。自らパリサイ人でありながら、彼はパリサイの徒の些末な形式主義に内心、好意を持っていない。尤も、長い習慣で、そんな話を聞くと自然顔を顰めるような癖が附いているのである。しかし、相手はそうとは知らぬから、ニコデモがイエスに不快を覚えたものと察して続けてこう云った。

——それに、その男は自らクリスト、神の子、と云い触らしているらしい。

それを聴くと、ニコデモは顰面をする替りに頬を緩めた。彼は眼に皮肉らしい色を浮べると、独言のように呟いた。

——クリスト？　イエスとか、前にはヨハネとか、クリストに成りたがる男が近頃は多いようだ……。

予言者も罪な予言を遺して行ったものだ、尤も、これは内心呟いたのである。

その翌日のことである。ニコデモは下僕一人を供に連れ、雑踏に揉まれながらエルサレムの神殿の方に歩いて行った。至極晴晴した愉快らしい顔で、ゆっくり歩いて行くのである。その彼に会釈を送って来る者も尠くは無い。狭い石畳の路を、一団となった田舎者が喧しい声をあげて行く、かと思えば無口の驢馬が往来する。

——お宮迄参られますか？

下僕が訊ねた。

——うん、行ってみよう。

別に雑踏も気にならぬらしく歩いて行く。やがてエルサレムの神殿が前方に見えた。この神殿は先にヘロデ王が改築工事に手を附けた儘、まだその頃に至るも完成してはいなかった。しかし、全体の眺めは壮麗の趣があって、見る者の眼を奪うに充分であった。ニコデモはしばしば神殿に出入した。そこで、彼は多くの議論に耳を傾ける。さまざまの訴訟の成行に注意したりする。いつもそこには多くの人間がいて議論し合っていた。しかし、その多くは空論に過ぎぬものでしかなかった。

ところが、その日、神域内に這入ったニコデモは、平生参詣人目当の店を張っている商人達のいる辺りに人垣が出来ているのに気が附いた。下僕を見にやらせると、戻って来てこんなことを云う。

……一人の男が、何を思ったのか、突然両替屋の屋台を引繰り返してしまった。鳩を売っていた商人も、その店台を仆されてしまった。而も、その乱暴な男はその上、商人共に悪口を吐き続けている。それで大騒だと云うのである。

——ふむ。

ニコデモは不興気な顔になった。彼は元来そんな乱暴を好まないのである。大方、気の触れた田舎者か、祭の雑踏に逆上した者の所業でもあろう、と思った。

——妙なことを申します男で……この勿体無いお宮を自分の父の家だと申すのでございます。で、一人が、お前の親爺って誰だと訊ねましたところ天に在す神様だ、と答えた始末で……洵にどうも……。

これを聞くとニコデモは何か想い出したらしく、下僕を振向いた。

——その男は何者か判るか?

——はい。見物衆の一人が申しておりますのを聞きましたが、何でもナザレ村のイエスとか申す男だそうでございます。大層な田舎者で……。

——イエス?

ニコデモがこの名を耳にしたのは、これで二度目である。彼は幾らか好奇心に駆られて人垣に近附いた。覗いて見ると、群衆に取囲まれて一人の若者が立っていた。運好くニコデモは正面からその男を見ることが出来た。陽に灼けた美しい若者である。昂然と、恰も群衆に挑戦するかのように立っている。その足元には、両替屋が這いつくばって、何やらぶつぶつ云いながら散らばった金を拾い集めるに余念が無い。

ニコデモが覗いたとき、若者はぴくりと眉を上げると、甲高い、しかし澄んだ声で云った。

——この神殿を壊してみるがいい。私は三日の裡に元通りに建てて見せる。

これは群衆の一人の問に答えた言葉らしかった。弥次馬共は一斉に喧しく喚き出した。四十六年掛ってこれ迄出来た神殿が、三日で建つとは何事か、と騒ぎ立てているのである。ニコデモは苦笑した。彼はもう一度、美しい若者の顔を見ると人垣を離れた。

——三日で建てるなぞと、本気でございましょうか？

下僕が訊ねた。ニコデモは答えずに笑ったばかりである。しかし、内心彼は次のような返事を用意していた。

——いや、わしだって建ててみせるだろう。もしお前が壊して呉れるなら。

ニコデモはその若者の言動に、大仰な宣伝を感じ取っていた。本来なら、ニコデモはそんな言動に不快を覚える筈であった。にも拘らず、そのイエスなるナザレ村の若者には、別に不快も覚えない。却って、幾らか好意らしいものを覚えさえした。これは彼自身にとっても些か意外のことであった。

何故、イエスが商人なぞ攻撃するのか、何故、神殿を三日で建てると云ったりするのか、それはニコデモにも理解出来なかった。彼に理解出来たのは、その若者のひどく美しい容貌であった。その美貌の若者が昂然と肩を聳かしていて、些かも世に屈する色の無いことであった。それは永らく固陋な作法の裡に生活し倦み厭きたパリサイ人の彼に、何かひどく新鮮で愉快なものに思われた。あの男なら、せせこましい掟なんぞ守るまい。

しかし、彼は思わず苦笑した。

――あれもクリストに成りたがっている男だと聞いたが……。

と、想い出したからである。

それから、ニコデモは議員である友人の一人を訪ねた。神殿で目撃したことを話したが、相手はイエスを知らなかった。二人はイエスのことから、古い予言に就いて話し合った。また、その予言の実現を待つ群衆に就いて、即ち、メシアの到来によりロオマの圧制を遁れようと願っている群衆に就いて語り合った。そんな群衆の数は尠くは無かった。彼等はメシアを待ち焦がれていた。何人かにメシアを見出そうとしていた。ニコデモ自身、メシアの到来を考えぬことも無い。しかし、貧しいガリラヤの若者がクリストである筈は無かった。二人の話はサドカイ派に移り、また彼等のパリサイ派に移って長く続いたが、その話に再びイエスの名が上ることは無かった。

それから二日ほど経って、ニコデモはイエスに就いての幾らかの知識を得た。それに依ると、その野蛮な田舎廻りの説教師が大胆不敵にも挑戦している相手は、意外にもパリサイ派、サドカイ派であった。意外にも――しかし、それは別に意外ではなかった。イエスの言動から自ずと感ぜられるものと知って差支えなかった。しかし自らの敵であると知っても、ニコデモはイエスに何ら不快を覚えなかった。却って、多少の優越感から来る好意すら覚えた。同時に、その美貌の青年が何故奇矯の言辞を弄し、無謀の振舞に及ぶか知りたかった。尤も、それはささやかな好奇心に過ぎなかったが、形式的な作法に倦きた彼には、そんな若者と話を交すのも興味あることに思われたのである。

だから、下僕が、

——イエスは只今ベタニヤに泊っております。

と云ったとき、ニコデモの心に突然、ガリラヤ出身の若者を訪れてみようと云う気が起った。同時に、彼はそう云う自分の思い附きに、内心苦笑しない訳には行かなかった。最高議会の議員ニコデモが、パリサイ人ニコデモが、貧しいガリラヤ出身の若者を、田舎者の説教師を訪れようと云うのである。それは、何れにせよ突飛な行動と云う他無い。

——わしにも似合わぬ……。

とニコデモは呟いた。実際のところ、ニコデモ自身何故イエスを訪れるのか、明確な理由は云えない気持であった。しかし、もしイエスが美貌の持主でないとしたらニコデモが矢張り訪れる気になったかどうか、それは彼自身にも判らなかった。

夜、ニコデモは下僕と二人、こっそりベタニヤ村に向った。無論、秘密に訪れるのである。議員ニコデモの体面、地位を考慮し、また、行為の末梢に重点を置きたがるパリサイの掟を考えてみると、無論公然と行けたものではない。イエスは日暮になるとエルサレムを出てベタニヤに、ときには橄欖山に宿ることもある。

――泊りますのは、癩病人シモンの家と申します。何でもマルタ、マリヤとか申す二人の姉妹がおりまして、噂に依るとイエスはその妹と……。

――ふん。

ニコデモは習慣になっている顰面を作って、下僕の言葉を聞いたが、暢気らしい声でこう訊いた。

――美人か?

――……と云う話でございます。何でも数ある男を振捨てて、イエスに夢中とか申します。

ベタニヤ村はエルサレムから二十五町ばかり離れた、死海とヨルダン河を見晴せる丘の斜面にあった。エルサレム近郊は痩地が多い。そのなかで、緑に恵まれたベタニヤは珍しく和やかな所である。長い夜道を歩いてシモンの家に辿り着くと、ニコデモは一室に通された。下僕は扉口の外に待たせてある。イエスの許に、こうやって訪れる者は尠くなかった。

仄明るいランプの灯で、昂然とニコデモを見詰めていたイエスは、ニコデモが名前と地位を告げると、ちょっと意外らしい表情を浮べたが、相手が何者だろうと自分の知ったことではない、とでも云うらしく肩を聳かせた。ニコデモは静かな微笑を浮べると、慇懃な調子で、用意して来た言葉を唇に上せた。彼は、ラビ、先生と呼び掛けたのである。

——先生、私はパリサイ人でございます。しかし、私は先生が神の使として世に現れた師だと信じております。何故なら、先生が行われた数多い奇蹟は、神が偕《とも》に在す方でなければ到底なし得ないものでありましょうから……。

ニコデモの言葉はイエスを歓ばせた。エルサレムはイエスにとって気持の好い都ではなかった。多少の味方も無いことは無い。しかし、多くは敵であった。そこに意外の知己を見出したのである。イエスは快活に、しかし威を見せながらこう云った。

——私は深夜何故あなたが人眼を避けて私の所に来られたかよく判ります。あなたは神の国を見たがっておいでになる。それには、新たに生れねばならない……。

ニコデモは思わずイエスの顔を見た。苦笑しようとするのを、不断の微笑に紛らわせながら反問した。

——新たに生れる？　この老耄の私奴に、もう一度、母親の胎内に戻れと云われるのですか？　生憎、私の母は八年前に亡くなりましたが……。

これに対する答は、またそれに続く応答は、読者はヨハネ伝三章に見出される筈である。作者は再録する気は無い。多分このときも、イエスは、学者のようでなく、権威ある者のように語ったであろう。

ニコデモは、余り口を開かなかった。尤も、ユダヤ人の指導者のあなたがこんなことを御存知無いのか、とイエスに云われたときには内心辟易したが、他は多く無言でイエスの言葉に耳を傾けていた。それはまだニコデモの耳にしたことの無い奇抜な言葉であった。その多くは彼に不可解であった。しかし、粉飾を施さぬ直截な言葉には何か閃くものがあった。ニコデモはそれらの言葉に耳を傾ける一方、イエスを眺めていた。自らの話に熱中し、すべてを忘れているらしいイエスの顔を。陽に灼けた頬に血が上り、眼が異様に輝くのが仄明るいラムプの光で判る。それは美しい顔であった。その顔を見ながらニコデモはこう考えた。

——この男を愛している女……はマリヤとかの他にも多くあるだろう。

しかし、ニコデモにはイエスの言葉が理解出来なかったと同様、その人間も理解出来なかった。全然宗教だけに限られた運動をしているのか、或は政治的革命を企図しているか判らない。その何れにせよ、イエスはまだ問題とするに足りぬ田舎の若者に過ぎない。結局遠い昔の予言に惑わされている思い上った若者に過ぎなかった。

恐らく——とニコデモは考えた——処世術を心得ぬこの若者は、勇敢に反抗し挑戦することしか心得ていないらしいこの若者は、動けば動くだけ多くの敵を作るに過ぎまい。それは自殺行為に等しい。世の老猾なる連中が彼を陥穽に陥れるのは、二羽の雀を購うよりももっと容易のことであろう。と云って、ニコデモはイエスにそんなことを告げる気は無かった。告げた所で何にもなるまい。否、尠くともこのとき、イエスはニコデモにそんな口出しを許さぬほど師の権威に満ちていたのである。しかしこのとき、ニコデモは自分がイエスを訪れる気になったのは、前途に破滅が待っている筈の若者、その美貌にニコデモが心惹かれた若者を、その破滅から救ってやりたい、と云う内内の気持からしい、と気が附いた。昂然たる若者の美しい顔を見ながら、ニコデモは妙に儚い淋しさを覚えた。同時に、限りない憐憫を。

帰途、無言で歩いて行くニコデモに下僕が話し掛けた。

——私が扉口におりますと、近くで盛んに話声が聞えました。イエスが王位に就いたとき、誰が一番偉い位を貰うか、と議論し合っているのでございます。大方、莫迦な弟子共なのでございましょう。

——ふん。

ニコデモは鼻を鳴らすと云った。

——明日、イエスの許へ金を届けてやれ。名は告げないで宜しい。

過越祭は終り、やがてイエスとその一味のガリラヤ人はエルサレムを去った。それと共に、ニコデモの脳裡からもイエスの姿は次第に薄れて行った。

薄れて行った——しかし、全然消えた訳では無かった。と云うのは、イエスは次第に多くの敵を作るほど名が知れ渡り、その噂がときおり彼の耳に入ることもあったからである。

一度——それはニコデモがイエスに会った夜から大分経った頃であるが——祭司やパリサイ人が、イエスを捕えようと試みたことがあった。ところが、捕えにやった者共はイエスを取巻く群衆に怖気を振い、役を果さずに帰って来てしまった。その頃、イエスを支持する群衆は尠くなかった。彼等は至極単純にイエスにメシアを、クリストを見出していた。確信も何もある訳では無い。一途に逆上し熱狂したに過ぎぬ。一種の流行心理と云って良かった。その同じ群衆は后に、イエスを何の躊躇も無く十字架に送り附けた。それほど単純であった。

しかし、イエスを捕え損ねた祭司やパリサイの徒は大いに立腹した。彼等は異端者イエスを、またそれを取巻く群衆を罵倒した。

——奴等は律法を弁えぬ、神に逆う者共だ。何とあっても捕えて処断せねばならぬ。

ちょうどその席に、ニコデモはいた。彼は、自分が好意を覚えた美しい若者を、多少なりともその破滅から助けてやりたく思った。そこでニコデモは、穏かな微笑を浮べながら口を開いた。

——しかし、われわれの律法は、先ずそのイエスとやら云う男の言分を聞くことにあるのではないか、と私は考える。その云う所を聴き、行ったことを承知した上で、裁くのが順当の処置ではあるまいか。

ニコデモは富裕で、評判の好い男である。これは彼のために幸運と云って良かった。でなければ、ニコデモ自身すら危険な立場に置かれたかもしれない。否、そう云う彼に向ってさえ、

——君もガリラヤ出身か？

と云った者があった。これは軽蔑を意味する。「ガリラヤ人」と云うのはエルサレムの都では、莫迦者の代名詞であった。また或る者は、

——君はイエスを予言者とお考えか？　予言者はガリラヤから出る筈は無い、と云うことを御存知無いと見えるが……。

と、あからさまにニコデモを諷したりした。予言者はダビデの町ベツレヘムに生れる筈であった。イエスは貧しいナザレ村の大工の子に過ぎない。無論、当時はまだダビデの末裔としてベツレヘムに出生した、と云う例のロマンチックな美しい伝説がイエスを飾り立ててはいないのである。

ニコデモは意外に手厳しい同席者達の言葉に、苦笑すると口を噤んでしまった。口論しても始らぬ。ニコデモほどの地位の、また声望のある男ですらこの通りである。こうなった上は、イエスが捕えられるのは早いか遅いかの問題に過ぎない。ニコデモが口を出した所で、どうなると云うものでもない。彼には一同がそのように激昂するのが、些か滑稽に思われた。

――白く塗りたる墓よ。

ニコデモは、イエスがパリサイの徒を罵って云ったと云う文句を想い出した。案外、穿ったことを云う、と内心感心しない訳には行かないのである。しかし、真実を云うのは常に危険である。

――イエスよ、何故お前はそんな言葉を吐いて自ら求めて破滅の淵への道を辿るのか？　マリヤとやらを愛し、蜜蜂や芥子菜や百合や無花果の裡に、平和な田舎廻りの生活を送れば良いものを。

と、ニコデモは内心呟いた。その日、彼は再び名は告げず、イエスの許に金子を送り届けさせた。

それから一年ばかり経った頃である。

或る日、ニコデモは長い旅からエルサレムに戻って来た。旅は彼の心に新しい生命を吹込み、陽は彼の皮膚を灼いた。また、眼にした異教徒の風俗は、建築は、彼の心を愉しませた。しかし、久し振りにエルサレムの都を見たときは、矢張り流石に懐しさを禁じ得なかった。

エルサレムの都は、過越祭の期節に入るので、雑踏し始めていた。ニコデモも、この祭に間に合うように帰って来たのである。帰って来た彼は自分の館に寛いで、下僕の一人を相手に留守中のエルサレムの様子なんぞを機嫌好く訊ねたりした。しかし、エルサレムの都には、特にニコデモの関心を惹くような事件も起らぬらしかった。別に、変りも無いらしかった。話が終る頃、下僕は想い出したようにこう云った。

――申し忘れましたが、ゴルゴダの丘に十字架が三本建っているそうでございます。

――ふん。また悪党が三人減った訳か。

それは何ら珍しい話題ではなかった。殊に、旅から帰ったニコデモには何か莫迦らしい気のする話であった。

――はい、しかし、その三人の一人はイエスと申しまして……。

――イエス？

ニコデモは下僕の顔を見た。

――はい。お忘れでございましょうか？　三年ばかり前の過越祭の夜、手前がお供いたしまして……。

――うん。

――その后も何度か手前が金子を届けに……。

――いや、憶えている。憶えている。

ニコデモは微笑すると額に手を当てた。それから独言のように云った。

――しかし、わしは知っていた。あの若者は何れは破滅するとな。いつかは良くない最期を遂げると判っておった。自ら招いたようなものだ。

ニコデモは下僕を見ると訊ねた。

——しかし、磔刑とはまた大分ひどい刑に処せられたものだ。何故かな？　群衆は騒ぎ立てぬのか？　イエスを護らぬのか？

——何とも手前にはとんと見当も附兼ねますが、話に依ると、何でも自分をクリストだと云ったからだと申します。学者先生に憎まれたとも申しますし、謀叛を企てていたとも申します。なかには女沙汰だと云い触らしておる者もございます。それで群衆でございますが……十字架に附けろ、と騒ぎ立てたのがその群衆とやらだそうでございます。特赦のときにも、バラバを許せ、と叫ぶ声が殆どで、誰一人、イエスを許せ、とは申さなかった由で……。

——ふん。で、バラバとは何者だ？

——一揆を起し、人殺しをした男だそうでございます。

ニコデモはユダヤの総督ポンテオ・ピラトの許へ浪のように押寄せ、逆上して喚きながらピラトにイエスの死刑を納得させようとする群衆を脳裡に描いた。また、それを操り煽動する祭司達を。何故なら当時ロオマの支配下にあっては、ユダヤ人の発した死刑宣告が効力を持つには、総督の裁可を待たねばならなかったから。同時に、ニコデモはその騒擾の頂点にいるイエスを想い浮べた。一夜、自分に向って熱心に神の国を説いた美しい若者を。自業自得かもしれぬ。しかし、ニコデモは磔刑に処せられたイエスに、矢張り好意と憐憫を覚えていた。

——で、屍体は？

屍体は適当な引取人があれば、それに引渡して差支えないことになっていた。翌日は安息日であった。屍体はその日の裡に降される筈であった。また、刑執行の日の夜迄屍体を十字架に附けて置くことは旧い律法で禁じられているのである。——尤も、ロオマではその儘放置して、鳥の啄むに任せたと云われる。

——誰か引取人があるか訊いて来い。

やがて下僕が、ロオマ総督府に行ってこっそり訊き出した報告を持って帰って来た。

——屍体はアリマタヤのヨセフ様が秘密を守るようにお願いになって、お引取になったそうでございます。

——ヨセフ？　議員のヨセフか？

——はい。

ニコデモは微笑した。些少も知らなかったが、茲にも一人あの美貌の若者に心を寄せている者があったのである。ニコデモは暫く沈黙していた。それから、下僕にこう云った。

——香料を用意して置け。ヨセフの所に行って屍体を葬るに手を貸してやろう。

——お疲れでございましょうが……。

――いいや。

ニコデモは自分でも何故そんなことをするのか判らなかった。黙っていれば済むことである。しかし、彼は内心、何かそうせずにはいられない精神的な負担を覚えていた。彼は内心、弁解するらしく呟いた。

――あれは満更の他人でもない。あれはクリストでも何でもない田舎者に過ぎなかった。会ったことは一度しか無い。しかし、わしは彼奴が気に入っていたのだ。彼奴は一時ではあるがわしを取巻く重苦しく固苦しい垣を破って新鮮な風を送って呉れた。一時ではあるが、わしの若い血を甦らせて呉れた。群衆にも見離されたとあっては、せめてヨセフと偕に、屍体のことぐらい考えてやりたいのだ。

それから、ニコデモは立去ろうとする下僕を見ながら、揶揄するらしくこう云った。

――兎も角、一夜でこそあれ、あれはわしの師であったからな。

（「新文明」昭和二十七年四月）

村のエトランジェ

河の土堤に上って、僕等は吃驚した。

河はいつもと悉皆違っていた。いつもは葦の茂った中洲の両側を、綺麗な水がゆっくり流れていた。しかし、その中洲は殆ど、ココア色の激しい水の流に隠され、ほんの一部分が顔を出しているに過ぎなかった。そして、対岸がひどく近く見えた。

ココア色の水は、河幅一杯の流となって押流れていた。よく見ると、対岸近い方の半分は、長い帯でも滑らせるように水がするすると伸びて行く。しかし、此方側半分は、激しく横に流れて渦巻き、所どころに小さな滝が出来ていた。その真中に僅かばかり出ている中洲には流木が引掛り、それにトンビが二羽止っていた。

僕等はトンビに石を投げた。しかし、届かなかったり、横にそれたりした。トンビは知らん顔をしていた。

夕刻なので、土堤には僕等の他に人影は見当らなかった。三日間降り続いた雨のお蔭で、村の河が物凄く増水したと聞いて、僕等は冒険心を抱いてやって来た。しかし、激しい水勢を見ると、冒険どころではないことが判った。僕等は暫く、水を眺めたり、水に石を投げたりした。僕等——中学一年坊主の僕と友人のセンベイの二人は。

それから、土堤の下に大きな石が幾つか顔を出しているのを見附けて、そこに降りてみた。

——へえ、足滑らしたら、お駄仏だぞ。

とセンベイが云った。水は猛烈な勢で石に打つかり、僕等の足は忽ちびっしょり濡れてしまった。

その程度の冒険に我慢すると、僕等は土堤に上り、河下に向って少し歩いた。少し歩くと大きなポプラが一本立っている。僕等はその下に腰を降した。二、三分すると、僕等は三つの人影が土堤に上って来るのを認めた。それは僕等のよく知っている一人の男と、その友達の二人の女だと、直ぐ判った。女二人は姉妹であった。

僕等は顔を見合せると笑った。そして、大きなポプラの幹に隠れて、三人を見物してやろうと考えた。淡い夕靄がかかっていた。しかし、三人を見るのを妨げはしなかった。

三人は暫く河を見ていた。その裡、何か相談したらしく、男が危っかしい恰好で土堤を降り始めた。続いて、姉が降り、最后に妹が降りた。

——いい齢して、冒険してるだ。

センベイが云った。三人は土堤下の、僕等も降りてみた石の上に立って、何か話し合っているらしかった。水音で声は聞えなかった。

——上りが行くだ。

センベイが云った。

対岸の点点と灯点った村の先方の山裾を、長い汽車が左から右に動いて行くのが見えた。汽車の窓は、ひどく暗かった。

——あれに乗って、もう直ぐ行くだな。

僕は点頭いた。僕は間も無く村を去って、東京に帰る筈になっていた。あの三人も——僕は三人の方を見た。三人も近い裡に、東京に帰る筈であった。

僕は思わず、息を呑んだ。

姉の白い手が伸びた。何をするのだろう、と思ったとき、その白い手は男の肩を突いたのである。男は奇妙な動作をした。それは、何か眼に見えない綱にでも摑まろうとしているかのように見えた。それから、両腕で大きく空気を搔きながら水に落ちた。落ちた男の片足が、宙に突出た。そして消えた。同時に、鋭い悲鳴が水音を引裂いた。悲鳴をあげた妹は、姉を両腕に抱くと、二人重なって背後の土堤に仆れ掛った。

それは、一瞬のことであった。

僕は凝っと坐っていた。それは、夢のように思われた。もし、センベイが僕の肩を摑まなかったら、僕はもっと坐っていたかもしれない。僕は立上ると、センベイと一緒に夢中で走った。

姉妹は、僕等の力を借りなければ土堤に上ることも出来なかったろう。姉妹を土堤に上げると、僕等は河を見ながら、土堤を走った。しかし、黒ずんで来た水に、男の姿を見出すことは出来なかった。

センベイは、村人を呼んで来るから、と僕を残して走り去った。僕は土堤の上を走っては、男の姿を探した。しかし、何遍走っても無駄であった。すると、土堤に坐っている姉の白い手が眼に附いた。僕は考えた。——あれは本当だろうか？　センベイも見ただろうか？

妹の方は、立ったり坐ったりしながら、泣いていた。

——あの方、……もう駄目かしら？　これじゃ、もう駄目ね。

しかし、姉の方は坐った儘、凝っと水を見て動かなかった。センベイが早く村人を連れて来ればいいのに、と思いながら立っている僕の眼に、その白い手が灼き附いて離れなかった。——センベイも見たのだろうか？　あれは本当だったろうか？　まるで夢のようだ、と僕は考えた。

やがて、夕闇のなかを、センベイが村の連中と一緒に走って来るらしく、提灯や懐中電燈の光が、話声と共に近附いて来た。

——へえ、もう駄目だぞよ。

センベイが大声で云うのが聞えた。

——へえ、足が悪いくせして、土堤の下に降りるが悪いだ。石から滑って落ちただ。

僕は思わず聴耳を立てた。石から滑って落ちた？　僕は白い手を見て、考え続けた。

——じゃ、センベイは見なかったのだろうか？　それともあれは夢だったのだろうか？

……それは、戦争の終った年の十月初めのことである。しかし、僕は茲で、話を少し前に戻そう。戦争の終る少し前に。

＊

助役の家の離れに、東京から「凄い女」が疎開して来たと云うので、僕等は早速見物に出掛けた。助役の家は、村の西端の部落にある。何しろ、山だらけの地方だから、その部落に行くとなると山の中腹迄登らねばならない。僕等は暑い陽射を浴びて汗を掻きながら、白く乾いた石塊だらけの小径を登って行った。僕等——僕と友人のセンベイの二人で。

僕は助役の家を見たことが無かった。センベイに訊いたら、大臣の家ぐらい大きいと云う。鼻の頭に皺を寄せて、

——ほんとだぞ。

と念を押した。

センベイは顔が平べったくて、おまけに雀斑が附いていて、胡麻のくっついた煎餅にたいへんよく似ている。センベイの背後から小径を登って行くと、センベイのズボンの尻の下の所が破れていて、センベイの腿が見えた。僕は眼を凝して視た。しかし、腿の所には胡麻は附いていなかった。

助役の家に辿り着いたとき、しかし、僕等は当惑しない訳には行かなかった。大臣の家ほどかどうかは判らぬが、村で一番大きな家かもしれなかった。石垣の上に土塀が巡らしてあって、とても覗く訳には行かない。と云って、のこのこ門を這入って行く訳にも行かないのである。

——何だ、見られないのか。

僕は大いに落胆した。センベイは鼻の頭に手を当てて眼を瞑った。それは、センベイの沈思黙考する姿勢であった。そのセンベイの顔は、煎餅と云うよりは鼻の欠けたお地蔵さんに似ているように思われた。

突然、センベイは眼を開くと、ぽんと首筋を叩いた。これは線路工夫をしているセンベイの父親がよくやる癖である。センベイに云わせると、線路工夫がいなければ汽車は動かない、線路工夫ほど偉い者は無い、と云うことになる。首筋を叩いたセンベイは叫んだ。

――杏の樹に登るだ。

同時に、小径の傍に立っている巨きな杏の樹の方に走り出した。僕は、狼狽ててその後を追った。一度うとうとしかけた僕等の裡なる冒険家が、再び眼を醒した。生憎、僕はセンベイほど、冒険家の資格に恵まれていなかった。尠くとも樹登りにかけては。迥か頭上の大きな枝に跨って小手を翳しているセンベイに、僕は訊ねた。

――見えるかい？

――ああ、絶景絶景。

とセンベイが云った。

やっとセンベイと同じ枝に跨ったとき、僕はがっかりした。助役の家の樹立越しに、離れの屋根が洩れ見えるに過ぎなかった。しかし、センベイは鹿爪らしい顔をして、あの屋根の下にいるのだから狼狽てるには及ばないと云った。ちょうどそのとき、

――誰だ、杏を取る奴は？

と怒鳴る声がした。

センベイはひどく狼狽して、噛り掛けの実をズボンのポケットに押込んだ。僕等は下を見た。そして笑い出した。上を向いて歩いて来るのは、僕等のよく知っている自称「詩人」であった。センベイが本名を持ちながらセンベイであるように、彼は詩人であった。尤も、シジンは詩人でも死人で差支えない。しかし、センベイは煎餅以外では具合が悪

い。

ところで、笑い出した僕等は、忽ち息を呑んだ。詩人の直ぐ背後から、見馴れぬ二人の女が歩いて来て、詩人と三人並んで立つと杏の樹を見上げたからである。僕は東京でも、また疎開して来たこの村でも、モンペやズボンを穿かない女は見たことが無かった。ところが、下の二人はスカアトを穿いている。「凄い女」に違いなかった。すると、その一人が云った。

――怕くないの？

僕等は顔を見合せ、くすりと笑って、その質問が如何に頓馬なものであるかを悟らせようとした。おまけにセンベイは大声で、故意と上を向いて云った。

――おいら、毎晩樹の上で寝るだ。

下の三人は呆れたらしく、並んでゆっくり歩き出した。詩人はどうやら僕等のことを、女二人に説明しているらしかった。僕等は愉快な気持で笑った。しかし、三人の姿が助役の家の門の方に遠ざかるのを見済すと、急いで樹から滑り降りた。それから、乾いた小径を一散に駈下った。無論、ポケットには杏の実を詰め込んで。清水の所に来ると、僕等は草の上に腹這になって水を飲み、足を投出して杏の実を囓った。頭上には大きな白楊の葉が戦いでいた。

――凄い女だなあ。

センベイが云った。
——うん、凄いなあ。
と僕は応じた。僕等は僕等の冒険に至極満足していた。ただ一つ、納得の行かぬことがあった。——詩人は一体、いつあの二人と知合になったのだろう？

村で髪の毛を長く伸しているのは、小学校の校長と（これは正確には国民学校の校長と云うべきだが）、郵便局長と詩人の三人に過ぎなかった。詩人はいつも、黄色い麦藁帽子を被って歩いていた。詩人が歩く度に、黄色い麦藁帽子は上ったり下ったりした。と云うのは、詩人は跛だったから。

或る日、僕等は黄色い麦藁帽子が、村の街道沿の床屋に這入るのを見附けて喜んだ。床屋の横柄な親爺は、いつも詩人の髪を見ると、面倒くせえ、刈っちまえとバリカンを持出して詩人を脅すのである。僕等は、詩人がびくびくもので散髪している所を見て愉しもうか、と考えた。ところが、僕等の中学の教師が自転車でやって来るのを発見して、狼狽てて横町に駈込んだ。センベイの話だと、その教師はこの村に親戚がいるので、町からときどきルック・サックを背負ってやって来るのらしかった。

僕等は街道の外れに近い、林檎畑の傍で詩人を待つことにした。街道にはもう斜めの陽射が落ち、林檎畑を風が渡って行った。林檎畑には、紙の袋を被せたのや袋を取った林檎が、濃緑色の葉のなかに見えた。袋を取った奴は、陽射を吸込み赤らみかけている。僕等は林檎畑の持主の家で、林檎を四つ買って嚙った。

——おい、来たぞい。

センベイが云った。僕等は叢から立上ると、大人のように腕組をして往来に立った。街道を向うの方から、黄色い麦藁帽子が上ったり下ったりしながら、近附いて来た。詩人は頻りに片手で、右や左の頰を撫でたり撮んだりしていた。瘦せてひょろっとした詩人は、歩くとき幾らか猫背気味になり、凡そ颯爽たる風情には乏しかった。しかし、鼻が高くて眉が濃く、顔はそんなに悪くない。とは云え、いつか詩人はバイロンと云う矢張り跛の詩人の肖像を僕等に示して、

——どうだ、似てるだろう？

と笑って云ったことがあるが、それと詩人では問題にならない、と僕等は思っていた。僕等は詩人がやって来ると、おわっ、と叫んで詩人の頭を叩いた。しかし、実際はその両肩を叩いたに過ぎなかった。僕等はそれから、詩人と一緒に歩いた。

——あの凄い女は友達かや？

センベイが訊いた。

——凄い女？　ああ、吉野さんの姉妹のことかい？　うん、友達だよ。でも何故凄い女なんて云うんだい？

何故そう云うのか、と云われると僕等には返答の仕様が無かった。疎開して来た姉妹は、狭い村に忽ち知れ渡っていた。だから僕等は、昔、助役が亡くなった姉妹の父親にたいへん世話になったこととか、家を売って疎開して来たこととか、その頃母親が死んだこととか、また、姉の方は戦争で夫を失ったこととか、を知っていた。しかし、こんなことは僕等にとって何の興味も無かった。モンペもズボンも穿かない女は、僕等にとって新鮮な驚異に他ならなかった。この村には他に何も無かった。何も——僕等を驚かせて呉れるものは。

詩人と話しながら歩いている裡に、僕等は詩人が同居している親戚の家迄来た。ところが詩人は、助役の家に届けるものがある、と云って家に這入らずその儘歩き続けるのである。僕等は顔を見合せ、互に点頭き合った。僕等が一緒に行くのを見て、詩人が云った。

——どこ迄行くんだい？

——散歩と洒落てるだ。

センベイが澄して云った。

僕等は詩人の住む部落を抜け、石塊だらけの小径を登って行った。やがて助役の家が見えて来た頃、山の中腹を汽車が走って行った。中腹の左手には、緑のなかに赤い屋根が一つぽつんと見える。それが停車場であった。それは可愛らしく、お菓子の家を想わせる。その停車場を出た汽車は、右隣の駅への下り坂を早く降って、汽笛を鳴らすと、トンネルに消えた。

汽車の音が消えてしまった后も、その音がまだ耳に残っているような気がした。少し怪訝しい気がした。と云うのは、その音は消える替りに少しずつ高くなり、而も、何か音楽的旋律に変って来たから。

——あれ、何だや？

センベイが云った。僕等はもう助役の家に近附いていた。詩人は笑って、

——何だと思う？

と云った。

そして僕は気が附いた。助役の家で誰かがマンドリンを鳴らしているのだ、と。センベイに云うと、センベイはひどく感心したらしかった。尤も、マンドリンにはお眼に掛ったことが無い、と白状したけれども。思い掛けないマンドリンの旋律は、僕等を大いに愉快な気持にした。だから、僕等に別れた詩人が跛を引きながら助役の家に消え、やがてマンドリンの音が突然止んだとき、僕等は詩人を憎らしく思わずにはいられなかった。

僕等はよく村の東を流れる河で泳いだ。河は水が涸れ、中洲が大きく現れていた。僕が東京の父の許を離れてこの村の伯父の家に疎開して来たのは——あれは六月だ。その頃、中洲の葦の茂みではヨシキリが嗄れた声で八釜しく鳴いていたものである。

泳ぎ疲れると、僕等は河原の石に腹這になって休息した。石は熱く灼けていて、うっかりすると火傷しかねなかった。休息していると、よく詩人が釣竿を担いで土堤に姿を現すことがあった。しかし、東京の女が来てから、詩人の姿を河に見出すことは滅多に無かった。ところが逆に、「凄い女」を見掛けたことがある。

或る日、石に腹這っていたとき、センベイが僕の裸の脇腹を突いて云った。

——見ろや。

振向くと、土堤の上に二人が立っていた。日傘を差し、二人共青い洋服を着ていた。よく肖ているように見えた。しかし、年上の方は少しほっそりしていたし、妹の方は幾らか肉附が良かった。僕等は樹の上から見降したり、土堤の下から見上げたりするのを滑稽に思った。二人共僕等には気附かず、泳いでいる連中を眺めていた。僕等は僕等の泳ぎの上手い所を見せてやりたい気がしたが、他の連中の沢山いる所で声を掛けられるのは有難くなかった。

しかし、二人共長いこと見物してはいなかった。泳いでいた連中が、何れも水泳を中止して、土堤の二人を見物し始めたからである。

——まあ、厭だわ、行きましょうよ。

妹の方が云った。すると姉の方が云った。

——いいわよ。もう少し見ててやりましょうよ。

そのとき、河のなかの一人が大声で云った。

――助役のとこに来た東京の女ずら？

すると若い方は、大きな眼を更に大きくして、急いで姉の腕を取ると歩き出した。二人が土堤を降りて見えなくなると、センベイが云った。

――へえ、睡人形に決めただ。

訊いてみると、妹の方が吃驚して眼を丸くしたのが、寝ていたのを起した睡人形によく似ていた、と云うのであった。その結果、僕等の頭のなかには、詩人とかセンベイと一緒に、睡人形と云う名前が新しく刻み込まれた。しかし、姉の方は――僕等は大いに頭をひねったが、何も思い附かなかった。

泳いでいた連中の一人が、僕等の所にやって来て僕に云った。

――ケン、あの女知ってるかや？　東京で知合だったかや？

僕が答えるより早く、センベイが巫山戯半分に答えた。

――知ってるだとも。へえ、ケンの親戚になるだ。

――ひゃあ。

彼は急いで戻って行くと、仲間にそのことを吹聴した。僕等は互に、莫迦野郎だなと云って笑った。そして、他の連中より姉妹のことをよく知っていると思って、ひどく得意な気がした。

或る日、僕等は隣村に近い寺迄行ってみた。寺には大きな池がある。その畔には桜が植えてあって、花見どきには人で賑うと云う。しかし、普段は殆ど人影が無い。僕等はこっそり池の鯉を頂戴してやろう、と云う下心で出掛けたのである。ところで、状況を偵察しようと、池の近くの低い山に登って行くと話声がしたので僕等は驚いた。それも、男と女の話声であった。尚も近附くと、詩人と誰か女の話声だと判った。

——へえ、どこ行ってるだかと思えば。

センベイは鼻の頭に皺を寄せて、僕を振向いた。僕も顰面をして見せた。センベイは突然大声で云った。

——さあて、池の鯉を頂戴するかや。計は密なるを以て良しとするだからな。

話声はぴたりと止んだ。僕等は笑声を押え附けるのにひどく苦労した。僕等はそれから、澄した顔をして登って行った。直ぐ、草の上に坐っている姉が眼に入った。詩人は？ 詩人は少し離れた松の木の下に、手持無沙汰の態で立っていた。いつも被っている麦藁帽子は姉の傍にあった。女は鼻唄で何かのメロディを歌っていた。

——どうしたんだい、君達？

詩人が云った。センベイが答えた。

──へえ、池の鯉を獲りに来たださ。

それから同じことを詩人に訊ねた。

──散歩に来たのよ。茲はいつも静かなのに、今日はとんだ邪魔者が現れたものね。

詩人の替りに女が云った。しかし、こっそり魚を獲ろうとしていた僕等にとって、この二人は矢張り邪魔者に違いなかった。尤も、もう獲る気は失くしていたけれども。山の上からは、下の池の様子がよく判る。池には小波が立っていて、畔に人は一人も見えなかった。僕等が抗議すると、詩人は直ぐにこう云った。

──じゃ、お互さまだな。どっちも黙っていることにしようや。

僕等はその提案をちょいと臭いと思った。と云って断る理由も無かった。僕等は、睡人形を想い出した。何故、あの女は茲にいないのだろう？

僕等は鯉を諦めて、帰ることにした。すると詩人が、一緒に帰るから待っていて呉れと云う。ところが、女は一人で先に帰って行くらしく、詩人に云った。

──じゃ、明日ね。

──さあ、明日は……。

──決めてよ。

その儘、足早に姿を消した。僕等は呆気に取られてその後姿を見送った。僕等は詩人の顔を覗いてみた。詩人は髪の毛を掻上げながら、弱ったな、と独言を云った。僕等は笑った。弱ることは無いと思ったから。

やがて僕等は詩人と一緒に帰途に就いた。

詩人は僕より一ケ月ほど前に、村に疎開して来た。話に依ると、東京で会社に勤めて詩を書いていたのが、会社が潰れおまけに家が焼けたので逃げて来たのらしかった。僕等は一度、大井太郎と云う詩人の詩の載った雑誌を見せられた。しかし、何が書いてあるのか、さっぱり見当が附かなかった。

――ほんとに、今日のこと誰にも云わないで呉れよ。

別れるとき、詩人が念を押した。詩人は低声で云うため、僕等の顔の方に顔を寄せた。僕等は不図、何か好い匂を嗅いだ気がした。しかし、その匂は直ぐ消えてしまった。

僕等はときに、助役の家の離れに近い石垣の下に腰を降し、マンドリンに耳を傾けた。マンドリンの音はいとも簡単に、僕等を好い気分にした。尤も、いつも都合好く聴ける訳のものでは無かったけれども。

或る夕刻、マンドリンを聴いていると、小径に妹の方が姿を見せた。マンドリンは姉が弾いているらしく鳴続けている。睡人形は僕等を認めると微笑した。

――何してるの？

――マンドリン聴いてるだ。

センベイが云った。

——まあ、そうなの。あたしは駄目だけど姉さんは上手なのよ。音楽、好きなのね？

——へえ、大嫌いだ。

センベイが云った。そんな所でマンドリンを聴いていたことが、照れ臭くなって来たのである。しかし、睡人形は眼を丸くして、困ったような表情を浮べた。センベイは気の毒になったらしく附加した。

——おいら、マンドリンってまだお眼に掛ったことねえだが、音は気に入ってるだ。

——じゃ、見せて上げてよ。いらっしゃいな。

そして僕等は思い掛けなく、助役の家の門を潜ることになった。庭を廻って離れの前に出ると、縁の古びた籐椅子に坐って姉がマンドリンを鳴らしていた。縁の隅の方には七輪や鍋釜の類が置いてあった。それは妙に、この二人に似つかわしくないように思われた。

——おや、センベイとケンが来たの？　どう云う風の吹廻しかしら。

僕等は出鼻を挫かれた気がして、ちょっと落着かなかった。来たばかりなのに、直ぐ帰りたくなった。睡人形が説明すると、姉は何かのメロディを口誦みながら、センベイにマンドリンを渡した。センベイはマンドリンを急いで眺め、二、三度爪で引掻くと、姉の方に云った。

——いま歌ってるのは、何て云う歌だや？

姉はちょっと黙り込んだ。

——ああ、これ？

それからもう一度口誦むと、笑った。

——カプリの島って云うのよ。教えて上げましょうか？

——ええ、カプリ……カプリに決めるだ、なあ。

僕等は顔を見合せて笑った。姉妹は妙な顔をして、僕等を見た。しかし、二人に判る筈は無い。僕等は急に元気附いた。センベイは僕を振返ると云った。

——さあ、もう用は済んだだ。行かず？

——何だか知らないけれど、随分現金なお客さんね。

「カプリ」が云った。僕等が帰り掛けた所へ、詩人が姿を現した。詩人は何だかばつの悪そうな顔をしていた。しかし、僕等のいたのには驚いたらしかった。

——へえ、君達には思い掛けない所でひょっこり……。

詩人は急に口を噤んで麦藁帽子を脱ぐと、ポケットから畳んだ手拭を出して額を拭いた。

——マンドリンを見せて上げたのよ。

睡人形が云った。そう云うと彼女は詩人の手拭を取って、水で冷やして来て上げる、と井戸の方に姿を消した。

──今日はどうなさったの？

カプリが詩人の顔を見詰めた。

──いや、今日は実は用が出来て……。

僕等は何となく、詩人がだらしが無いと思った。カプリの声は、冷たかった。ちょうど意地悪の教師のように。

──あたしはちゃんと行きました。

しかし、その后は続かなかった。睡人形が戻って来たから。彼女は絞った手拭を詩人に渡して愉しそうに笑った。詩人は眩しそうにして手拭を受取ると顔や首筋を何遍もこすった。

しかし、僕等が帰ろうとすると、詩人は僕等を呼び止めた。明日、峠に登ることにしたのだが、道が判らない、一緒に行って呉れないか、と云うのである。それから、姉妹の方を向いて云った。

──行くでしょう？

──ええ、とっても愉しみだわ。

睡人形が云った。しかし、カプリは素気無い調子で云った。

──是非に、と仰言るのなら……。

峠には、僕一人が随いて行くことにした。センベイは生憎、親戚の田の雑草取を手伝わねばならなかったから。センベイは残念がって、帰りの途すがら、僕に云った。

——いいか、明日のことは后でみんな教えて呉れるだぞ。いいかや？

僕は喜んで教えると約束した。センベイは僕に峠への道を繰返し説明した。しかし、僕は前に二度もセンベイと登ったことがある。それよりも、前二回とも山登りは真平御免だと云っていた詩人が、今度は逆に向うから僕等を誘った。これはどう云うことだろう？

僕等はその日、睡人形の眼の下に小さな黒子を見附けたし、カプリのマンドリンを弾く手が白く美しいのを見た。僕等はバイロンの方がずっと好いと思っているが、カプリや睡人形は詩人を好いと思っているのだろうか？

——明日、しっかりやるだぞ。

センベイが云った。僕は峠への長い路を想い浮べた。路を知っているのは僕一人だ。しかし、路を間違える訳が無い。僕は上手くやるだろう……。

事実、僕は上手くやった。僕等は一度も路を間違えなかった。尤も、足の悪い詩人が一緒なので、ときどき休息する必要があって時間は掛ったけれども。最初に、石で畳んだ清水の所で休息したとき、詩人は汗を拭いて云った。

——もう半分ぐらい来たかい？

僕は愉快になって答えた。

——まだ五分の一も来ないよ。

二人の女も、詩人と同じ黄色の麦藁帽子を被っていた。

好く晴れた日で、清水のある小さな台地の端に立つと、山山に取囲まれ、そのなかに四つの村と一つの町を持つ平地が、一望のもとに眺められた。平地の中央を河が流れ、河に沿った白い往還を、僕等の村から隣町へ行く青いバスがのろのろと動いていた。隣町に架った大きな橋の上にも、動いているトラックが見えた。しかし、その他には、河向うに散らばっている三つの村のどこを見ても動いているものは見えなかった。昼寝しているように、ひっそり閑と静まり返っていた。

——戦争なんて、どこにも無いみたいね。

睡人形が云った。

——この山に熊はいなくて？

カプリが云った。

——熊はいないでしょう。兎ぐらいかな……？

詩人は僕を振返った。

——兎？　見たいわね。

睡人形が笑った。しかし、カプリは首を振った。

——あたし、兎を摑まえる鷲が見たいわ。

清水のある台地を離れると、もう村の姿は二度と見られない。僕等は、幾つかの低い山の尾根伝いに歩いて行った。径の両側は林であった。詩人はゆっくり歩いた。跛を引きながら。

カプリが僕に低声で云った。

――置いてきぼりにしちゃいましょう。

僕等はぐんぐん歩いた。大分行ってから僕は、詩人と一緒に睡人形も置いて来たのに気が附いた。カプリは何だか悪戯っぽい眼で僕を見た。

――あの二人、遅いのね。

僕は旨いことを思い附いた。林のなかをこっそり逆戻りして二人の背後に出て、驚かしてやろう、と。ところが驚いたのは、僕の方であった。暫く逆戻りしても、径に二人が見えない。不思議に思ってあちこち見廻していたとき、径の向う側の林にいる二人を認めた。木の葉や丈高い雑草のお蔭で、最初はよく判らなかった。何をしているのだろう？僕は危く声を立てる所であった。樹洩れ陽を肩の辺りに受けて、二人は抱擁し合っていたのである。

僕は一目散に駈戻った。腕を二、三箇所、薄の葉で切ったのにも気附かなかった。

――どう？　マチコとバイロン先生は？

カプリは僕を見ると笑った。マチコは妹の名前である。僕は息が切れ、何も云えなかった。しかし、内心考えた。——あれを見たらカプリはどんな顔をするだろう？　暫く待って、詩人が麦藁帽子を上下させながら睡人形とやって来るのが見えたとき、カプリは僕に素早く訊いた。

——さっき、何か見なかった？

——うん。

反射的に、僕は点頭いた。しかし、カプリの眼は、僕の眼から僕の頭のなか迄見透すように思われた。二人が近附いたとき、僕は二人の顔を凝っと見た。二人は遅れて申訳無いと云う顔をしていた。カプリが云った。

——随分、ごゆっくりね。

——ええ、面白い蝶蝶がいたのでね。摑まりそうでなかなか摑まらないんですよ。

詩人が云った。

——蝶蝶……ね。

カプリは、ちらっと笑った。僕等は今度はゆっくり歩いた。詩人は頻りに、昆虫の話を始めて止めなかった。僕は何遍か、詩人と睡人形の顔を見た。何度目かに、睡人形が訊いた。

——なあに？

僕は笑って首を振った。しかし、睡人形の心に幽かな不安を植え附けたらしいのに満足して、それからは振返らなかった。

最后は捷径をとり、熊笹の生い茂った斜面を登って行った。登り詰めて頂上に出ると、不意に眼前がからりと打展けて、前方に驚くばかり高く立ちはだかるアルプスが眼に飛込んだ。アルプスは、夥しく連る低い緑色の山波の遠く彼方に、頑丈な壁のように聳えていた。余りにも高いので、直ぐ近くに見えた。それは僕等が見当を附ける頂上の、二倍も上の所に頂上を持っていた。青みがかった紫色のアルプスの頂く雪は、碧空を背景にひどく美しく見えた。

僕は三人が感嘆してアルプスに見惚れているのに、大いに満足した。しかし、センベイが来なかったのはまずかった。僕はその連峰の名前を説明出来なかったのである。

やがて、僕等は頂上の風化した石に腰を降して昼食を摂った。爽快な風が吹渡り、鍔広の麦藁帽子を傾げて揺する。その下の、姉妹の顔はたいへん綺麗に見えた。殊に、誰にも気附かれぬと思って、詩人の顔を見る睡人形の顔は。一度、僕の視線に気附いた彼女は吃驚して顔を赧らめた。僕は故意と揶揄うように笑ってやった。何もかも知っていると云うように。アルプスの見える峠で風に吹かれていると、誰も余り話はしない。

しかし、やがて帰途に就いたとき、睡人形は頻りに僕に話し掛けて、僕を擽ったい気分にした。詩人はカプリに云っていた。

――僕は、明るい賑かな街が見たいな。そこを誰にも気兼ねせずに歩きたいですね、空気のように。

——ほんとね、村はうるさくて……。

睡人形は、僕をほったらかして、詩人に相槌を打った。

——こんな詩の文句知ってますか？　ああ、誰があの美しい日を返して呉れる、あの楽しい時を、って云うんです。

——お生憎さまね。それ誰の詩？

カプリが云った。

——誰だったかなあ？

——誰も返して呉れやしなくてよ。でも、満更悪くないわ。

——とてもいいじゃない？

睡人形が云った。

しかし、僕にはそんな話はちっとも面白くなかった。そこで林や叢のなかを駈廻って、あけびや野葡萄や地梨を探した。センベイが一緒だと、素晴しい獲物があるのに、と思いながら。

次の日、僕は約束通り、センベイに一切を話した。センベイは僕の成功を讃めた。しかし、気に入らぬ所が二つあると云った。一つは、アルプスの名前が説明出来なかったこと、もう一つは、林のなかの抱擁を見たとき犬の鳴真似をして二人を驚かさなかったこと、である。しかし、この第二の点に就いては、僕はセンベイに賛成出来なかった。この点で僕等は口論した。口論に疲れたとき、僕等は頭をひねらぬ訳には行かなかった。

——一体、詩人はどっちが気に入っているのだろう？

戦争が終った。或る日、全く思い掛けなく。僕等は、何事が起ったのかと村を歩き廻った。しかし、往還には客を乗せて青いバスが走っていたし、埃の舞込む床屋では、親爺がバリカンを動かしていた。雑貨屋の片眼の婆さんは眠っていたし、肥った宿屋の主人は縁台で林檎を噛っていた。神社の裏手の草地には、村のチンピラが三人坐って烟草を吹かしながら、「ドスやメリケン怕くはないが……」と云う唄を我鳴り立てていた。僕等が驚くようなことは何も無かった。尠くとも、この村には。

そこで、僕等はマンドリンを聴きに行くことにした。風にはもう秋の匂がした。秋の匂のする風のなかを、僕等は助役の家へと登って行った。途中で、ルック・サックを背負った睡人形に追附いた。

——何処へ行くの？

僕等は笑った。センベイが云った。

——何となくぶらぶらしてるだ。それ、おいらが背負ってやらず？

センベイは、買出しの重い荷物を背負って歩き出した。

——重いでしょう？

——へえ、空気みたいだ。

最初の裡は、助役の家でいろいろ面倒を見て呉れたが、長くなると何でも自分でやらなくては不可なくなる、と睡人形は云った。カプリは？　しかし、カプリは買出しを嫌ってやらない、と聞いて僕等はそれが当然のような気がした。何故か判らない。睡人形も、別にそれを不満には思っていないらしかった。

——あたし達、出来たら東京に帰ろうと思ってるのよ。それで、近い裡に、あたし、東京に行って来るの。

——へえ、気を附けて行くがいいだ。一人で行くだかや？

——ええ、一人よ。

助役の家の離れに行くと、カプリの他に詩人がいた。僕等はマンドリンが聴けないのでがっかりした。センベイが詩人に、東京に戻るのかと訊くと詩人は答えた。

——そりゃそうさ。近い裡にね。そうしたら、センベイも遊びに来るんだな。

——へえ、食うものもねえ所は真平御免蒙るだ。

しかし、詩人も睡人形も東京に行く話を愉しそうにするに反して、カプリは意外に冷淡であった。

——何処に行ったってもう同じことよ。でも住み慣れた所だから……行くって云うだけね。それに考えてみりゃ、家だって売ってありゃしないのに。

——そんなこと、どうにかなってよ。

——どうにかかね。……尤も、あなたはいいでしょうけれども。

——何故？

妹は姉の顔を見た。しかし、カプリは何も云わず、鼻唄を歌い始めた。それから、僕等は直ぐ帰って来た。僕等はカプリの御機嫌が好くないのは何故だろう、と考えた。僕等には少し判る気がした。しかし、僕等はそれを口に出さなかった。僕等に、カプリは何となく怕かった。

僕等は学校に行始めた。僕等は隣町迄一里の道を歩いて通った。バスに乗るのは、禁じられていた。僕は、早く僕も東京に戻れるようになればいい、としか考えていなかった。尤も、センベイと別れるのは残念だが。

或る朝、センベイは僕に重大な秘密を打明けた。その前の日、カプリはセンベイの歩いている所を摑まえて、直ぐ詩人の家に行って、うちに来て呉れるように告げて呉れ、と頼んだと云う。しかし、ちょっと考えてから、明日二時に町の駅にいて呉れ、と告げて呉れるよう頼んだ、と云うのである。

——冒険やるだ。

僕等は嬉しくなった。そして僕等は気が附いた。ちょうど、睡人形が東京へ二、三日の予定で出掛けて留守だと云うことに。僕等は詩人が、駅に来るかどうかに就いて議論し合った。僕等は睡人形のために、詩人が来ないことを希望した。しかし、僕等には詩人が来ることの方が面白かった。

その日は生憎、昼で学校は終ってしまった。僕等は狭い町をあちこち歩き廻り、教師に会う度に、用のあるような顔をしたり、その口実を考えたりしなければならなかった。僕等は二時少し前に、駅に行った。村の山の中腹にある駅と違って、この駅は大きかった。線も違っていた。河を挟んで、二つの鉄路が走っている形になっていた。駅前には小さな広場があり、ポストと樹木と烟草の古びた赤い看板があった。

二時少し過ぎ、村からのバスが着いた。僕等は眼を見張った。詩人は一番最後から、何だか落着かない様子で降りて来た。詩人を見ると、僕等は妙につまらなくなってしまった。

——へえ、矢っ張り来ただ。

センベイが云った。広場の片隅にいる僕等に、詩人は気附かなかった。詩人は跛を引きながら、待合室に這入って行った。カプリは？　カプリはまだ駅に来ていない。詩人はやがて待合室から出て来ると、あちこち見廻した。それでも、巨きな楓の樹の蔭にいる僕等には気附かなかった。

僕等は、バスが走り出すとき、こっそり飛乗って帰ってやろうと思っていた。もう僕等には、この校則を犯す冒険の方が迥かに興味深く思われた。しかし、カプリは一体何時来るのだろう？

一休したバスは、やがてぶるぶると身震した。僕等は帽子を取ると、素早く乗込んだ。走り出そうとしたとき、詩人が大声をあげてバスの方に走って来た。ぴょんぴょん跳ねるようにして。

しかし、詩人がバスのステップに足を掛ける前に、町に一台しか残っていない古ぼけたハイヤアが広場に停って、なかから、カプリが降りて来たのである。僕等は思わず顔を見合せた。村から電話すると、ハイヤアが来るが、僕等はカプリがハイヤアで来るとは考えていなかった。村で、ハイヤアに乗る人は殆ど無かった。

——僕、止めますよ。

詩人はカプリを見て、そう云った。そしてバスに乗りそうにした。カプリは何も云わなかった。ただ、ちょっと笑って詩人を見たに過ぎなかった。それなのに、詩人は急に力無く廻れ右するとバスから離れて行ってしまった。バスの運転手は、何かぶつぶつ怒っていた。しかし、バスは直ぐ走り出した。

僕等は何故ともなく、声を立てて笑った。そして考えた。

——凄いなあ。しかし、二人はどこに行くのだろう？

やがて村は、神社の祭で賑った。長い間中止していた后だと云うので、ひどく盛大にやるらしかった。太鼓の音が聞え、神輿が街道を往ったり来たりした。そして、夜になると、神社の境内では素人芝居や角力があって、僕等はそれを見物した。

見物どころか、センベイは子供角力の飛入をやって、三人抜いて帳面を一冊貰ったりした。しかし、睡人形が傍に来て、

――偉いわね。

と云ったとき、センベイは狼狽てて逃出した。近くにいた仲間が、変な声を出してセンベイを冷かした。睡人形はもう疾うに東京から帰って来ていた。家の都合も目鼻が附いたので、近く上京するらしかった。睡人形の傍には、詩人がいた。しかし、カプリはいなかった。

僕等は、離れた所で二人が芝居を観て笑っているのを見ながら考えた。――きっとカプリは、こんな村の祭なんか莫迦にしているのだろう、と。

僕等は肩を叩かれて振返った。いつの間にか来た詩人が、ちょっと、と云って僕等を引張って歩き出した。僕等は振返って見た。睡人形は前の儘、芝居を観ていた。

――何でもないんだ。ただね……。

詩人は云った。何だか云い難そうであった。

――何だや？　おいら芝居見たいだぞ。

――うん、あのね、マチコさんにね、君達の知ってる余計なこと云わないで貰いたいんだ。

僕等は反問した。余計なこととは？

――うん、君達の知ってる僕とカツコさんのことさ。

カツコさんと云うのは姉の名前である。僕等はちょっと黙り込んだ。よく意味が判らない気がした。

――おいら、何にも云わねえだ。

――うん、これからも云わないで呉れよ。

――へえ、寺の山にいたことや、駅で待合せたことかいや？

――そうそう。そんなことは云わないで呉れよ。頼むよ。

僕等は、ひどく腹を立てた。僕等はそんなことを告口する気は全く無かった。そんなつまらぬことで、芝居見物を中断されたのは遣切れない。僕等はぶつぶつ文句を云いながら、急いで芝居を観に戻った。しかし、詩人は不安らしく、僕等の背後に来て二、三度念を押した。

僕等は、しかし僕等の復讐をした。芝居が終ったとき、僕等は故意と詩人と睡人形の傍に行って少しばかり一緒に歩いた。そして、寺の池の鯉を獲りに行かないかとか、何時の汽車はどこに何時に着くとか話し合った。詩人は疑わし気に僕等を眺め、腹を立てたり、心配したりしているらしかった。それで僕等は悉皆満足した。

……その后間も無く雨が降り始め、雨は三日間激しく降り続いた。伯父の家の裏手にある小川は忽ち氾濫し、水は二尺の石垣を越えて庭に侵入した。裏手に続く葡萄畑や林檎畑も一面水浸しとなった。三日目の夜、雨が歇んだ。しかし、増水した河の音が耳に附いてなかなか眠れなかった。

四日目の夕刻、僕等は河を見に行った。河を——しかし、僕等の見たのは河に落ちる詩人であった。

*

村の駐在所の巡査は、頭が禿げている替りに無精髭を沢山蓄えていた。鉈豆烟管で粉だらけの刻みを喫みながら、僕等にその夕刻のことを一部始終問い質した。僕等はちっとも怕くなかった。僕等はその巡査を「トンビ」と呼んでいた。その巡査の息子は物凄い秀才だと云う村の評判であった。

巡査は一通り訊いてから、また同じことを何遍も質問したりするので僕等はがっかりした。

——で、お前等は歩いてて、三人が土堤の下に降りるとこ見ただな？

——歩いてたじゃねえだ。へえ、ポプラの下に坐ってただ。そう云ったずら？

——うん、そうか。まあどっちでもいいだ。あんなとき、土堤の下に降りちゃ危ねえだ。

巡査はときどき頬っぺたを脹らまし、脹れた所を鉛筆で突附いた。

——で、何だ、何か変ったこと見たかや？

——うん、中洲にトンビが二羽いただ。

——トンビ？　へえ、余計なこた云わねえでいいだ。で、どして落ちただいや？　誰か間違って触ったとか、打つかったと云うことは無かっただか？

——そんなこたねえだ。へえ、急に足滑らして落ちただ。おったまげたぞ。なあ、ケン。

——うん、足滑らして落ちたんです。

僕は云った。

——へえ、見ただな、間違ねえだな？

——間違ねえだ。急にぼちゃんしただ。なあ、ケン。

——うん。

巡査はそれを聞くと、やれやれと云う顔をした。僕等の横に姉妹が腰掛けていて、二人は黙って聴いていた。僕等は巡査は怕くないが、カプリは怕かった。尠くとも、僕は。

それから巡査は、睡人形とカプリに同じようなことを訊いた。睡人形は云った。上り列車に気を取られていて、詩人の落ちた水音で初めて気が附いた。そして姉も落ちそうに見えたので夢中で抱きしめた、と。カプリはつまらなそうに、そんな質問は興味が無い、と云って巡査を面喰わせた。しかし、巡査ももう訊く気は無いらしく、じゃ妹さんと同じことですな、と云って質問を打切った。

僕等が帰るとき、巡査は云った。

——お呼び立てしましたが、これも商売でしてな。話に聞くと大井さんとはたいへん御昵懇の仲だそうで、どうもお気の毒しましたな。

カプリが突然云った。

——そうでもありませんのよ。あの方、相当うるさかったんですよ。

巡査は眼をぱちくりさせると、苦笑した。

——いやどうも。おいら如き野暮天にはよく判らねえ話ですな。

詩人は落ちて三日目に、河下の町に架っている大きな橋の下で発見された。地方新聞に、小さく記事が出た。しかし、大井太郎（二十六歳）と云う活字は、僕等にひどく縁遠いものに思われた。誰でも、詩人は誤って水に落ちたと信じていた。無論、新聞にもそう出ていたのである。

父が迎えに来て、僕は東京に帰ることになった。帰る二日前、僕はセンベイと峠に登った。径は前の通りである。しかし、辺りは悉皆秋の色に染められていた。睡人形が詩人と抱擁していた林も黄ばんだ葉が明るかった。センベイに教えると、センベイは云った。

――へえ、茲だか。カプリが見たらかんかんになっただらず。

僕等は顔を見合せ笑った。そしてカプリを想い出した。

……駐在所を出た后で、カプリは僕等にちらりと笑って訊ねたのである。

――ほんとに見たの？

僕等は巡査に答えた通り答えた。しかし、僕は激しく心臓が鼓動し始めるのを感じた。センベイはいつもの調子であった。僕はセンベイの心臓に耳を当ててみたい気がした。センベイは汽車を見ていたか、あれを見たかのどちらかである。それなら、何故「足を滑らして落ちた」と云うのだろう？　出鱈目を云ったのだろうか？　それとも、僕が錯覚したのだろうか？　僕等の答を聞いたカプリは、妙な微笑を浮べ、それから何かのメロディを口誦んだ。僕はその白い手から逃出すように、急いで姉妹に別を告げた……。

しかし、僕はセンベイに、訊く勇気が無かった。センベイも何も云わなかった。何故か、僕等はそのことを話題にしなかった。何故？　僕は知らない。そのくせ、僕は自問自答していた。――あれは本当だったろうか？　センベイも見ただろうか？　あれは本当だ。そして、センベイも見たに違いない、と。

僕等は一遍も休まず頂上に着いた。熊笹の茂った斜面を競争で駈登って頂上に出たとき、僕等は驚いて立停った。風化した石の上に、睡人形が坐っていたのである。彼女も吃驚して振向いた。そして僕等なのに気附くと不器用に笑って手の半巾で鼻を押えた。僕等は彼女の眼が赤いのを、不思議な気持で見た。

――まあ、驚いた。誰かと思ったわ。

しかし、僕等は知らん顔をして、秋の色に濃く染められた低い山波の遠く彼方に、驚くほど高く立ちはだかるアルプスを眺める恰好をした。大人が泣いているのを見るのは、ひどく照れ臭かった。

不意にセンベイが云った。

――あの杉の樹迄、競争だ。

忽ち、僕等は峠の反対側の急斜面を、猛烈な速力で駈下った。僕等の耳の傍で、風がひゅうひゅうと鳴った。

（「文芸」昭和二十九年一月）

詩人扼殺
——小沼丹の初期作品

解説 長谷川郁夫

小沼さんの、あの笑い顔が懐しい。

ほんの一瞬頤を引いてからおもむろに顔をあげ、そりゃ、いいや、とそれまでの無愛想な表情が崩れて、木菟のような童顔があらわれる。縮れ毛のまるい頭も印象的で、なんともいえずチャーミングだった。

「小さな手袋」と題して小沼さんの最初の随筆集を出版したのは、昭和五十一年四月のこと。前年の夏か秋頃かに、誰れからの紹介も得ずにいきなり電話して訪問したのではなかったか、と思う。私は二十七歳の向こう見ずな出版者だった。学生時分に入手した「懐中時計」「銀色の鈴」二冊の函入り・布装角背の装本はしっくり落ち着いたもので、一年ばかり前に河出書房新社から出版されたロンドン滞在記「椋鳥日記」もいい感じの本だった。当時、同世代の仲間うちで小沼丹の文学が話題にのぼったことはない。変梃《へんてこ》なペンネームだ。タンでよいのか、まことと読むべきか。しかし私は、この飄逸味ある小説家の歯切れのよい文章のテンポにこころ惹かれていた。

いまにして想えば、一九七〇年代後半の新旧文学の端境期、というよりオイル・ショックに見舞われて文学が大きく変容する雷鳴の一季節だった。私は、隠者のように思えた寡作な短篇作家の小宇宙に〝大人の文学〟を感じていたのだろう。倫敦、蘇格蘭、加特力など漱石時代の古臭い宛て字もかえって新鮮ハイカラな印象で親しみを覚えた。小沼さんの随筆類を蒐め始め、手に入るだけの新聞、雑誌のコピーを揃えて小沼さん宅を訪ねたのだった。コピーの束のなかに吉田健一「絵空ごと」についての書評もあったかどうか。あの頃は吉田さんもまだ存命中だったのだ、などと、ふと感慨にとらわれるのである。

初対面の小説家はぶっきら棒の応対で、私はまごついた。いまでも小沼さんの作品のなかに、庭を眺めながら「木がたくさんありますね。鳥もやって来るんですか」などという莫迦な来客が登場すると、たちまち平静を失ってしまう。私も確実にその一人であったからだ。

何日か経って電話すると、切り抜き帖を出してある、という。喜び勇んで伺ったのは、記すまでもない。この日はすっかりご馳走になって、そろそろおいとましようとすると、いきなり甲高い声でジューン子と、夫人を呼んで、出かけるぞ、との一言。三鷹駅前の酒場を何軒ハシゴしたかは覚えていない。以後はこれがお定まりの行動パターンとなった。

私は早大英文科・小沼救《はじめ》教授を知らない。しばらくの間は着物姿の小説家・小沼丹としか出会っていなかった。だが、学校帰りに大久保の酒亭・くろがねか西新宿の鰻屋・丸斗かで待ち合わせるようになって、洋服を着た小沼さんを知った。吃驚するほうが可笑しいや、と笑われたが、ツィードの上着はなるほど洒落者の小沼さんによく似合っていた。酔えば、ときに機嫌よく二村定一やエノケンの浅草ソングを唄ってくれたものだ。新宿はみち草、荻窪なら教会通りの寿司店・ピカ一、吉祥寺のビヤホールはグラスゴーだったか。数えれば、おそらく百を超す夜を小説家とともに酔中に過ごしたことになる。しかも、といま更にして慚愧に堪えない。一度も勘定を払わせて貰えなかったのではないか。

「小沼丹作品集」全五巻の刊行は昭和五十四年十二月に始まって翌五十五年九月に完結した。この頃、小沼さんの創作活動は目覚しく、五十三年に作品集「木菟燈籠」が講談社から、作品集完結と同時に「山鳩」が河出書房新社から上梓されている。

完結祝賀会が荻窪の中華料理店・東信閣で催されたのは、五十六年一月の何日だったかは忘れた。清水町先生はじめ、河盛好蔵、村上菊一郎、巖谷大四、吉岡達夫、庄野潤三さん、装幀の山高登さん、川島勝、尾関栄さんら大先輩のOB編集者らが集った。主人公は六十二歳。いちばん歳若い作家は三浦哲郎さん。会場係の私は、紛れ込んだヒヨコのようなものだった。二次会は駅前の路地裏のバアに流れた。その頃写真撮影に凝っていた私は赭ら顔の面々を最新型カメラに収めたものの、度重なる転居で失ってしまったことが悔まれる。「阿佐ヶ谷会」の一夜を彷彿させる、笑いに包まれたレトロなシーンが脳裡を過るばかりである。

＊

「村のエトランジェ」は小沼さんの第一作品集。昭和二十九年十一月にみすず書房から出版された。みすず書房は、今日ではおもに歴史、民族学、心理学、現代思想などの学術書の翻訳出版で知られる版元だが、当時はいわゆる戦後派文学以後の新進作家の創作集、随筆集の出版にも意を注いでいた。「村のエトランジェ」初版の奥附裏の広告頁には、長谷川四郎「鶴」「無名氏の手記」「赤い岩」、小島信夫「アメリカン・スクール」（二十九年九月刊、表題作は翌三十年一月、芥川賞受賞）などの書目が並んでいる。庄野潤三さんの第二作品集「プールサイド小景」（三十年二月刊、表題作は「アメリカン・スクール」と同時に芥川賞を受賞した）もみすず書房からの刊行だった。

小沼さんの文学的出発は早く、短篇「千曲川二里」が載った同人雑誌を井伏鱒二に送った、二十一歳、明治学院高等学部英文科生だった昭和十四年に遡る。歿後刊の未知谷版「小沼丹全集」第四巻巻末に附された「年譜」には、「読後感を記した葉書を貰ったのを機に井伏宅を訪ねる。以後たびたび訪問し、終生の師と仰ぐ」とある。「井伏を介して後に太宰治を識る」とつづく一行に、文学的青春の時代背景が偲ばれるだろう。十五年、早稲田大学英文科に入学。十六－二十年の戦時中も同人誌「文学行動」に加わり、また「早稲田文学」同人に推されるなどして、細々ながらも文学活動がつづけられる。十七年、繰り上げ卒業。出征することなく終戦を迎えた。と記しながら、いつだったか「千曲川二里」が収録された赤塚書房版「新進小説選集（昭和十七年度後期版）」（十八年二月）を見せて貰ったことがあるのを思い出した。何という題であったか、たしか梅崎春生の一篇も収められていた筈である。

「村のエトランジェ」には、昭和二十九年に文芸誌「文藝」「群像」「文學界」に掲載された「村のエトランジェ」「汽船」「白い機影」「紅い花」「白孔雀のいるホテル」の五篇のほかに、それ以前に発表された三篇が収録されている。

「村のエトランジェ」以下の五篇が現代小説であるのに比して、「バルセロナの書盗」などは知的な技巧を凝らした歴史コントである。芥川龍之介の歴史に材をとった作品を思わせるところ、東京っ子・小沼さんの面目躍如と記すべきだろうか、だが、いま読み返すと仕掛も単純で、いかにも未熟な習作というほかない。戦後イデオロギーの嵐が吹きすさぶ文芸界を傍目に、雛のような新進作家はこうした歴史ものを何篇か発表して過ごしたのだった。傍観者の文学。いや、市井の文士はユーモア感覚だけを頼りに、かならずしも政治・世相諷刺を意図しない、知的な遊びとしてのコント型式に生息の場所を求めたのだ、といえるかも知れない。井伏鱒二にもそうした系列の作品がある。

戦中―戦後の十数年、スティーヴンソンの短篇二篇と「旅は驢馬をつれて」(昭和二十五年）の翻訳が、わずかに遺された小沼さんの成果だった（「旅は驢馬をつれて」は「風流驢馬旅行」の題で二十四年に吉田健一訳が文藝春秋新社から出版されていたが、二十六年の岩波文庫収録に際して小沼訳のタイトルが採られているのが興味深く思われる）。ただ、「文学行動」に拠って、「白き機影の幻想」（昭和二十二年）「紅い花」（二十四年）「ミス・ダニエルズの追想」（二十四年）など、それぞれ「白い機影」「紅い花」「汽船」のプレ・オリジナルが発表されていたことには注目したい。この期間は小沼さんにとって、自分自身の文学を見出すまでのながい低迷期とも、文学修業時代であったとも考えられるのである。

「村のエトランジェ」は再起、というより新しい出発を飾る記念碑的作品となった。この一篇に賭けた作者の意気込みのほどは、同窓でほぼ同年輩の小説家・結城信一が「小沼丹作品集Ⅲ」の栞に寄せた一文がなにより雄弁に物語ってくれる（「唯一度の電話」）。

昭和二十八年夏の終り、突然、電話がかかつてきた。
「この夏休みをかけて、小説が出来た。やうやく、出来たよ」
明るく弾んで、ちから強いひびきがあつた。これは傑作にちがひない、と咄嗟に信じた。そして自分自身も、次第に亢奮してきた。後にも先にも、小沼さんからかかつてきた、唯一度の電話で、しかも小説が出来た知らせである。……それが「村のエトランジエ」だつた。

同作は「文藝」昭和二十九年の新年号に掲載されたが、これが小沼さんにとって最初の商業文芸誌への登場となった。当時の「文藝」編集長・巖谷大四に、「作品集Ｉ」の栞に寄せたこんなエピソードがある（「後世に残る作家」）。

この間（昭和五十四年十月五日）、木山捷平さんの十三回忌に「偲ぶ会」があった。その時、久し振りに小沼君に会ったので、

「僕が『文藝』をやっていた時、君の作品を載せたのは『白孔雀のゐるホテル』だったね」と言ったら、小沼君は、

「いや、その前の『村のエトランジエ』も大ちゃん（彼は僕をそう呼ぶ）とこだよ。あんたのところから僕は出たんだよ」と言った。「そうだったかなあ」と私はため息をついた。それほど私の記憶力はとみにあやしくなって来ているのだ。（傍点・引用者）

雑誌編集長は、はじめて小沼さんに会ったのは井伏先生の家でではなかったか、と記憶を手繰る。そして、「私は小沼君の人柄にも好感を持ったが、その作品も大好きだった。チ

小沼丹　昭和44年4月

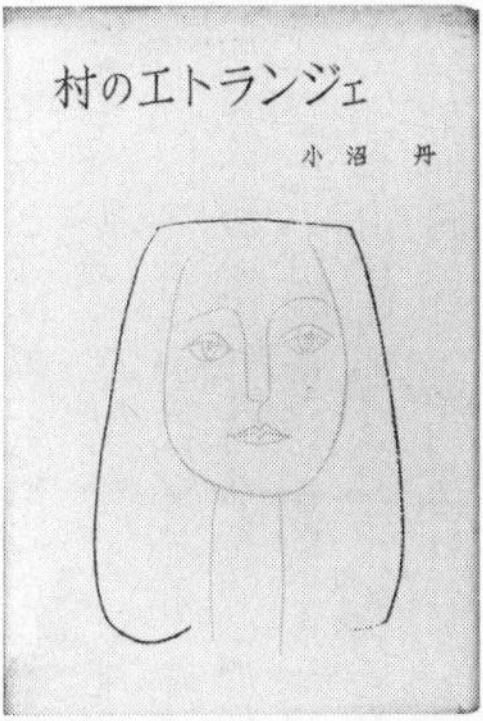

『村のエトランジェ』カバー
（昭29・11　みすず書房）

『白孔雀のいるホテル』カバー
（昭30・10　河出書房）

『黒いハンカチ』カバー
（昭33・8　三笠書房）

『小沼丹作品集 I 』函
（昭54・12　小沢書店）

ェーホフと井伏鱒二の影響を強く受けたその作品には、これまでの作家にない洗練されたユーモアがあって、都会育ちの私には、得も言われぬ魅力を感じさせた」と記している。「村のエトランジェ」が昭和二十九年上半期の芥川賞候補となり、「文藝」六月号の「汽船」につづいて、九月発行の「群像」「文學界」「文藝」三誌の同年十月号に「白い機影」「紅い花」「白孔雀のいるホテル」三作を発表する。このうち「白孔雀のいるホテル」がふたたび芥川賞候補にあげられるなどして、小沼さんは吉行淳之介、安岡章太郎、小島信夫、庄野潤三、遠藤周作らとともに、その市民性の特質を捉えて名づけられた〝第三の新人〟のひとりに数えられたりもした。

しかし、その後の作家としての歩みが順調なものであったとはいえない。随筆や書評、文庫解説などの注文が増え、小説は中間小説雑誌や婦人誌に発表するばかりとなる。「オール讀物」昭和三十一年十月号の「二人の男」が直木賞候補となったこともある。三十六年には、地方新聞七紙にユーモア青春小説を連載した。昭和二十四、五年発表の「ガブリエル・デンベイ」「ペテルブルグの漂民」は「露国日本語学校縁起」として長篇を構想した連作であり（河出新書版「白孔雀のいるホテル」あとがき）、小沼さんにストーリー・テラーの資質があったことは疑いないだろう。ユーモア作家、推理小説家も、小沼さんなりの覚悟があっての途であったと考えられるが、いま振り返ってみれば、ふたたび混迷期を彷徨っていたのだ、というほかない。

みたびの、そして最後の出発の契機は、昭和三十八年四月に突然前妻を喪い、一年後、「黒と白の猫」(「世界」三十九年五月号)で〝大寺さん〟という、私でありながら私とは絶妙な客観的距離を保つ語り手を発明したことにある。「チェーホフと井伏鱒二の影響を強く受けた」とはいっても、「井伏鱒二」を全身でまるごと受容し、咀嚼し、それとは異なる独自の文学世界を切り拓くのは容易なことではなかった。青春期における偶然にちかい出会いが、ミッション・スクールに通う英語好きの礼儀ただしい文学青年のその後の方向を決定づけた。昭和三十八、九年あたりまで、戦前にはじまる二十何年かの歳月を、文学上の父と選んだ井伏文学とのこころ秘かな果てしもない闘いの、試煉の時であった、と私は思うのである。

井伏鱒二は旅、将棋、川釣り、骨董、植栽と、多趣味な大人《たいじん》である。小沼さんとの交点には〝遊び〟があった。冗談めかしていえば、将棋にしても、素人遊びながらも異様なほどの真剣さに、一頃までは小沼さんの表情に父・子対決の苦悶があらわれていた、と観察できたかも知れない。

＊

小沼丹は一面では狷介な作家であった。到底「洗練されたユーモア」の一言で片付ける訳にはいかない。

ようやくにして辿り着いた〝大寺さん〟の境地については、「銀色の鈴」（昭和四十六年）の一場面を引いて示したい。

大寺さんの家の狭い庭にはいろんな木が雑然と植ゑてあつて、春になると花が咲く。狭い庭に沈丁花の香が流れると、やがて木瓜が緋色の花を附ける。続いて紅と白の椿が咲く。山躑躅が淡紫の花を開く。海棠が咲いて枝垂桃が咲く。それから木蓮が開く。その頃になると、大寺さんはテラスに坐つて、ぼんやり花を眺めて好い気分になる。海棠もいいが、桃の花も悪くない。桃の花を見てゐると、その林が数百歩も続いて花片を散らしてゐると云ふ桃源を想像する。大寺さんは怠者だから、その花の散つて来る下で午睡したら嘸好い気持だらうと考へるのである。

小沼さんは植物好きで、植物についての知識もおどろくほどに詳しく豊富だった。短篇「山のある風景」（昭和四十四年）には、同僚の露文科教授・横田瑞穂と覚しき人物を登場させ旅中の思い出として、ロシアで出会った植物に詳しいある作家（「確かレオノフだったと思ふ」とある）から「小説を書く人間が植物のことぐらゐ知らなくてどうするか」と、笑いながら言われたと語らせている。作家は植物が大好きで、植物園のような自宅の広い庭を案内してくれた、という。いうまでもなく、ロシア作家の言は小沼さん自身の信念でもあった。木々の名前、草花の名前、自然界に存在するものの名前を知ることが、文学の最初の愛であると悟っていたのである。「村のエトランジェ」で、峠の上に立った主人公の少年・ケンがセンベイと一緒でないことを悔んだのは、遠くに望むアルプスの山々の名前をいえなかったからだった。

小沼さんは、父については語ることがなかった。父の思い出はアネクドートの一片も作中に見出すことができない。

父・邁《すぐれ》は旧会津藩士の血を引く牧師であった、という。なるほど、とミッション・スクールの中学部に進学させたハイカラな家庭環境をぼんやり想像できる気もするが、「汽船」一篇にもみられるように、明治学院時代の回想はいかにも、かぜ青し、といった爽やかなイメージを伴って描かれるものの、実在の父の影はそこにはあらわれない。

「小沼丹全集」の「年譜」には、「父は牧師でセツルメントの館長を務めた」と記されている。セツルメント館長は、小沼さん歿後に明かされた事柄だろう。小沼さんが通った小学校名から推して、葛飾区本田《ほんでん》あたりでの活動であったと思われる。

作家としての小沼さんは、通常私小説家に分類されてきました。好んで読むようになったのは二十年余り前からですが、読んだ限りの飄 飄《ひょうひょう》たる短篇や随筆には、牧師だった父上や、幼少年時の恐らくキリスト教中心の生活が出てこない。それが不思議でした。

とは、「全集」第一巻の月報に掲げられた阪田寛夫の文章からの引用である（「クリスマスの馬」）。阪田氏が小沼文学の〝謎〟に触れたのは当然なことであったといえるだろう。熱心なプロテスタントの家庭に育った氏は、「『敵国宗教』への風当りの強かった戦時中はびくびく暮らし、戦後も行きも戻りもできない状態でお茶を濁してきました」という。だから、小沼さんの実生活上の宗教体験について聞きたかった、と記すのである。小沼少年は、夜毎にセツルメントの館に集う貧しい家の子供たちと一緒に、奉仕活動の学生から勉強を習ったことだろう、歌もうたったことだろう、と。

……戦前のセツルメント運動は、当局から監視され弾圧も受けています。やがてキリスト教も、教会あるいは教団として生き残るために、日常の妥協や小さな「転向」を、限りなく繰返さなければならなくなりました。

しかし、と私は思う。官憲による戦時中のセツルメント弾圧が小沼さんのトラウマとなったとは考えられない。憶測で記すしかないが、それとは別の次元で、父親隠しが巧まれたと推察されるのである。

処女作といえる「千曲川二里」は、「はじめさん」と本名で呼ばれる「私」が信州旅行を計画して、途中、母方の伯母、叔父の家に立ち寄る話だが、そこでの「私」は故郷喪失者であることが繰り返し強調されていた。また、随筆などからも知られる通り、戦前の早大生であった頃から小沼さんは疾うに父の許を離れて、三鷹の農家など下宿暮らしを転々としている。そして十八年、二十四歳の春には結婚して独立した家庭をもつのである。

「千曲川二里」には、こんな一場面があった。「私」のなかの宗教的感情が露出する箇所だが、この稚い記述がなにものかを暗示していると考えられるだろうか。「私」は、父の従兄が高官に就いたことを素直に喜んで祝福してくれる伯父の気持を、むしろ淋しいものと感じる。

「だけどはじめさん、よくうちを忘れなかつたね」

台所の方から、従妹が大声で叫んだ。

「馬鹿云ふな、忘れるものか、なあ」

伯母は更に大声で叫んだ。私は「冗談ぢやない」と本心から答へた。さまざまの偽態をつくるのに慣れ、猫の眼式に自らを変貌させ、かつて真実を示すことなく、また得ることのない生活をして来た私であるが、いまここではじめて真実の美しさを見出したのである。これは決して安易な感傷ではない。白く塗りたる墓の、極端に申すなら、一滴の涙であると云へないか。

二十歳の潔癖と繊細な感情のはたらきを読みとることができる。「白く塗りたる墓」が偽善と不法とに満ちたパリサイ人の側にではなく、「私」の内面に向けられた喩であるところに着目したい。安易な感傷ではない、とは母親の実家に逃れきて、「一滴の涙」とともに父との、「真実を得ることのない生活」との訣別を宣言する意志であったのか。

「白く塗りたる墓」の一語は、「ニコデモ」一篇を思い起こさせてくれる。そこでは、パリサイ人・ニコデモは、いわば善意の傍観者として描かれていた。と記せば、新約聖書ヨハネ伝中のこの人物に小沼さんが興味を惹かれた理由は明らかだろう。父親とも、キリスト教とも、戦争とも等間隔の距離を置く傍観者としての立場を病める文学志向者は選択した、いや選択せざるを得なかったのだ。戦争は親しい早稲田の学友の命を奪い、新家庭の生活を脅かした。ニコデモの微笑の底に皮肉らしい色が滲んでいたと表現されたように、傍観者であることの苦痛は、憂鬱と倦怠、ニヒリズムの暗い気分となって、「村のエトランジェ」一冊に一刷毛の翳りを残している。

＊

……その瞬間、碧空に一点、白い光がちかりと閃いた。白い光が——それは一瞬の裡に変化した。白から黄へ、黄から紅へと。そして飛行機は燃えながら落ちて行った。

　それは、ひどく美しかった。そして儚かった。また、悲しかった。或る詩人は人生を花火に譬える。しかし、その一機は、最早メタファの世界ではない、花火それ自体であった。僕はそのパイロットを考えた。彼の愛した、また彼を愛した人達を。碧空は、虚無の拡りに過ぎなかった。

（「白い機影」）


詩的な文章である。「紅い花」では、薄墨色の画面にダリヤの真紅一点のイメージが鮮烈であった。「村のエトランジェ」は、スケッチブックにクレヨンで描かれた田園詩のような淡彩画だった。「青みがかった紫色のアルプスの頂く雪は、碧空を背景にひどく美しく見えた」と、山嶺の白が詩的効果をあげていた。色彩の詩人。たしかに、若い日の小沼さんは、態《わざ》とらしさを隠そうともしない、都会育ちの技巧派詩人であった。

「中学を出て少し経つたら、心境の変化と云ふ奴で詩人になつた。と云つても広い意味の詩人であつて、佐藤春夫氏の云ふ『花を愛するのは詩人』と云ふぐらゐの意味である」と、小沼さんは回想する（「The Old Familiar Faces」昭和三十四年）。

　……僕はミス・Dに貰つた詩集を読んだり、日本の詩人の詩を読んだりした。ノオトに二冊詩を書いて、大詩人みたいな気がした。が、このノオトはその后焼いてしまつた。

小説家になることにしたからである。

しかし、多分僕は二年間ぐらゐは詩人だつたかもしれぬ。その頃は、キイツやシエリイやバイロンの詩集を買つて好い気持になつてゐた。ボオドレエルやヴエルレエヌを読み、「人生は一行のボオドレエルにも若かない」と云ふ言葉に共感を覚えたりした。いま、僕はこの一行を何ら有難いとは思はぬけれども、本屋の書棚にかけた高い梯子から小さく見すぼらしく見える店員や客を眺めて、この一行を呟いた若い芥川龍之介の姿を思ひ浮べることはさ迄困難ではない。

と、戯文調は春夫かぶれの抒情詩人であったことを愧じているかのようだ。しかし、この随筆はミス・ダニエルズの追憶に繋がり、作者の脳裡にミス・ダニエルズの家の白い柵に絡ませた薔薇の花が映って、「花を愛した彼女は、或は詩人だつたのかもしれぬ」と記す。

……僕は滅多に彼女を想ひ出さない。が、想ひ出すと、美しく咲いてゐた薔薇を想ひ出す。すると、聯想が僕にブレイクの美しい一行を甦らせる。

O Rose, thou art sick!

おお、薔薇よ、汝は病めり！　作者の連想は、「田園の憂鬱」の詩人を気取った農家でのランプ暮らしの学生時代の日々へと廻らされたに違いない。「小説家になることにした」とのさりげない記述は、井伏鱒二に師事することにした、と読むべきだろう。小沼さんは自らの繊細な詩人的気質、芸術至上の抒情性を抹殺することを企てたのである。

作品集としての「村のエトランジェ」一冊は、小沼さんの内なる世紀末詩人扼殺の記録だった。

「村のエトランジェ」は、川のある牧歌的な田園地帯に「ハックルベリー・フィン」もどきの冒険好きの悪戯小僧二人組が登場して、女の白い手で肩を突かれて「詩人」が濁流に呑み込まれるのを目撃する。

「白い機影」では、人妻に翻弄されて、「画家」が服毒自殺する。

「紅い花」は、「田園の憂鬱」の舞台装置にE・A・ポーまがいのミステリー仕掛けが施された短篇だが、多情な女との愛に苦んだ「詩人」が無理心中を図った。

女たちはみな、モガのような都会にしか生息しえない妖しい存在として描かれる。マンドリンを弾く聖女のような「白い手」の犯した行為が意味するところは明らかだろう。昔読んだフランスの批評家、アルベール・ティボーデの本に「詩の精神は永遠の小児の心であり、少年の心は詩の心である」（生島遼一訳「小説の美学」）と記されていたのを覚えている。黙秘する少年たちのこころを、作者は少しばかり老いさせたのだ、ともいえるだろう。

そして、いずれの場合も、語り手の男たちはときに皮肉まじりの観察者であり善意の傍観者だった。疎開中の小学生、おそらくは妻と幼い子を疎開させた一人暮らしの男、学生、と社会との関係が不安定な人物たちである。「村のエトランジェ」のエトランジェは東京からやって来た姉妹と詩人三人を指すのだろうが、少年もまた間もなく東京に戻る筈の一人のエトランジェに過ぎない。と思えば、「白い機影」「紅い花」の語り手も、いや、誰れより作者である小沼さん自身が社会に対して、戦争に対して、エトランジェであったのだ。

……僕は遠い森を見ながら考えた。白い機影——しかし、それが何だと云うのだろう？すべてはひとときの、他愛も無い夢に過ぎないのではなかろうか、と。そして、僕等は流に浮ぶ水泡のように消え去るに過ぎないだろう、と。 （「白い機影」）

「村のエトランジェ」一冊は、小沼丹戦時期の心象風景の記録でもある。

エトランジェの胸中には空の青のように透明な虚無感がひろがっていた。空蝉という語を借りるなら、「紅い花」で死体のまま屋根裏で戦時の数年を過ごした朝野夕子（とは、なんと投げやりな命名だろう）の胸を飾った一輪の花こそが、その明瞭なシンボルといえる。

空襲警報下での生活では、「眼前の一瞬が次第に重量を加え始め、自然の風物がひどく美しく見えた」（「白い機影」）という。小沼さんは自らの青臭い抒情性と訣別するにあたって、作中にありったけの美しい詩的イメージをちりばめたのだ、といえるかも知れない。

小沼さんは詩人を扼殺しえたか。しかし、戦後の文芸界の喧騒もまた、「ひとときの、他愛も無い夢」として、虚無の眼差しのままやり過ごすほかはなかった。断固たる個人主義者〝大寺さん〟を発明して、成熟した大人の詩境に浸らせることができる日まで、道程《みちのり》はまだ遠い。

年譜

小沼丹

一九一八年（大正七年）
九月九日、東京市下谷区下谷町（現台東区下谷）に、父小沼《おぬま》邁《すぐれ》、母涙子《るいこ》の長男として生まれる。本名は救《はじめ》。妹が一人。小沼家は祖父の代まで会津藩士。父は牧師で、姉二人。母方の小林家は信州南佐久郡青沼村の名主の家柄。母には姉一人、妹一人、弟二人。

一九二五年（大正一四年）　七歳
四月、南葛飾郡本田小学校に入学。

一九三一年（昭和六年）　一三歳
四月、明治学院中学部に入学。夏目漱石を愛読。仲間と句作に興じる。

一九三四年（昭和九年）　一六歳
七月、明治学院中学部文芸部発行の雑誌『白金の丘』六八号に「毛虫」を発表。

一九三五年（昭和一〇年）　一七歳
二月、『白金の丘』六九号に「尊き物」を発表。

一九三六年（昭和一一年）　一八歳
四月、同学院高等学部英文科に進学。

一九三七年（昭和一二年）　一九歳
一二月、学院の機関誌『白金文学』三巻二号に「機関士」を発表。

一九三八年（昭和一三年）　二〇歳
この時期、井伏鱒二、チェホフ、フィリップを愛読。

一九三九年（昭和一四年）二一歳
本年初め（あるいは前年末）に発行された「千曲川二里」掲載の『白金文学』誌を井伏鱒二に寄贈。読後感を記した葉書を受け取ったのを機に訪問し、終生の師と仰ぐ。三鷹村牟礼の旧家浅見権左衛門宅に下宿し、後に発表する「寓居あちこち」の草稿を執筆。
一九四〇年（昭和一五年）二二歳
四月、早稲田大学文学部英文科入学。級友らと同人雑誌『胡桃』を創刊し、短篇「福楽寺」「海のある町町」を発表。二号で廃刊。
一九四一年（昭和一六年）二三歳
早大文学部の創作合評会で短篇「寓居あちこち」が谷崎精二教授に認められ、『早稲田文学』二月新人号に掲載される。
一九四二年（昭和一七年）二四歳
旧作「千曲川二里」を推敲して『早稲田文学』一月号に掲載。同誌九月号に「遠出」を発表。一方、小林達夫、吉岡達夫らの同人雑誌『文学行動』に加わり、九月に「登仙譚」を発表。同月、早稲田大学繰り上げ卒業。一〇月、私立の盈進学園に勤務。一二月、「瘤」を『文学行動』に発表。
一九四三年（昭和一八年）二五歳
三月、勤務校の学園長の長女丸山和子と結婚、「藁屋根」の舞台になる武蔵野市の大きな藁屋根の家に住む。『早稲田文学』の同人となり、三月号に「一匹と二人」を発表。
一九四四年（昭和一九年）二六歳
一月、長女諄子が誕生。『早稲田文学』三月号に「柿」（「揺り椅子」原型）、六月号に「幸福な二人」、九月号に感想「文学への意志」を発表。
一九四五年（昭和二〇年）二七歳
六月、信州更級郡八幡村の妻子の疎開先に合流、村の学校の臨時教員となり、同地で終戦を迎える。一〇月に東京に戻り、しばらく妻の実家丸山家に寄寓。一一月よりＧＨＱに勤務。一二月、「時雨」を『早稲田文学』に発表。

一九四六年（昭和二一年）二八歳

この年の二月より約二年間、旧中島飛行機工場の工員寮を改造した校舎に住み、七月より同工場の渉外顧問を兼務。五月より盈進学園に復帰し、授業の再開にともなってGHQを退任。六月、次女李花子が誕生。七月に随筆「将棋」、九月に「麦秋」を『早稲田文学』に発表。一二月に同誌の文芸時評を担当。

一九四七年（昭和二二年）二九歳

一月、「剽盗と横笛」を『月刊読売』に発表。四月、第一早稲田高等学院に勤務。八月、「白き機影の幻想」（「白い機影」原型）を『文学行動』に発表。九月、「先立ちし人」を『早稲田文学』に発表。

一九四八年（昭和二三年）三〇歳

一月に「秋のゐる広場」（「黄ばんだ風景」原型）、二月に評論「粧へる近代」と短文「暗冥片々録」、五月に「鳥打帽の男」を『文学行動』に発表。六月、R・L・スチヴンスン「一夜の宿」「ギタア異聞」を翻訳。七月、太宰治の追悼文「『晩年』の作者」を『文学行動』、「細竹」を『早稲田文学』に発表。一一月、「M夫人の微笑」を『文学者』に発表。

一九四九年（昭和二四年）三一歳

一月に「紅い花」、二月に「ニコデモ」、三月に「地蔵の首」、五月に「バルセロナの書盗」を『文学行動』に発表。四月に第一高等学院の解消に伴って理工学部に転属し、専任講師となる。五月、W・V・ナルヴィグ『鉄のカーテンの裏』を藤井継男と共訳で読売新聞社から刊行。七月、「ガブリエル・デンベイ」を『歴史小説』に発表。八月、武蔵野市関前四二〇番地（終生住み続ける八幡町の家の前身）に住み始める。九月、「ミス・ダニエルズの追想」（「汽船」原型）を『文学行動』に発表。

一九五〇年（昭和二五年）　三二歳
一月、「忘れられた人」を『文学行動』、「ペテルブルグの漂民」を『小説と読物』に発表。胸部疾患を得て約一年間の療養生活に入る。一一月、R・L・スチヴンスン『旅は驢馬をつれて』の訳書を家城書房から刊行。
一九五一年（昭和二六年）　三三歳
二月、「瘤」を『文學界』に発表。三月、スイフトの『ガリヴァ旅行記』を子供向けに書いて小峰書店から刊行。四月に「スタンバアグ夫妻」、五月に「オルダス・ハックスリイ」をいずれも『文学者』に発表。一〇月、井伏鱒二らと埼玉県の弘光寺を訪ね、出迎えた消防自動車に乗る。一一月、「早春」を『早稲田文学』復刊第一号に発表。
一九五二年（昭和二七年）　三四歳
一月、「登仙譚」を『人物往来』に再録。四月、助教授に昇格。七月、井伏らと甲州波高島に遊ぶ。同月、随筆「珍本」を『週刊サンケイ』に、九月、短文「イボタノキ」を『早稲田文学』に、一一月、「カラカサ異聞」を『リベラル』に発表。
一九五三年（昭和二八年）　三五歳
二月、「秘めたる微笑」（「M夫人の微笑」の再録）を『読物』に、「犬と娘さん」を『新婦人』に発表。一〇月、甲州御坂峠の太宰治文学碑の建碑式に出席。一一月、井伏らと熱海に志賀直哉を訪ね、双柿舎に一泊。同月、随筆「白鳥氏の原稿」を『早稲田文学』に発表。
一九五四年（昭和二九年）　三六歳
一月に「村のエトランジェ」、六月に「汽船」を『文藝』に発表。八月に随筆「将棋天狗」を産経新聞に発表。一〇月、「白い機影」を『群像』に、「紅い花」を『文學界』に、「白孔雀のゐるホテル」を『文藝』に発表。一一月、「浄徳寺さんの車」を『三田文学』に発表。同月、最初の作品集『村のエトランジェ』をみすず書房から刊行。
一九五五年（昭和三〇年）　三七歳
一月、随筆「将棋漫語」を『将棋世界』に、随筆「小さい犬」を産経新聞に発表。四月、「黄ばんだ風景」を『文學界』に発表。五月、「帽子」を『文藝』に、「ねんぶつ異聞」を『新潮』に発表。六月に「エヂプトの涙壺」を『知性』、八月に「気鬱な旅行」を『文藝』、九月に「麦刈りの頃」を『文學界』に発表。一〇月に「女雛」を『別冊文藝春秋』に発表。同月、河出新書の一冊として作品集『白孔雀のいるホテル』を刊行。
一九五六年（昭和三一年）　三八歳
二月、「テンポオ翰林院」を『文藝』、随筆「猿」を『三田文学』、「井伏さんについて」を共同通信、「チヤチヤチヤ青春録」を『オール小説』、「日米対抗試合」を『風報』に発表。四月、井伏らと東北を旅行。六月、「不思議なソオダ水」を『オール小説』に、「コンスタンチノオプルの蚤」を『世界』に、「断崖」を『文學界』に発表。七月に「乾杯」を『小説公園』、随筆「不意打の名人」を『文芸首都』、「百合」を産経新聞に発表。八月に「砂丘」を『文藝』に発表。一〇月、大船の松竹撮影所で井伏原作「集金旅行」の撮影風景を見物。同月、「二人の男」を『オール讀物』、随筆「ゴンゾオ叔父」を『群像』に発表。一一月、「赤い帽子」を『文藝春秋』に、一二月、「遠い顔」を『新女苑』に発表。
一九五七年（昭和三二年）　三九歳
一月、「マダムの階段」を『小説公園』、随筆「夜の訪問者」を日本経済新聞に発表。四月、文学部に転属。同月、「カンチク先生」を『文學界』、随筆「あかしあ」を『風報』に発表、『新婦人』に一年間の短篇連載（「指輪」「眼鏡」「黒いハンカチ」「蛇」「十二号」「靴」「スクエア・ダンス」「赤い自転車」「手袋」）を開始。五月に随筆「喧嘩」を日本経済新聞、「型録漫録」を『不死鳥通信』に発表。七月、「焼餅やきの幽霊」を『オール読物』に発表。一一月、随筆「マス丸に乗らざるの記」を東京新聞に発表。一二月、「アメリカから来た男」を『小説公園』に発表。

一九五八年（昭和三三年）四〇歳

三月、『新婦人』連載中の短篇（「シルク・ハット」「時計」「犬」）が完結。同月、「クレオパトラの涙」を『宝石』に発表。四月、教授に昇格。同月、「手紙の男」を『別冊小説公園』に、五月に随筆「長距離電話」を『風報』に発表。六月、「古い画の家」を『宝石』に発表。八月、『新婦人』に連載した素人探偵ものを『黒いハンカチ』と題して三笠書房から刊行。九月より翌年一月まで『高校時代』に連作短篇五編を発表。この頃、体調不良、疲労感大。

一九五九年（昭和三四年）四一歳

二月、随筆「桜草」を産経新聞に発表。三月、林語堂の『則天武后』の訳書をみすず書房から刊行。同月、随筆「小さな手袋」を産経新聞、「遠方の友」を毎日新聞に発表。四月に「リヤン王の明察」を『宝石』に発表。五月より一二月まで「不思議なシマ氏」を『プリンス』に八回連載。六月に随筆「The Old Familiar Faces」を早大英文学会の『英文学』に発表。八月に「名画祭」を『宝石』に、「不可侵条約」を『オール読物』に発表。一一月、随筆「胡桃」を東京新聞に発表。

一九六〇年（昭和三五年）四二歳

一月、「ミチザネ東京に行く」を『宝石』、「ドン・アロンゾの奇禍」を『オール読物』に発表。三月、随筆「テレビについて」を『風報』に発表。四月、井伏らと弘光寺を再訪、長瀞に遊ぶ。五月に「奇妙な監視人」を『オール読物』に、六月に随筆「南禅寺前」をを産経新聞に、七月に「珍木」を『小説中央公論』、「自動車旅行」を『プリンス』に発表。八月、井伏らと熱海・伊東に遊ぶ。九月、「白河にて」を『文學界』に、「王様」を『宝石』に発表。

一九六一年（昭和三六年）　四三歳

四月より八月まで『中学時代』に連作短篇を五回連載。六月、随筆「地蔵さん」を東京新聞に発表。七月、「木犀」を『オール讀物』に、「随筆井伏鱒二」を産経新聞（四回分載）に発表。八月、随筆「雀の話」を『新潮』に発表。九月、地方新聞七紙にユーモア青春小説「風光る丘」を連載開始。

一九六二年（昭和三七年）　四四歳

三月、随筆「横好きの弁」を『囲碁クラブ』に発表。五月、「風光る丘」が二五〇回で完結。七月、随筆「三鷹台附近」を東京新聞に発表。

一九六三年（昭和三八年）　四五歳

四月、妻和子急死。夏、娘二人を連れて信濃追分に遊ぶ。九月、妻の死に関する随筆「喪章のついた感想」を『婦人生活』に発表。一〇月、随筆「髭」を『歴史読本』に発表。一一月、「カミニト・アディオス」を『小説中央公論』に発表。

一九六四年（昭和三九年）　四六歳

一月、庄野潤三と熱海に玉井乾介を訪ねる。同月、母涙子死去。頭でつくりあげる小説に興味を失い、身辺に材をとった作品に気持ちが動くようになって、五月、大寺さんものの第一作「黒と白の猫」を『世界』に発表。

一九六五年（昭和四〇年）　四七歳

二月、随筆「雑感」を筑摩書房版『芥川龍之介全集』第七巻月報に寄稿。三月、「自動車旅行」を『文學界』に、六月、随筆「つくしんぼ」を『風景』に、七月、「揺り椅子」を『日本』に発表。

一九六六年（昭和四一年）　四八歳

五月、「タロオ」を『風景』に発表。同月、父邁死去。一一月、「蟬の脱殻」を『文學界』に発表。一二月、「影絵」を『群像』に発表。同月、諫山家の五女純子と再婚。

一九六七年（昭和四二年）四九歳
四月、随筆「チエホフの葬式」を『文學界』に発表。七月、「更紗の絵」を『解脱』に連載開始。九月、「古い編上靴」を『群像』に発表。一一月、長女諄子が結婚。

一九六八年（昭和四三年）五〇歳
四月、随筆「文学に現れた占ひ」を『新評』に発表。六月、「懐中時計」を『群像』に発表、『風光る丘』を集団形星から刊行。一〇月、「初太郎漂流譚」を『学園新聞』に連載開始。同月、随筆「あの頃の新宿」を『早稲田学報』に発表。一一月、「ギリシヤの皿」を『群像』に発表。一二月、「更紗の絵」が一八回で完結。

一九六九年（昭和四四年）五一歳
三月、「初太郎漂流譚」が一五回で完結。同月、随筆「歌う運転手」を毎日新聞に発表。四月、「猫柳」を『婦人之友』に発表。同月、『懐中時計』を講談社から刊行。六月、「山のある風景」を『群像』に、随筆「竹帛会」を産経新聞に発表。八月、随筆「蜂の話」を『潮』に発表。一二月、「小径」を『群像』に発表。

一九七〇年（昭和四五年）五二歳
一月、『懐中時計』で読売文学賞を受賞。五月、随筆「禁烟について」を読売新聞に発表。八月、「昔の仲間」を『群像』に、九月、「眼鏡」を『文藝』に発表。一〇月、『不思議なソオダ水』を三笠書房から刊行。

一九七一年（昭和四六年）五三歳
一月、「落葉」を『婦人之友』に発表。二月、「銀色の鈴」を『群像』に発表。五月、『銀色の鈴』を講談社から刊行。六月、『汽船』を青娥書房から刊行。一〇月、「花束」を『群像』に、随筆「消えてゆく小径」を読売新聞に発表。秋、住まいを改築し、終の住処の形が出来上がる。

一九七二年（昭和四七年）　五四歳

一月、「藁屋根」を『文藝』に、二月、随筆「四十雀」を東京新聞に発表。四月、早稲田大学の在外研究員としてイギリスに渡り、約半年間、次女李花子とともにロンドンに滞在。六月、「竹の会」を『群像』に発表。同月、『更紗の絵』をあすなろ社から限定本として刊行。一〇月に帰国。一二月、随筆「『ライフ』」を『公研』に発表。

一九七三年（昭和四八年）　五五歳

一月に「湖畔の町」を『群像』に、四月に随筆「梨の花」を『公研』に、五月に随筆「床屋の話」を『週刊朝日』に発表。六月、「キユウタイ」を『婦人之友』、随筆「切抜から」を『公研』に発表。七月に「ザンクト・アントン」を『早稲田文学』に、一〇月に随筆「お祖父さんの時計」を『室内』に発表。一二月、随筆「代返」を『公研』に発表。

一九七四年（昭和四九年）　五六歳

一月、「童謡」を『群像』に発表。四月にロンドン滞在記「椋鳥日記」を『文藝』に発表し、六月に単行本『椋鳥日記』として河出書房新社から刊行。五月には随筆「近況」を『新刊ニュース』に発表。六月、次女李花子が結婚。一〇月に「ラグビイの先生」を『群像』に、随筆「コタロオとコヂロオ」を『婦人之友』に発表。一二月に随筆「或る友人」を『海』に発表。

一九七五年（昭和五〇年）　五七歳

二月に随筆「老人」を毎日新聞に、三月に「沈丁花」を『文藝』に発表。同月中旬、『椋鳥日記』で平林たい子賞を受賞。六月、随筆「ゴムの木」を『今週の日本』に、随筆「濡縁の小石」を東京新聞に、随筆「ウヰスキイ工場」を『公研』に発表。七月、随筆「或る日のこと」を『群像』に発表。九月に「山のある町」を『明日の友』に、随筆「町の踊り場」を『海』に発表。一〇月に「胡桃」を『群像』に、随筆「白鳥の原稿」を『公研』に発表。一一月に「入院」を『風景』に発表。同月、『藁屋根』を河出書房新社から刊行。一二月、随筆「植木屋の帰り」を『群像』に発表。

一九七六年（昭和五一年）　五八歳

三月、「埴輪の馬」を『文藝』に発表。四月、随筆「倫敦のパブ」を『朝日グラフ』に発表し、同月、最初の随筆集『小さな手袋』を小澤書店から刊行。五月、「『一番』」を『群像』に発表。六月に随筆「マリア像」を産経新聞に発表。七月に随筆「文鳥」を赤旗に、八月に「花の香」を『the TAKASAGO times』に、随筆「仙人」を『文藝』に、九月に随筆「灯影」を『昴』に発表し、河出書房新社版『ゴーゴリ全集』第三巻月報に随筆「ゴオゴリ」を寄稿。一〇月、随筆「鰻の化物」を『今週の日本』に、「木菟燈籠」を『群像』に、随筆「以心伝心」を『言語生活』に発表。一二月、随筆「自転車」を『新潮』に発表。

一九七七年（昭和五二年）　五九歳

一月に「枯葉」を『文藝』に、随筆「サイモンの碁」を『別冊文藝春秋』に発表。二月に「湖水周遊」を『昴』に、随筆「パア爺さん」を『酒』、随筆「古い町」を『ジョイフル』に発表。三月に随筆「狆の二日酔ひ」を読売新聞、随筆「地獄の釜の蓋」を『小原流挿花』、四月に随筆「泥鰌」を『俳句』、随筆「窓のなか」を『婦人之友』に発表。七月に「ドビン嬢」を『群像』に、随筆「二階席」を『今週の日本』、随筆「動物園」を『うえの』に発表。八月に「鳥打帽」を『海』に、随筆「記憶の断片」を『旅』に発表。九月に「エッグ・カップ」を『文藝』に、随筆「将棋」を講談社版『三浦哲郎短篇小説全集』第一巻月報に発表。一〇月に「槿花」を『群像』に発表。一一月、学習研究社版世界文学全集9『ディケンズ集』に随筆「ディケンズと私」を寄稿。

一九七八年（昭和五三年）　六〇歳

一月に随筆「四十雀」を『群像』に、二月に随筆「蝙蝠傘」を『文藝』に、三月に随筆「落し物」を読売新聞に発表。四月、筑摩現代文学大系第六〇巻『田畑修一郎・木山捷平・小沼丹集』刊行。同月、随筆「散歩路」を『婦人之友』に発表。五月、「柚子の花」を『群像』に、「臨時列車」を『海』に、随筆「お玉杓子」を朝日新聞に発表。同月、『木菟燈籠』を講談社から刊行。六月、随筆「古い唄」を『文芸展望』に、同じく「アテネの時計」を『文体』に発表。八月に「沙羅の花」を『文藝』に、一〇月に「鵜鴿」を『群像』に発表。一一月に「鯉」を東京新聞に、「運転手の話」を『あるとき』に、「クオレ」の感想を日本経済新聞に、一二月に「道標」を『新潮』、「珈琲挽き」を『公研』に、それぞれ随筆を発表。一二月に「凌霄花」を『昴』に発表。

一九七九年（昭和五四年）　六一歳

一月、「粉雪」を『群像』に、随筆「巣箱」を『蘭』に発表。四月、「凧」を『文藝』、随筆「籤」を『暮しと健康』に発表。五月、随筆「古本市の本」を『文學界』、随筆「四月馬鹿」を『四季の味』に発表し、学習研究社版世界文学全集8『スウィフト・デフォー集』に随筆「デフォと私」を寄稿。六月に「帽子の話」を朝日新聞に、「夏蜜柑の花」を日本経済新聞に、それぞれ随筆を発表。七月、随筆「盆栽」を『俳句』に発表。八月、随筆「コップ敷」を『俳句』に発表し、オー・ヘンリ「賢者の贈物」「最後の一葉」を翻訳。九月には随筆「碁敵」を『文藝』、随筆「葡萄棚」を『俳句』に、一〇月には随筆「地蔵」を、一二月には「ぴぴ二世」をともに『俳句』に発表。一二月に『小沼丹作品集』全五巻を小澤書店から刊行開始。

一九八〇年（昭和五五年）　六二歳

一月に「坂の途中の店」を『群像』に、二月に随筆「標識燈」を『オール讀物』に発表。三月、随筆「老后の愉しみ」を『蘭』に、四月、随筆「遠い昔」を筑摩書房『俳句の本』第一巻に発表。五月に「山鳩」を『文藝』に、随筆「ポポ」を『人と日本』に発表。七月に「煙」を『群像』に発表。八月、随筆「冷房装置」を産経新聞に発表。九月、『小沼丹作品集』完結、『山鳩』を河出書房新社から刊行。同月、随筆「幽霊の話」を『文學界』に、随筆「異国にゐる友人」を産経新聞に発表。一〇月に「秋風」を東京新聞に、「女子学生」「かんかん帽」「酒友」「清水町先生」を産経新聞に、いずれも随筆を発表。一一月、随筆「追憶」を『群像』に、随筆「遠い人」を『オール讀物』に発表。

一九八一年（昭和五六年）　六三歳

一月、随筆「釣竿」を『文藝春秋』に発表。三月、大寺さんものの最後となった第一二作「ゴムの木」を『新潮』に、随筆「黒鳥」を『野鳥』、随筆「梅と蝦蟇」を読売新聞に発表。四月、随筆「『さくら』」を『俳句とエッセイ』に、五月、随筆「レモンの木」を朝日新聞に発表。六月、「十三日の金曜日」を『海』に発表。九月、随筆「虫の声」を東京新聞に、「国語の教科書」を『国語』に発表。

一九八二年（昭和五七年）　六四歳

一月に「連翹」を『文藝』に、随筆「幻の球場」を『早稲田文学』、「紫式部」を『オール讀物』に発表。二月に「大きな鞄」を『文學界』に、五月に「翡翠《とり》」を『海燕』に発表。

七月、随筆「珈琲の木」を日本経済新聞に発表。一一月、「散歩路の犬」を『文學界』に発表。

一九八三年（昭和五八年）　六五歳

五月、筑摩書房の「講座日本語の表現」第五巻『日本語のレトリック』（中村明編）の〈とびらエッセイ〉として「楽屋裏」を発表。一一月、随筆「人違ひ」を『海』に発表。

一九八四年（昭和五九年）　六六歳

一月、「夕焼空」を『海燕』に発表。八月、随筆「鴨の花見」を朝日新聞に発表。一一月、『緑色のバス』（所収の短篇「片栗の花」はこの年九月の書き下ろし）を構想社から刊行。一二月、随筆「福寿草」を東京新聞に発表。年末に糖尿病による心筋梗塞のため武蔵野市の西窪病院に入院。

一九八五年（昭和六〇年）　六七歳

引き続き約半年間、療養生活を送る。

一九八六年（昭和六一年）　六八歳

一月、随筆「目白の夫婦」を共同通信から山陽新聞などに掲載。二月、「トルストイとプリン」を『海燕』、随筆「出羽嶽」を『文學界』、随筆「昔と今と」を『The KICHIJOJI』に発表。四月、随筆「小山さんの端書」を『群像』、「風韻」を新潮社版『井伏鱒二自選全集』第七巻の月報に発表。九月、『埴輪の馬』を講談社から刊行。一二月、随筆「焚火の中の顔」を読売新聞に発表。

一九八七年（昭和六二年）　六九歳

一月に「長沢先生」を『文學界』に、五月に「松本先生」を『群像』に、七月に「日夏先生」を『學鐙』にと、恩師等の思い出を綴った随筆を数篇発表。七月には随筆「昔の西口」を『新宿 TODAY』に発表。一〇月に新潮社版『三浦哲郎自選全集』第二巻の月報に随筆「想ひ出すまま」を寄稿。

一九八八年（昭和六三年）　七〇歳

二月に朝日新聞に「蕗の薹」、三月に『群像』に「侘助の花」、五月に『海燕』に「古いランプ」、七月に『文學界』に「窓」、一〇月、一一月、一二月に『群像』に「辛夷」「赤蜻蛉」「丘の墓地」など随筆の執筆が続く。
一九八九年（昭和六四年・平成元年）七一歳
一月、「千切れ雲」を『海燕』に発表。二月、随筆「栗の木」を『英文学』に発表。三月末、早稲田大学を定年退職し、翌月に名誉教授となる。一〇月に「右と左」を『海燕』に発表。一一月、日本芸術院会員となる。一二月、随筆「庭先」を『文學界』、「御坂峠」を『ちくま』に発表。
一九九〇年（平成二年）七二歳
一月、随筆「夢の話」を『群像』に発表。六月、「水」を『海燕』に、随筆「郭公とアンテナ」を読売新聞に発表。一〇月、随筆「将棋盤」を『正論』に発表。一二月、小学館の『群像　日本の作家16　井伏鱒二』に随筆「清水町の先生」を寄稿。一二月頃より約一ヵ月、糖尿病の影響で体調を崩し、西窪病院で入院生活を送る。
一九九一年（平成三年）七三歳
九月、文芸文庫版『懐中時計』を講談社から刊行。一二月、亡友玉井乾介の思い出を綴る一文が朝日新聞に「想い出は尽きぬ　異郷からの手紙」の見出しで掲載（後に「筆まめな男」の題で随筆集に収録）。
一九九二年（平成四年）七四歳
一月、「軽鴨」を『海燕』に発表、最後の小説となる。同月、随筆「散歩路」を『群像』に発表。三月、井伏鱒二にまつわる随筆類を一本にまとめ、『清水町先生』として筑摩書房から刊行。
一九九三年（平成五年）七五歳
四月、随筆「かたかごの花」を京都新聞に発表。七月、井伏鱒二死去、天沼教会での密葬に参列。九月、井伏鱒二の思い出を綴った「五十五年」を『群像』に、「横町の井伏さん」を『文藝春秋』に発表。一二月、随筆「セザンヌの記憶」を『正論』に発表。同月下旬、体調を崩して西窪病院に入院し、年末に退院。

一九九四年（平成六年）　七六歳
一月に第二随筆集『珈琲挽き』をみすず書房から刊行、五月に記念会を開催。三月に「東北の旅」を『芸術新潮』に、四月に「四十雀の記憶」を『清春』に、それぞれ井伏鱒二追憶の随筆を発表。この頃より眼の具合芳しからず。七月、文芸文庫版『小さな手袋』を講談社から刊行。

一九九五年（平成七年）　七七歳
一月、「消えた飛行機」を朝日新聞に発表、最後の随筆となる。秋に慈恵医大附属病院で両眼を手術。一〇月、糖尿病から来る多発性脳梗塞で西窪病院に入院。

一九九六年（平成八年）　七八歳
一月、清瀬のベトレヘムの園病院に転院。一一月八日一二時一〇分、肺炎のため死去。

（中村　明編）

著書目録

小沼丹

【単行本】

村のエトランジェ　昭29・11　みすず書房
白孔雀のいるホテル　昭30・10　河出書房
黒いハンカチ　昭33・8　三笠書房
風光る丘　昭43・6　集団形星
懐中時計　昭44・4　講談社
不思議なソオダ水　昭45・10　三笠書房
銀色の鈴　昭46・5　講談社
汽船　昭46・6　青娥書房
更紗の絵　昭47・6　あすなろ社
椋鳥日記　昭49・6　河出書房新社
藁屋根　昭50・11　河出書房新社
小さな手袋　昭51・4　小澤書店
木菟燈籠　昭53・5　講談社
山鳩　昭55・9　河出書房新社
緑色のバス　昭59・11　構想社
埴輪の馬　昭61・9　講談社
清水町先生　平4・3　筑摩書房
珈琲挽き　平6・1　みすず書房
福壽草　平10・1　みすず書房
小さな手袋／珈琲挽き　平14・2　みすず書房
風光る丘　平17・3　未知谷
黒と白の猫　平17・9　未知谷

【全集】

小沼丹作品集Ⅰ　昭54・12　小澤書店
小沼丹作品集Ⅱ　昭55・2　小澤書店
小沼丹作品集Ⅲ　昭55・4　小澤書店
小沼丹作品集Ⅳ　昭55・6　小澤書店
小沼丹作品集Ⅴ　昭55・9　小澤書店
小沼丹全集第一巻　平16・6　未知谷
小沼丹全集第二巻　平16・7　未知谷
小沼丹全集第三巻　平16・8　未知谷
小沼丹全集第四巻　平16・9　未知谷
小沼丹全集　補巻　平17・7　未知谷
新選現代日本文学全集32　昭35　筑摩書房
現代文学大系66　昭43　筑摩書房
現代日本文学大系92　昭48　筑摩書房
現代の文学39　昭49　講談社
筑摩現代文学大系60　昭53　筑摩書房

【翻訳】

鉄のカーテンの裏＊(W・V・ナルヴィグ)　昭24・5　読売新聞社
旅は驢馬をつれて(R・L・スチヴンスン)　昭25・11　家城書房（昭31・12角川文庫入り）
ガリヴァ旅行記(スイフト)　昭26・3　小峰書店
則天武后(林語堂)　昭34・3　みすず書房

【文庫】

懐中時計(解＝秋山駿　案・著＝中村明)　平3・9　講談社文芸文庫
小さな手袋(人・年・著＝中村明)　平6・7　講談社文芸文庫
清水町先生(解＝庄野潤三)　平9・6　ちくま文庫
埴輪の馬(解＝佐飛通　平11・3　講談社文芸文

俊　年・著＝中村明）　庫
椋鳥日記（解＝清水良　平12・9　講談社文芸文
典　年・著＝中村明）　庫
黒いハンカチ（解＝新　平15・7　創元推理文庫
保博久）
村のエトランジェ（解　平21・7　講談社文芸文
＝長谷川郁夫　年・著　庫
＝中村明）

「著書目録」には原則として再刊本等は入れなかった。／＊は共訳を示す。／【文庫】の（　）内の略号は、解＝解説、案＝作家案内、人＝人と作品、年＝年譜、著＝著書目録を示す。

（作成・中村　明）

本書は、小沢書店刊『小沼丹作品集I』(一九七九年一二月)を底本とし、新漢字・新かな遣いに改め、多少ふりがなを加えました。作品の配列については、みすず書房刊『村のエトランジェ』(一九五四年一一月)に拠りました。本文中明らかな誤植と思われる箇所は正しましたが、原則として底本に従いました。また底本にある表現で、今日からみれば不適切と思われる表現がありますが、発表された時代背景、著者が故人であることなどを考慮し、底本のままとしました。よろしくご理解のほどお願いいたします。

村《むら》のエトランジェ

小沼《おぬま》丹《たん》

二〇〇九年七月一〇日第一刷発行
二〇一一年九月一日第三刷発行

発行者——鈴木哲
発行所——株式会社 講談社
東京都文京区音羽2・12・21 〒112-8001
電話 編集部（03）5395・3513
販売部（03）5395・5817
業務部（03）5395・3615

デザイン—菊地信義
印刷——豊国印刷株式会社
製本——株式会社国宝社
本文データ制作—講談社デジタル製作部

定価はカバーに表示してあります。

講談社文芸文庫

ISBN978-4-06-290054-6

講談社文芸文庫

青山光二 ― 青春の賭け 小説織田作之助　高橋英夫―解／久米 勲―年
青山二郎 ― 鎌倉文士骨董奇譚　白洲正子―人／森 孝―年
青山二郎 ― 眼の哲学｜利休伝ノート　森 孝―人／森 孝―年
阿川弘之 ― 舷燈　岡田 睦―解／進藤純孝―案
阿川弘之 ― 鮎の宿　岡田 睦―年
阿川弘之 ― 桃の宿　半藤一利―解／岡田 睦―年
阿川弘之 ― 論語知らずの論語読み　高島俊男―解／岡田 睦―年
阿川弘之 ― 森の宿　岡田 睦―年
秋山 駿 ― 内部の人間の犯罪 秋山駿評論集　井口時男―解／著者―年
芥川比呂志 - ハムレット役者 芥川比呂志エッセイ選 丸谷才一編　芥川瑠璃子―年
芥川龍之介 - 上海游記｜江南游記　伊藤桂一―解／藤本寿彦―年
東 文彦 ― 東文彦作品集　山岡頼弘―解／編集部―年
阿部 昭 ― 大いなる日｜司令の休暇　松本道介―解／実相寺昭雄―案
阿部 昭 ― 未成年｜桃 阿部昭短篇選　坂上 弘―解／阿部玉枝他―年
安部公房 ― 砂漠の思想　沼野充義―人／谷 真介―年
安部公房 ― 終りし道の標べに　リービ英雄―解／谷 真介―案
阿部知二 ― 冬の宿　黒井千次―解／森本 穫―年
鮎川信夫・吉本隆明 ― 対談 文学の戦後　高橋源一郎―解
有吉佐和子 - 地唄｜三婆 有吉佐和子作品集　宮内淳子―解／宮内淳子―年
安藤鶴夫 ― 歳月 安藤鶴夫随筆集　槌田満文―解／槌田満文―年
李 良枝 ― 由熙｜ナビ・タリョン　渡部直己―解／編集部―年
李 良枝 ― 刻　リービ英雄―解／編集部―年
伊井直行 ― 濁った激流にかかる橋　笙野頼子―解／著者―年
池田彌三郎 - 世俗の詩・民衆の歌 池田彌三郎エッセイ選　武藤康史―解／武藤康史―年
石川 淳 ― 紫苑物語　立石 伯―解／鈴木貞美―案
石川 淳 ― 江戸文学掌記　立石 伯―人／立石 伯―年
石川 淳 ― 普賢｜佳人　立石 伯―解／石和 鷹―案
石川 淳 ― 焼跡のイエス｜善財　立石 伯―解／立石 伯―年
石川 淳 ― 文林通言　池内 紀―解／立石 伯―年
石川啄木 ― 石川啄木歌文集　樋口 覚―解／佐藤清文―年
石原吉郎 ― 石原吉郎詩文集　佐々木幹郎―解／小柳玲子―年
石牟礼道子 - 妣たちの国 石牟礼道子詩歌文集　伊藤比呂美―解／渡辺京二―年
伊藤桂一 ― 螢の河｜源流へ 伊藤桂一作品集　大河内昭爾―解／久米 勲―年

▶解=解説 案=作家案内 人=人と作品 年=年譜を示す。 2011年8月現在

講談社文芸文庫

講談社文芸文庫

円地文子	江戸文学問わず語り	小池章太郎—解／宮内淳子—年
円地文子	朱を奪うもの	中沢けい—解／宮内淳子—年
円地文子	傷ある翼	岩橋邦枝—解
遠藤周作	哀歌	上総英郎—解／高山鉄男—案
遠藤周作	白い人｜黄色い人	若林 真—解／広石廉二—年
遠藤周作 佐藤泰正	人生の同伴者	佐藤泰正 山根道公—解／山根道公—年
遠藤周作	堀辰雄覚書｜サド伝	山根道公—解／山根道公—年
大江健三郎	万延元年のフットボール	加藤典洋—解／古林 尚—案
大江健三郎	叫び声	新井敏記—解／井口時男—案
大江健三郎	みずから我が涙をぬぐいたまう日	渡辺広士—解／高田知波—案
大江健三郎	懐かしい年への手紙	小森陽一—解／黒古一夫—案
大江健三郎	静かな生活	伊丹十三—解／栗坪良樹—案
大江健三郎	僕が本当に若かった頃	井口時男—解／中島国彦—案
大江健三郎	新しい人よ眼ざめよ	リービ英雄—解／編集部—年
大岡昇平	中原中也	粟津則雄—解／佐々木幹郎—案
大岡昇平	愛について	中沢けい—解／水田宗子—案
大岡昇平	成城だより 上・下	加藤典洋—解／吉田凞生—年
大岡昇平	花影	小谷野 敦—解／吉田凞生—年
大岡昇平	わが美的洗脳 大岡昇平芸術エッセイ集	齋藤愼爾—解／吉田凞生—年
大岡昇平	常識的文学論	樋口 覚—解／吉田凞生—年
大庭みな子	三匹の蟹	リービ英雄—解／水田宗子—案
大庭みな子	寂兮寥兮	水田宗子—解／著者—年
大原富枝	婉という女｜正妻	高橋英夫—解／福江泰太—年
岡部伊都子	鳴滝日記｜道 岡部伊都子随筆集	道浦母都子—解／佐藤清文—年
岡本かの子	食魔 岡本かの子食文学傑作選 大久保喬樹編	大久保喬樹—解／小松邦宏—年
小川国夫	アポロンの島	森川達也—解／山本恵一郎—年
小川国夫	あじさしの洲｜骨王 小川国夫自選短篇集	富岡幸一郎—解／山本恵一郎—年
小川国夫	試みの岸	長谷川郁夫—解／山本恵一郎—年
奥泉 光	石の来歴｜浪漫的な行軍の記録	前田 塁—解／著者—年
尾崎一雄	単線の駅	池内 紀—解／紅野敏郎—年
大佛次郎	旅の誘い 大佛次郎随筆集	福島行一—解／福島行一—年
織田作之助	夫婦善哉	種村季弘—解／矢島道弘—年
織田作之助	世相｜競馬	稲垣眞美—解／矢島道弘—年

講談社文芸文庫

倉橋由美子-蛇|愛の陰画	小池真理子-解／古屋美登里-年
黒井千次—群棲	高橋英夫—解／曾根博義—案
黒井千次—たまらん坂 武蔵野短篇集	辻井 喬—解／篠崎美生子-年
黒井千次—一日 夢の柵	三浦雅士—解／篠崎美生子-年
耕治人——一条の光|天井から降る哀しい音	川西政明—解／保昌正夫—案
幸田文——ちぎれ雲	中沢けい—人／藤本寿彦—年
幸田文——番茶菓子	勝又 浩—人／藤本寿彦—年
幸田文——包む	荒川洋治—人／藤本寿彦—年
幸田文——草の花	池内 紀—人／藤本寿彦—年
幸田文——駅|栗いくつ	鈴村和成—解／藤本寿彦—年
幸田文——猿のこしかけ	小林裕子—解／藤本寿彦—年
幸田文——回転どあ|東京と大阪と	藤本寿彦—解／藤本寿彦—年
幸田文——さざなみの日記	村松友視—解／藤本寿彦—年
幸田文——黒い裾	出久根達郎-解／藤本寿彦—年
幸田露伴—運命|幽情記	川村二郎—解／登尾 豊—案
講談社文芸文庫編-日本の童話名作選 明治・大正篇	神宮輝夫—解
講談社文芸文庫編-日本の童話名作選 昭和篇	千葉幹夫—解
講談社文芸文庫編-日本の童話名作選 戦後篇	三木 卓—解
講談社文芸文庫編-日本の童話名作選 現代篇	野上 暁—解
講談社文芸文庫編-第三の新人名作選	富岡幸一郎-解
小島信夫—抱擁家族	大橋健三郎-解／保昌正夫—案
小島信夫—殉教|微笑	千石英世—解／利沢行夫—案
小島信夫—うるわしき日々	千石英世—解／岡田 啓—年
小島信夫 森敦—対談・文学と人生	坪内祐三—解
小島信夫—月光|暮坂 小島信夫後期作品集	山崎 勉—解／編集部—年
小島信夫—墓碑銘	千石英世—解／柿谷浩一—年
小島信夫—美濃	保坂和志—解／柿谷浩一—年
小島政二郎-長篇小説 芥川龍之介	出久根達郎-解／武藤康史—年
後藤明生—挾み撃ち	武田信明—解／著者—年
小林勇——蝸牛庵訪問記	竹之内静雄-人／小林堯彦他-年
小林多喜二-老いた体操教師|瀧子其他 小林多喜二初期作品集 曾根博義編	曾根博義—解／佐藤三郎—年
小林信彦—丘の一族 小林信彦自選作品集	坪内祐三—解／著者—年
小林信彦—決壊	坪内祐三—解／著者—年

講談社文芸文庫

小林秀雄	栗の樹	秋山 駿——人／吉田凞生——年
小林秀雄	小林秀雄対話集	秋山 駿——解／吉田凞生——年
小林秀雄	小林秀雄全文芸時評集 上	
小林秀雄	小林秀雄全文芸時評集 下	山城むつみ-解／吉田凞生——年
小堀杏奴	朽葉色のショール	小尾俊人——解／小尾俊人——年
駒井哲郎	白と黒の造形	粟津則雄——解／中島理壽——年
小山清	日日の麵麭|風貌 小山清作品集	川西政明——解／田中良彦——年
小山冨士夫	徳利と酒盃|漁陶紀行 小山冨士夫随筆集	森 孝一——解／森 孝一——年
西東三鬼	神戸|続神戸|俳愚伝	小林恭二——解／齋藤愼爾——年
斎藤茂吉	念珠集	小池 光——解／青井 史——年
佐伯一麦	ショート・サーキット 佐伯一麦初期作品集	福田和也——解／二瓶浩明——年
坂上弘	田園風景	佐伯一麦——解／田谷良一——年
坂口安吾	風と光と二十の私と	川村 湊——解／関井光男——案
坂口安吾	桜の森の満開の下	川村 湊——解／和田博文——案
坂口安吾	白痴|青鬼の褌を洗う女	川村 湊——解／原 子朗——案
坂口安吾	信長|イノチガケ	川村 湊——解／神谷忠孝——案
坂口安吾	オモチャ箱|狂人遺書	川村 湊——解／荻野アンナ-案
坂口安吾	日本文化私観 坂口安吾エッセイ選	川村 湊——解／若月忠信——年
坂口安吾	教祖の文学|不良少年とキリスト 坂口安吾エッセイ選	川村 湊——解／若月忠信——年
阪田寛夫	うるわしきあさも 阪田寛夫短篇集	高橋英夫——解／伊藤英治——年
佐多稲子	時に佇つ	小林裕子——解／長谷川 啓——案
佐多稲子	夏の栞 —中野重治をおくる—	山城むつみ-解／佐多稲子研究会-年
佐藤春夫	殉情詩集|我が一九二二年	佐々木幹郎-解／牛山百合子-年
佐藤春夫	維納の殺人容疑者	横井 司——解／牛山百合子-年
佐藤春夫	この三つのもの	千葉俊二——解／牛山百合子-年
佐藤春夫	わんぱく時代	佐藤洋二郎-解／牛山百合子-年
里見弴	初舞台|彼岸花 里見弴作品選	武藤康史——解／武藤康史——年
里見弴	恋ごころ 里見弴短篇集	丸谷才一——解／武藤康史——年
椎名麟三	神の道化師|媒妁人 椎名麟三短篇集	井口時男——解／斎藤末弘——年
椎名麟三	深夜の酒宴|美しい女	井口時男——解／斎藤末弘——年
篠田一士	三田の詩人たち	池内 紀——解／土岐恒二——年
篠田一士	世界文学「食」紀行	丸谷才一——解／土岐恒二——年
島尾敏雄	その夏の今は|夢の中での日常	吉本隆明——解／紅野敏郎——案
島尾敏雄	贋学生	柄谷行人——解／志村有弘——案

島尾敏雄——夢屑	富岡幸一郎—解／柿谷浩一——年
島木健作——第一義の道｜赤蛙	新保祐司——解／高橋春雄——年
島村利正——奈良登大路町｜妙高の秋	勝又 浩——解／井上明久——年
志村ふくみ—一色一生	高橋 巖——人／著者——年
庄野潤三——夕べの雲	阪田寛夫——解／助川徳是——案
庄野潤三——絵合せ	饗庭孝男——解／鷺 只雄——案
庄野潤三——インド綿の服	齋藤礎英——解／助川徳是——年
庄野潤三——ピアノの音	齋藤礎英——解／助川徳是——年
庄野潤三——自分の羽根 庄野潤三随筆集	高橋英夫——解／助川徳是——年
庄野潤三——愛撫｜静物 庄野潤三初期作品集	高橋英夫——解／助川徳是——年
庄野潤三——野菜讃歌	佐伯一麦——解／助川徳是——年
庄野潤三——野鴨	小池昌代——解／助川徳是——年
白洲正子——かくれ里	青柳恵介——人／森 孝一——年
白洲正子——明恵上人	河合隼雄——人／森 孝一——年
白洲正子——十一面観音巡礼	小川光三——人／森 孝一——年
白洲正子——お能｜老木の花	渡辺 保——人／森 孝一——年
白洲正子——近江山河抄	前 登志夫—人／森 孝一——年
白洲正子——古典の細道	勝又 浩——人／森 孝一——年
白洲正子——能の物語	松本 徹——人／森 孝一——年
白洲正子——心に残る人々	中沢けい——人／森 孝一——年
白洲正子——世阿弥 ——花と幽玄の世界	水原紫苑——人／森 孝一——年
白洲正子——謡曲平家物語	水原紫苑——解／森 孝一——年
白洲正子——西国巡礼	多田富雄——解／森 孝一——年
白洲正子——私の古寺巡礼	高橋睦郎——解／森 孝一——年
杉浦明平——夜逃げ町長	小嵐九八郎—解／若杉美智子—年
杉田久女——杉田久女随筆集	宇多喜代子—解／石 昌子——年
杉本秀太郎—『徒然草』を読む	光田和伸——解／著者——年
杉本秀太郎—伊東静雄	原 章二——解／著者——年
曽野綾子——雪あかり 曽野綾子初期作品集	武藤康史——解／武藤康史——年
高井有一——時の潮	松田哲夫——解／武藤康史——年
高橋源一郎—さようなら、ギャングたち	加藤典洋——解／栗坪良樹——年
高橋源一郎—ジョン・レノン対火星人	内田 樹——解／栗坪良樹——年
高橋源一郎—虹の彼方に《オーヴァー・ザ・レインボウ》	矢作俊彦——解／栗坪良樹——年
高橋源一郎—ゴーストバスターズ 冒険小説	奥泉 光——解／若杉美智子—年

講談社文芸文庫

高橋たか子	どこか或る家 高橋たか子自選エッセイ集	清水良典──解／著者──年
高橋英夫	新編 疾走するモーツァルト	清水 徹──解／著者──年
高浜虚子	柿二つ	山下一海──解／浜田弘美──年
高村光太郎	ロダンの言葉（翻訳）	湯原かの子─解／北川太一──年
瀧井孝作	無限抱擁	古井由吉──解／津田亮一──年
田久保英夫	深い河｜辻火 田久保英夫作品集	菅野昭正──解／武藤康史──年
竹内好	魯迅	川西政明──解／山下恒夫──案
武田泰淳	蝮のすえ｜「愛」のかたち	川西政明──解／立石 伯──案
武田泰淳	司馬遷─史記の世界	宮内 豊──解／古林 尚──年
武田泰淳	身心快楽 武田泰淳随筆選	川西政明──解
武田泰淳	わが子キリスト	井口時男──解／編集部──年
武田泰淳	風媒花	山城むつみ─解／編集部──年
竹西寛子	式子内親王｜永福門院	雨宮雅子──人／著者──年
竹西寛子	日本の文学論	辻 邦生──解／著者──年
竹西寛子	贈答のうた	堀江敏幸──解／著者──年
辰野 隆	忘れ得ぬ人々	中平 解──人／森本昭三郎─年
立松和平	卵洗い	黒古一夫──解／黒古一夫──年
谷川 雁	原点が存在する 谷川雁詩文集 松原新一編	松原新一──解／坂口 博──年
谷川俊太郎	沈黙のまわり 谷川俊太郎エッセイ選	佐々木幹郎─解／佐藤清文──年
谷崎潤一郎	金色の死 谷崎潤一郎大正期短篇集	清水良典──解／千葉俊二──年
種田山頭火	山頭火随筆集	村上 護──解／村上 護──年
田宮虎彦	足摺岬 田宮虎彦作品集	小笠原賢二─解／森本昭三郎─年
田村泰次郎	肉体の悪魔｜失われた男	秦 昌弘──解／秦 昌弘──年
田村隆一	腐敗性物質	平出 隆──人／建畠 晢──年
田村隆一	若い荒地	佐々木幹郎─解／建畠 晢──年
田村隆一	インド酔夢行	佐々木幹郎─解／建畠 晢──年
多和田葉子	ゴットハルト鉄道	室井光広──解／谷口幸代──年
檀 一雄	海の泡 檀一雄エッセイ集	小島千加子─解／石川 弘──年
近松秋江	黒髪｜別れたる妻に送る手紙	勝又 浩──解／柳沢孝子──案
司 修	影について	角田光代──解／著者──年
塚本邦雄	定家百首｜雪月花（抄）	島内景二──解／島内景二──年
塚本邦雄	百句燦燦 現代俳諧頌	橋本 治──解／島内景二──年
塚本邦雄	王朝百首	橋本 治──解／島内景二──年
塚本邦雄	西行百首	島内景二──解／島内景二──年

辻潤 ——絶望の書|ですぺら 辻潤エッセイ選　武田信明—解／高木 護——年
辻井喬 ——暗夜遍歴　田中和生—解／柿谷浩一——年
津島美知子-回想の太宰治　伊藤比呂美-解／編集部——年
津島佑子—寵児　石原千秋—解／与那覇恵子-年
津島佑子—山を走る女　星野智幸—解／与那覇恵子-年
鶴田知也—コシャマイン記|ベロニカ物語 鶴田知也作品集　川村 湊——解／小正路淑泰-年
寺山修司—私という謎 寺山修司エッセイ選　川本三郎—解／白石 征——年
寺山修司—ロング・グッドバイ 寺山修司詩歌選　齋藤愼爾—解
戸板康二—思い出す顔 戸板康二メモワール選　犬丸 治——解／犬丸 治——年
徳田秋声—あらくれ　大杉重男—解／松本 徹——年
徳冨蘆花—梅一輪|湘南雑筆(抄) 徳冨蘆花作品集 吉田正信編　吉田正信—解／吉田正信—年
富岡多惠子-表現の風景　秋山 駿——解／木谷喜美枝-案
富岡多惠子-動物の葬禮|はつむかし 富岡多惠子自選短篇集　菅野昭正—解／著者——年
富岡多惠子-逆髪　町田 康——解／著者——年
富岡多惠子-西鶴の感情　松井今朝子-解／著者——年
土門拳 ——風貌|私の美学 土門拳エッセイ選 酒井忠康編　酒井忠康—解／酒井忠康—年
永井荷風—日和下駄 一名 東京散策記　川本三郎—解／竹盛天雄—年
永井荷風—あめりか物語　池内 紀——解／竹盛天雄—年
永井龍男—一個|秋その他　中野孝次—解／勝又 浩——案
永井龍男—わが切抜帖より|昔の東京　中野孝次—人／森本昭三郎-年
永井龍男—へっぽこ先生その他　高井有一—解／編集部——年
中上健次—熊野集　川村二郎—解／関井光男—案
中上健次—化粧　柄谷行人—解／井口時男—案
中上健次—蛇淫　井口時男—解／藤本寿彦—年
中上健次—風景の向こうへ|物語の系譜　井口時男—解／藤本寿彦—年
中上健次—水の女　前田 塁——解／藤本寿彦—年
中里恒子—閉ざされた海 中納言秀家夫人の生涯　金井景子—解／高橋一清—年
中沢けい—女ともだち　角田光代—解／近藤裕子—年
中沢新一—虹の理論　島田雅彦—解／安藤礼二—年
中薗英助—北京飯店旧館にて　藤井省三—解／立石 伯——年
中野重治—むらぎも　川西政明—解／林 淑 美——案
中野重治—五勺の酒|萩のもんかきや　川西政明—解／松下 裕——案
中野重治—村の家|おじさんの話|歌のわかれ　川西政明—解／松下 裕——案
中原中也—中原中也全詩歌集 上・下 吉田凞生編　吉田凞生—解／青木 健——案

中村真一郎	雲のゆき来	鈴木貞美——解／鈴木貞美——年
中村光夫	二葉亭四迷伝 ある先駆者の生涯	絓 秀実——解／十川信介——案
中村光夫 三島由紀夫	対談・人間と文学	秋山 駿——解
夏目漱石	漱石人生論集	出久根達郎-解／石崎 等——年
西脇順三郎	ambarvalia｜旅人かへらず	新倉俊一——人／新倉俊一——年
西脇順三郎	ボードレールと私	井上輝夫——解／新倉俊一——年
丹羽文雄	鮎｜母の日｜妻 丹羽文雄短篇集	中島国彦——解／中島国彦——年
野口冨士男	わが荷風	坪内祐三——解／編集部——年
野口冨士男	なぎの葉考｜少女 野口冨士男短篇集	勝又 浩——解／編集部——年
野坂昭如	東京小説	町田 康——解／村上玄一——年
野々上慶一	高級な友情 小林秀雄と青山二郎	長谷川郁夫-解／野々上一郎-年
野間 宏	暗い絵｜顔の中の赤い月	紅野謙介——解／紅野謙介——年
野溝七生子	山梔	矢川澄子——解／岩切信一郎-年
萩原葉子	蕁麻の家	荒川洋治——解／岩橋邦枝——案
橋川文三	日本浪曼派批判序説	井口時男——解／赤藤了勇——年
長谷川四郎	鶴	池内 紀——解／小沢信男——案
服部 達	われらにとって美は存在するか 勝又浩編	勝又 浩——解／齋藤秀昭——年
花田清輝	鳥獣戯話｜小説平家	野口武彦——解／好村冨士彦-案
花田清輝	アヴァンギャルド芸術	沼野充義——解／日高昭二——案
花田清輝	随筆三国志	井波律子——解／日高昭二——年
花田清輝	復興期の精神	池内 紀——解／日高昭二——年
埴谷雄高	死霊 I II III	鶴見俊輔——解／立石 伯——年
埴谷雄高	埴谷雄高政治論集 埴谷雄高評論選書1 立石伯編	
埴谷雄高	埴谷雄高思想論集 埴谷雄高評論選書2 立石伯編	
埴谷雄高	埴谷雄高文学論集 埴谷雄高評論選書3 立石伯編	立石 伯——年
濱田庄司	無盡蔵	水尾比呂志-解／水尾比呂志-年
林 京子	祭りの場｜ギヤマン ビードロ	川西政明——解／金井景子——案
林 京子	長い時間をかけた人間の経験	川西政明——解／金井景子——年
林 達夫	林達夫芸術論集 高橋英夫編	高橋英夫——解／編集部——年
林 芙美子	晩菊｜水仙｜白鷺	中沢けい——解／熊坂敦子——案
林 芙美子	清貧の書｜屋根裏の椅子	中沢けい——解／井上貞邦——案
東山魁夷	泉に聴く	桑原住雄——人／編集部——年
久生十蘭	湖畔｜ハムレット 久生十蘭作品集	江口雄輔——解／江口雄輔——年